Aux Editions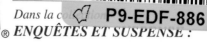

Dans la collection **P9-EDF-886**

® *ENQUÊTES ET SUSPENSE :*

LE CRABE

Cet ouvrage de pure fiction n'a d'autre ambition que de distraire le lecteur. Les événements relatés ainsi que les propos, les sentiments et les comportements des divers protagonistes n'ont aucun lien, ni de près, ni de loin, avec la réalité, et ont été imaginés de toutes pièces pour les besoins de l'intrigue. Toute ressemblance avec des personnes ou des situations existant ou ayant existé serait pure coïncidence.

La loi du 11 mars 1957 n'autorisant, aux termes des alinéas 2 et 3 de l'Article 41, d'une part, que les *copies ou reproductions strictement réservées à l'usage privé du copiste et non destinées à une utilisation collective*, et, d'autre part, que les analyses et les courtes citations dans un but d'exemple et d'illustration, *toute représentation ou reproduction intégrale ou partielle, faite sans le consentement de l'auteur et de l'éditeur ou de leurs ayants droit ou ayants cause, est illicite* (alinéa 1er l'Article 40).
Cette représentation ou reproduction, par quelque procédé que ce soit, constituerait donc une contre-façon sanctionnée par les Articles 425 et suivants du Code Pénal.   2000 - © Quadri Signe - Editions Alain Bargain

Michèle CORFDIR

LE CRABE

Collection

Quadri Signe - Editions Alain Bargain
125, Vieille Route de Rosporden - 29000 Quimper

LE CRABE

Lorsque le plongeur sortit la tête de l'eau pour la première fois, la nuit s'effilochait à peine. A l'est, le phare de Pen Azenn éclatait toutes les cinq secondes. A l'ouest, au-dessus d'un épaulement rocheux, un halo orange montait du port de Locheven.

Entre les deux, rien. Rien que la côte noire et vide.

L'homme nageait lentement, rôdait parmi les écueils, empruntait des passes, longeait des chenaux.

En dérive comme le vent.

Pour reposer son dos, il se retourna et fit la planche. A ses côtés, les têtes de roches émergeaient de l'obscurité. Au-dessus, le ciel était nacré comme une coquille d'huître.

Mais lui n'aimait ni l'aube, ni la lumière. Il n'aimait que l'odeur de la vase, le relent des algues et surtout l'épaisseur de la mer.

Alors, plaquant ses bras le long du torse, il bascula en arrière et se laissa couler dans le ventre de l'immense femelle.

Quand le plongeur surgit de l'eau pour la seconde fois, le jour était levé. Il découvrit que la marée montante l'avait amené tout près du rivage. Juste en face, il apercevait des maisons encore enfouies dans l'ombre des pins. C'étaient celles qu'avaient bâties au début du siècle les bourgeois et les artistes quand ils s'étaient entichés de cette partie de la côte. Accrochées à leur promontoire, elles dominaient la mer. Avec leurs volets verts ou bleus, leurs vérandas Art déco, leurs hortensias et leurs escaliers qui dégringolaient jusqu'à la grève…

L'homme ricana. Des mouettes passèrent en pleurnichant. Un chien aboya.

Il allait replonger lorsque quelque chose bougea dans la villa située à l'extrémité du promontoire.

Une porte-fenêtre s'ouvrit. Une femme apparut sur la terrasse. Elle n'avait sur elle qu'un tee-shirt informe, bleu ou noir, qui lui tombait à mi-cuisses.

Le plongeur se recroquevilla derrière un rocher à fleur d'eau.

La femme fit quelques pas et contempla la mer. Une risée lui ébouriffa les cheveux. Elle secoua la tête et s'assit sur le rebord de la terrasse, les jambes nues pendant dans le vide tandis que ses pieds blancs et ronds allaient et venaient. Allaient et venaient. Allaient et venaient…

L'homme sentit une bouffée de rage lui monter à la gorge. Alors que ses mains se contractaient spasmodiquement, se réveilla soudain la faim dévorante que depuis toujours il portait en lui.

La mer se mit à ronfler et vrombir. Des éclats de lumière passèrent dans son champ de vision. De plus en plus vite jusqu'à devenir des traits brillants et concentriques qu'il apercevait fugitivement parmi les images déformées du jour naissant.

Et brusquement, tout cessa. Le bruit et les couleurs refluèrent vers l'horizon. Il n'y eut plus autour de lui que des plages vides, froides et nues où deux pieds ronds et blancs continuaient à se balancer interminablement.

L'homme sentit son visage s'amenuiser derrière son masque et son corps se décoller du néoprène noir de la combinaison.

La carapace se fendait, s'ouvrait, se détachait…

Il s'arc-bouta. Les extrémités de ses membres s'enfoncèrent dans le sable. Son thorax se souleva. Ses mâchoires s'écartèrent…

Rien, il n'y avait plus rien entre le feu vorace qui lui rongeait le ventre et l'être de chair posé comme un appât sur le rebord de la terrasse. Posé pour lui, là tout près, dans l'air nacré du matin.

• • •

CHAPITRE I

8 septembre.

Le grain cueillit Julie Cotten au moment où elle entrait dans Saint-Bredan. Puis les rafales redoublèrent et lorsqu'elle atteignit le port, les trombes d'eau l'obligèrent à ralentir. A travers les vitres embuées, elle aperçut la masse confuse des bateaux de pêche et, plus loin, les yachts qui roulaient et tiraient sur leurs amarres. Le bruit des drisses percutant les mâts était infernal. Julie savait que les riverains se plaignaient car, à chaque coup de vent, ces sonnailles hallucinantes qui déferlaient sur la nuit les empêchaient de dormir.

Parvenue à l'extrémité du port, Julie prit la rue du Bac et s'engagea dans le centre ville. Déjà l'averse se calmait et quand elle se gara devant Tan Dei, sa bouquinerie, les nuages se déchiraient et les pavés fumaient dans la lumière jaune citron du soleil.

C'était ainsi depuis le matin. "Tout de même, se dit-elle en débarquant du break, une tempête de noroît début septembre, c'est un peu tôt ! L'été n'est pas encore fini…"

Pourtant, les dernières régates de la saison avaient eu lieu le week-end précédent. Et depuis lundi, la foule des touristes avait cessé d'envahir le port et la vieille ville. Julie ne le regrettait pas. En juillet et août, sa librairie n'avait pas désempli. Kath Le Moal et elle, avaient travaillé comme des forçats car l'engouement du public pour les livres anciens et tout ce qui touchait à la mer grandissait chaque année. Bouquins, cartes, journaux de bord, dessins, épures, plans de construction des navires… tout était bon ! Son stock constitué durant la morte-saison avait fondu comme neige au soleil.

— Toi, tu as dû faire une bonne affaire ! s'exclama Kath Le Moal tandis que Julie pénétrait dans la librairie. Ça se voit sur ton visage.

— Oui, tu as raison… La bibliothèque de la succession Lomond valait le déplacement. Enfin, disons plutôt que seule une petite partie des ouvrages présentait une réelle valeur. J'aurais bien voulu n'acheter que ceux-là mais le clerc de notaire s'est montré intraitable. C'était tout ou rien. Voilà pourquoi le break est bourré jusqu'au toit.

— Pas grave, fit Kath en quittant la grande table de ferme qui servait de comptoir. Est-ce qu'on commence le déchargement tout de suite ?

Julie jeta un coup d'œil à sa montre.

— Pourquoi pas… A cette heure-ci, nous n'aurons plus beaucoup de clients. Et puis, il est grand temps de regarnir les rayons. On n'a plus rien à vendre, j'en ai presque honte !

— La rançon du succès ! dit Kath en riant. Je me demande souvent si ton mari s'attendait à une telle réussite le jour où il est devenu bouquiniste ?

— Je n'en sais rien. C'était un créneau auquel personne n'avait encore pensé à Saint-Bredan. De plus, le fait que Tan Dei soit situé au cœur de la vieille ville a certainement joué un rôle déterminant.

Donnant sur une rue passante, cette ancienne cave à vin s'était admirablement prêtée à l'aménagement d'une librairie telle que l'avait rêvée Antoine Cotten quinze ans auparavant… Les plafonds bas et les murs épais assourdissaient le bruit de la rue. Quelques petites fenêtres transformées en vitrines tamisaient la lumière. Avec ses coins et ses recoins, ses niches et ses espaces protégés, Tan Dei apparaissait à ceux qui le fréquentaient comme un endroit à part, entièrement voué aux livres et à la lecture. A toutes les lectures…

— J'ai bien peur que l'arrière-boutique ne soit pas assez grande pour entreposer tout ça, fit Kath en ahanant sous le poids d'une manne.

— Ne t'en fais pas ! La majeure partie s'en ira à la cartonnerie dès lundi. Contrairement à ce que prétendait cet imbécile de clerc de notaire, la plupart de ces bouquins ne sont pas négociables. La défunte collectionnait les prix littéraires, c'est tout dire ! Quand j'ai vu ça, j'ai bien failli renoncer. Heureusement qu'avant de partir, j'ai demandé à jeter un coup d'œil au grenier. C'est là que j'ai découvert ces deux petites caisses… Ouvrons-les tout de suite, j'ai hâte de savoir ce que tu en penses.

Oubliant leur fatigue, les jeunes femmes déclouèrent les couvercles et tirèrent les livres de leur emballage. Il s'agissait des contes des Frères Grimm publiés dans les années vingt par une maison d'édition lorraine tombée depuis longtemps dans l'oubli. L'impression, le papier, la reliure étaient d'une qualité remarquable. Mais c'est surtout la beauté des illustrations, subtiles et ensorcelantes comme des enluminures, qui enchanta les libraires.

— Dire que j'ai failli passer à côté de ces merveilles et qu'elles auraient été bazardées Dieu sait où… peut-être même vendues au prix du vieux papier ! Les héritiers et leur notaire n'avaient aucune idée de la valeur de ces livres !

— Tant pis pour eux ! répondit Kath. Ces bouquins sont sauvés et nous, nous faisons une excellente affaire. Avant Noël, les gens se les arracheront à n'importe quel prix.

Julie se mit à rire :

— Toujours les pieds sur terre, hein ! Je me demande comment je m'en serais sortie sans toi et ton sens du commerce après la mort d'Antoine…

— Disons qu'à nous deux nous menons bien notre barque. Toi tu collectes, tu tries, tu répares. Moi, je préfère vendre. A chacune son boulot !

— Eh bien, question boulot, j'estime en avoir assez fait aujourd'hui, dit Julie en passant une main sur son visage. Je me sens crasseuse et éreintée. Je monte prendre une douche. Ça ne t'ennuie pas de fermer la boutique…

Puis, comme elle s'engageait dans l'étroit escalier qui reliait la librairie à son appartement du premier étage, Kath la rattrapa.

— Attends ! J'allais oublier ! Rozenn a téléphoné pendant ton absence. Elle a demandé que tu la rappelles dès que possible.

— Elle n'a rien dit d'autre ?

— Si… Elle vient de terminer sa commande pour le Salon Nautique.

— Ah ! Il était temps ! Le Salon ouvre dans quelques jours. Bon… Je lui téléphonerai quand j'aurai pris ma douche.

•

A aucun prix Thomas Féraux n'aurait voulu rouler en grosse cylindrée. Ni en voiture de sport… Ce n'était pas une question d'argent. Avec le salaire que lui versait la Compagnie, il aurait pu se permettre ce genre de fantaisie. Mais ces voitures présentaient pour lui un inconvénient majeur : leur tape-à-l'œil !

Une main sur le volant de sa Peugeot, Féraux orienta le rétroviseur dans sa direction et esquissa un sourire satisfait. Un teint raisonnablement bronzé, quelques rides d'expression et une forme physique parfaite offraient de lui l'image banale d'un quadragénaire menant une belle carrière. Et cela lui suffisait amplement.

Il consulta sa montre et calcula qu'à la vitesse qu'il tenait, il serait à Saint-Bredan vers dix-sept heures trente. Le temps de prendre une chambre dans un bon hôtel et la soirée serait à lui.

Ces plages de liberté, voilà l'avantage que Féraux appréciait le plus au poste qu'il occupait ! Ingénieur-conseil à la Compagnie de Transports Maritimes, la CTM, il n'était soumis à aucun horaire régulier, ni à un planning préétabli. Comment prévoir en effet où et quand un navire subirait une avarie ? Combien de temps durerait la visite d'un bateau, une expertise, une réparation ? L'organisation de son travail lui convenait si parfaitement qu'il avait pris l'habitude d'en dire un minimum à Hélène concernant ses déplacements. Moins elle en savait, mieux cela valait pour tout le monde.

Féraux s'étira, alluma une cigarette puis, comme il abordait une ligne droite, il accéléra. Il fallait à tout prix qu'il arrive à Saint-Bredan à l'heure prévue ! Pas pour une raison professionnelle… l'Aramis, le cargo dont l'avarie lui avait été signalée, était attendu en rade vers minuit, et lui-même ne se rendrait à bord que demain matin. Non ! S'il devait être là-bas en fin d'après-midi, c'était à cause de cette femme. Un long frisson parcourut l'échine de Féraux… Cette femme qu'il voulait, qu'il devait revoir. Absolument.

•

— Bon sang ! Celui-là est encore pour moi ! grogna Eric Jaouen en jetant un coup d'œil par-dessus son épaule.

Autour de lui, la mer avait pris une vilaine teinte verdâtre. Face à l'étrave, l'horizon était bouché par des colonnes de pluie. "Dieu sait à quelle heure je finirai avec ces grains qui me tombent dessus à tout bout de champ !"

En septembre, c'était toujours pareil. Peu de rendement et beaucoup de risques... Le marin pêcheur regarda au nord-ouest. Pas de doute, il fallait faire vite ! Dans quelques minutes, il devrait prendre la barre et tenir le Pen ar Bed bout à la lame.

Repoussant le capuchon de son ciré, Eric Jaouen s'arc-bouta et se mit à haler l'orin. Les casiers à homards remontèrent les uns après les autres. Enfin le dernier émergea, tout dégoulinant, et bascula sur le pont. Il était temps ! La mer moutonna, gonfla et se mêla à la pluie en bouillonnant. Le pêcheur gagna la cabine de barre. Il fermait la porte coulissante lorsque la radio se mit à grésiller :

— Pen ar Bed ! Pen ar Bed !... Tu m'entends Eric ?

— C'est toi, Paul ? répondit Jaouen en reconnaissant la voix de son cousin. Tu es où ?

— On est en train de doubler Pen Azenn. Dans dix minutes on sera en rade de Saint-Bredan. Pas trop tôt ! Avec ce foutu temps, on en a ras-le-bol !

— M'en parle pas, je suis en plein coup de chien ! Dès que ça va se calmer, je rentre moi aussi.

— Bon, on se retrouvera à terre... Ah ! Dis donc ! Passe à la maison dimanche. On offre un pot pour l'anniversaire de Charlotte.

— OK, j'y penserai. Salut Paul ! Terminé.

Jaouen raccrocha. A travers les pans de pluie, il distinguait vaguement l'archipel des Men Du à bâbord et devant lui, le phare des Eperdus. Il savait que le grain durerait une dizaine de minutes et qu'ensuite viendrait l'éclaircie. Il faudrait alors qu'il pousse son moteur à fond s'il voulait combler son retard. D'habitude l'heure à laquelle il rentrait importait peu.

D'habitude… mais pas aujourd'hui.

•

Revigorée par son passage à la salle de bain, Julie Cotten enfila un pyjama d'intérieur et alla s'installer dans son vieux fauteuil de cuir. Après avoir avalé une tasse de thé, elle composa le numéro de téléphone de son amie Rozenn Keruhel.

— C'est toi ? C'est enfin toi ! s'écria celle-ci au bout du fil.

— Comment ça va ?

— Très bien ! Quoique je trouve toujours le temps long quand je ne te vois pas…

— J'ai eu un travail fou ces dernières semaines.

— Hé ! Hé ! Je m'en doute ! Comme tous les commerçants, c'est en été que tu fais ta pelote !

— Pourquoi n'es-tu pas passée à Tan Dei ?

— Moi aussi j'ai bossé comme un nègre. Il fallait absolument que je termine ma commande pour le Salon Nautique… C'était dur, beaucoup plus dur que je ne l'avais imaginé. Ce patchwork… J'ai bien cru que je n'en viendrais jamais à bout ! Tu comprends, pour exprimer la lumière, les scintillements de la mer, j'ai utilisé des tissus brillants, de la soie, des satins, même du lamé. Mais ces matériaux sont difficiles à manier. C'est glissant, fuyant… Et il y avait ce format complètement dingue. Deux mètres sur trois, tu te rends compte ? J'ai cru devenir folle…

Puis haussant le ton :

— Mais maintenant, c'est fini ! J'en suis débarrassée, je peux enfin penser à autre chose !

— Tu lui as donné un titre ?

— "Reflets et Vibrations".

— Ça me plaît… Quand est-ce que je pourrai venir le voir ? Ce soir ?

— Euh non… Ce soir, je ne suis pas libre.

— Demain alors ?

A l'autre bout du fil il y eut un soupir embarrassé.

— Je regrette, Julie, mais c'est impossible. Demain, de très bonne heure, je vais décrocher le patchwork et l'emballer. Christian Masset doit ensuite se charger du transport jusqu'au Salon.

— Dommage, fit Julie terriblement déçue.

— Je suis désolée mais il faut absolument que je respecte le délai fixé, j'ai donné ma parole.

— Tant pis ! J'aurai bien l'occasion de voir "Reflets et Vibrations", au Salon ou ailleurs… Et pour la suite, tu as d'autres projets ?

— M'accorder des vacances !

— Ah bon ! Tu t'en vas ?

— Non… J'envisage de changer de bateau.

— Quoi ??? Tu veux vendre le Diaoul ?… Toi qui as toujours dit que tu ne t'en séparerais jamais !

— Je pensais bien que ça t'étonnerait. Mais que veux-tu, les régates, la compétition, ça ne m'excite plus autant.

— C'est nouveau !… Tu n'as pas participé aux courses du week-end dernier ?

— Si, à celle de dimanche matin. Mais ça n'a pas gazé.

— C'est pour ça que tu arrêtes ?

— Oh non ! Pas du tout… Seulement maintenant, j'ai envie de faire de la croisière en solitaire.

— Pourtant, le Diaoul… Tu y es si attachée.

— A vrai dire, plus tellement. Je t'expliquerai pourquoi un de ces jours. Et puis… On m'a proposé un autre bateau, une occasion exceptionnelle…

— Fais attention ! Ne t'engage pas sur un coup de tête !

— Ah ! Ah ! Ah ! Julie… Tu sais bien qu'il ne faut pas me demander une chose pareille ! Tu me connais, quand j'ai envie de quelque chose, je fonce !… Mais sois tranquille, tu penses bien que je n'achèterai pas ce bateau sans avoir vu ce qu'il vaut à la mer. J'ai rendez-vous avec le propriétaire pour des essais… Seulement, il faut que je me décide très vite parce qu'apparemment je ne suis pas seule sur le coup. De toute façon, je te tiendrai au courant dès que j'aurai pris une décision… Bon, et maintenant, dis-moi, quand est-ce qu'on se voit ?

— Demain je déjeune "Chez Loïc" avec Linette et Kath. Viens nous rejoindre !

— Excellente idée ! Ça fait une éternité que je n'ai pas mangé un bon plat de poisson… Midi et demi, ça ira ?

— Oui, très bien ! Et en attendant, passe une bonne soirée !

• • •

Depuis près de six ans, Linette, la femme du patron pêcheur Paul Méral, dirigeait avec succès l'Office Touristique de Saint-Bredan. Lorsque la municipalité lui avait proposé ce poste, elle n'avait accepté qu'à condition de pouvoir organiser son travail à sa manière et aménager le lieu d'accueil selon son goût. Avec l'accord de la mairie, elle avait transformé un local poussiéreux en un espace gai et coloré, aux murs couverts d'affiches, de cartes, de dessins. Dans un coin, des fauteuils de rotin entouraient une table basse pleine de prospectus, de programmes, d'itinéraires de randonnées…

— Tiens, Julie ! s'exclama-t-elle en apercevant la libraire sur le seuil de la porte, le vendredi un peu avant midi. Tu es passée me prendre ? Quelle bonne idée !

— J'ai dû me rendre à ma banque, rue Saint-Clément. Comme c'est juste à côté, j'ai pensé que nous pourrions aller ensemble "Chez Loïc". Kath et Rozenn nous rejoindront là-bas.

— Je range mes dossiers, je mets un peu d'ordre… Je n'en ai que pour quelques minutes.

Julie s'assit dans un des fauteuils et la regarda s'affairer. C'était une femme menue, vive et pétillante qui formait avec Paul, patron de chalutier, un couple très harmonieux. "Mais ne vous y fiez pas, disait ce dernier en riant, sous ses dehors pleins de charme, Linette a l'étoffe du plus tyrannique des patrons pêcheurs. Heureusement pour moi, nous ne travaillons pas sur le même bateau !" Les deux femmes se rendirent à pied "Chez Loïc" un restaurant du port qui ne payait pas de mine mais où l'on mangeait les meilleurs crustacés de toute la côte. Le propriétaire les accueillit amicalement et les conduisit à une table où les attendait Kath Le Moal.

— Rozenn n'est pas encore là ?

— Non mais elle ne va sans doute pas tarder.

Elles commandèrent une bouteille de Pouilly Fuissé qu'elles sirotèrent en bavardant.

Mais une demi-heure plus tard, alors que la salle à manger s'était remplie et bourdonnait de conversations, Rozenn n'était toujours pas arrivée.

— Je vais aller lui téléphoner, dit Julie en se levant. Comme ça, nous saurons à quoi nous en tenir.

Lorsqu'elle revint, elle était perplexe.

— Je n'y comprends rien, j'ai laissé sonner je ne sais combien de fois mais personne n'a répondu.

— Elle est en route, inutile de s'inquiéter.

— Moi maintenant il faut que je mange sinon ce vin va me monter à la tête.

Julie fit signe au garçon :

— Vous avez des huîtres ? Des belons ? Non… Dans ce cas je prendrai des praires puis un filet de sole.

— A moi, il me faut quelque chose de plus solide, dit Linette en riant. En entrée, des langoustines, ensuite… de la lotte à l'armoricaine. Avec ça, je crois pouvoir survivre !

Kath qui n'aimait pas le poisson, commanda un tournedos. Comme d'habitude, les plats furent servis de façon parfaite. Mais Julie avala le contenu de son assiette sans plaisir, en écoutant distraitement Linette qui parlait de sa fille Charlotte, de Paul et des problèmes de la pêche. D'un haut-parleur invisible coulait la musique d'Alan Stivell. C'était elle que Julie entendait… La harpe prise dans le ressac des voix, et qui appelait le vent, la pluie, l'automne. Si mélancolique, si perdue…

— Toi, tu ne nous écoutes pas, dit soudain Linette. Tu es inquiète à cause de Rozenn ?

Julie sursauta.

— Oui… Hier quand je lui ai téléphoné, elle venait de terminer son patchwork pour le Salon Nautique et elle était en pleine phase de décompression. Je l'ai trouvée nerveuse, euphorique, prête à n'importe quelle extravagance. Elle… Elle a même parlé de vendre son bateau !

— Quoi ? Vendre le Diaoul ? Quelle mouche l'a piquée ?

— Je ne sais pas, je pensais qu'elle nous expliquerait tout ça aujourd'hui.

— Tu ne l'as pas vue hier soir ?

— Non… Elle avait l'intention de sortir.

— Oh ! Mais alors, je comprends tout ! fit Kath en riant. Elle a rencontré un jules. Et vous connaissez Rozenn dans ce domaine !…

Julie sourit à son tour.

— Tu as peut-être raison… Si c'est ça, notre petite réunion entre femmes lui sera simplement sortie de la tête.

•

Debout dans le bureau vitré qui surplombait son magasin, André Winter éclata de rire. Au-dessous de lui, dans une allée, Job Meury, un pêcheur en retraite, haranguait un groupe de touristes. Une gaffe à la main, il leur en démontrait l'utilisation à grand renfort de gestes et d'explications. André en était sûr, les vacanciers ne s'en iraient pas les mains vides ! Question baratin, le vieux pêcheur était imbattable et André Winter prétendait qu'à lui seul, il vendait davantage que le reste du personnel réuni. C'est pourquoi il tolérait sa présence, le laissait raconter ses exploits et conseiller ceux qui voulaient bien l'écouter. Les habitués rigolaient. Les autres suivaient ses avis et finissaient par acheter. Parler, choisir, acquérir… c'est ça le commerce, songeait André Winter en parcourant du regard son magasin de matériel nautique et d'accastillage.

Celui-ci était un immense hangar aménagé en hall d'exposition où l'on trouvait tout, absolument tout ce dont on pouvait avoir besoin sur n'importe quel bateau.

Bien qu'il ne l'avouât jamais, André Winter savait qu'une bonne partie de sa marchandise n'était que gadgets destinés à une clientèle aisée, dont l'utilité restait à démontrer. En les voyant, son grand-père aurait levé les bras au ciel car lui avait avitaillé jadis les navires de grande pêche où tout ce qui montait à bord était indispensable au travail et à la survie des hommes.

Mais comme tant d'autres, cette activité avait périclité, plongeant Saint-Bredan dans un marasme économique. Et peu à peu, le port de pêche avait cédé la place à la plaisance.

André Winter n'était pas un nostalgique. Il s'était adapté en élargissant la gamme de ses produits. Depuis plusieurs années, il pouvait se vanter à juste titre d'être le seul sur la côte à satisfaire toutes les clientèles. Pêcheurs professionnels et amateurs, yachtmen, véliplanchistes, plongeurs… chacun se servait chez lui. Les ventes s'en étaient ressenties. "Shipchandler Winter SA" était une affaire florissante dont son propriétaire, au seuil de la retraite, avait tout lieu de se montrer satisfait.

André Winter allait regagner le rez-de-chaussée lorsqu'il sentit qu'on lui tapotait doucement le bras.

— On vous appelle au téléphone, lui dit Claire Bizien sa secrétaire. C'est votre femme… Elle ne paraît pas dans son état normal… Je ne sais pas ce qui se passe…

— Appelle-t-elle de la maison ?

— C'est ce que j'ai cru comprendre.

— Curieux… Elle devrait être à son labo.

— C'est aussi ce que je me suis dit.

— Bon… Passez-moi la communication. Je crois savoir de quoi il s'agit.

Chaque année, la même chose se répétait. Septembre était toujours une période difficile pour Caroline. A cette époque, l'angoisse resurgissait et, avec elle, les questions sans réponse et les images insoutenables. Longtemps, André avait espéré que les souvenirs s'estomperaient peu à peu et, sans s'effacer tout à fait, deviendraient supportables. Mais non… quand septembre arrivait, le peu de sédiments que la vie avait déposés sur le chagrin de Caroline se trouvaient balayés, arrachés, emportés. La mémoire décapée était à vif. Les images du passé s'y reflétaient comme sur un miroir sans tache et Caroline, une fois de plus, pleurait sa fille morte vingt ans auparavant.

André soupira. Comme chaque année, il allait devoir écouter, raisonner, apaiser. Ensuite, il le savait, la vie reprendrait son cours.

— Allô, Caroline, que se passe-t-il ?

— André, excuse-moi, je sais que tu n'aimes pas être dérangé. Seulement, je…

Il perçut le souffle rapide de sa femme dans l'écouteur. Elle semblait incapable de continuer.

— Caroline, qu'est-ce qu'il y a ? Pourquoi n'es-tu pas à ton labo ?

— Je suis rentrée à la maison à midi. Je… J'avais besoin d'un dossier. C'est en relevant le courrier que… que j'ai trouvé… C'est à propos de… de Marie-Léone…

André Winter frémit. Ah non ! Ça n'allait pas recommencer ! Il croyait en avoir fini avec ce genre de choses…

— Caroline, je t'en prie, explique-toi ! Qu'est-ce que tu as trouvé dans le courrier ?

— Une photo !… Une photo de Marie-Léone.

•

En quittant le Centre de Recherches Aquacoles et Marines, appelé communément le CRAM, le professeur Deville sentit brutalement la fatigue s'abattre sur ses épaules. La semaine avait été chargée. C'était maintenant qu'il allait en ressentir le contrecoup. Le métier de chercheur n'était pas de tout repos mais si passionnant ! La biotechnologie marine offrait aux scientifiques des moyens d'investigation insoupçonnés quelques années auparavant, et ouvrait des perspectives fascinantes notamment en ichtyologie, domaine dans lequel Serge Deville était un spécialiste reconnu.

Depuis plusieurs mois, il avait en charge un programme d'étude portant sur l'amélioration de l'élevage des salmonidés. Il avait mis ce projet sur pied en collaboration avec le docteur Caroline Winter, directrice scientifique du CRAM, mais c'était à lui seul qu'en incombaient la réalisation et le fonctionnement. Cela représentait une somme de travail et une responsabilité considérables. Il ne s'en plaignait pas. Ses recherches progressaient de façon satisfaisante et lui procuraient une satisfaction intellectuelle encore jamais éprouvée auparavant.

Après avoir parcouru la quinzaine de kilomètres qui

séparaient le CRAM de Saint-Bredan, Serge Deville entra en ville. La circulation était assez fluide pour un vendredi et il atteignit rapidement le garage souterrain où il parquait sa Lancia.

C'est en montant l'escalier qui menait à son appartement situé sous les toits, qu'il mesura vraiment combien il était fourbu. "Le mieux serait de tout laisser en plan et d'aller passer le week-end à Coatnoz. Là-bas, je pourrais me reposer…"

Mais il avait apporté du labo une mallette pleine de dossiers. Son programme avait pris un retard imprévu qu'il devait absolument combler. Et il ne travaillait bien qu'en ville. A Coatnoz, il y avait trop de landes et de forêts, trop de promenades et trop de livres…

Une fois chez lui, Serge Deville se servit une bière puis se laissa tomber dans son fauteuil. Peu à peu, il se détendit. Son appartement avait toujours sur ses nerfs un effet apaisant.

— Je passe mes journées dans un labo, avait-il expliqué au décorateur lors de son emménagement, donc pas question chez moi de néon, d'acier inoxydable ou de carrelage blanc ! Arrangez-moi quelque chose de chaud et d'intime.

Il n'avait pas été déçu… Plafonds mansardés, lambris, parquets cirés recouverts de tapis tibétains, fauteuils tendus de velours tabac, lit dissimulé dans une alcôve, lumière indirecte… Tout concourait au confort et Deville se sentait bien chez lui. "Un antre de vieux garçon !… Evidemment, c'est un peu exigu. Mais quand j'ai besoin d'espace, je vais à Coatnoz, là-bas, il n'en manque pas. Et la chère tante Alice est toujours si heureuse de me voir arriver…"

Serge Deville se leva et s'approcha d'une fenêtre. Le vent était enfin tombé. Il contempla distraitement les toits d'ardoise de la ville et les nuages qui bleuissaient dans le crépuscule.

Pour lui, les fins de semaines avaient un goût un peu amer. Celui des heures solitaires et libres qui s'étendent au loin comme une plage en hiver.

•

Debout au milieu de sa galerie d'art, Christian Masset regarda le couple de touristes traverser la rue et s'éloigner en direction de la Place du Marché.

Il était de mauvaise humeur.

Il venait de rater une vente et, surtout, il avait perdu son temps. Il aurait pourtant dû deviner qu'avec ces clients-là il n'aboutirait à rien. Ils puaient la radinerie à vingt pas ! Malgré tout, quand ils s'étaient présentés dans la galerie, Masset leur avait joué son numéro habituel sur l'art et l'histoire régionale avant de bifurquer adroitement sur le patrimoine séculaire que si peu de gens savaient protéger. Une honte de la part des pouvoirs publics que de laisser tant de richesses se dégrader ainsi !

Autant prêcher dans le désert ! Le couple avait admiré les œuvres exposées puis s'était pâmé devant la statue de Saint-Budoc que Masset avait extraite d'une caisse à leur intention.

— Une pure merveille… bois polychrome du XVe siècle. Pièce unique de l'art paysan… Je l'ai achetée aux propriétaires d'une chapelle privée et sauvée d'une dégradation certaine… l'humidité, la poussière, les vers…

— Est-elle à vendre ?

— Bien entendu. Et je peux vous affirmer que son acquéreur fera un excellent placement.

Mais quand Masset en avait énoncé le prix, les visages s'étaient aussitôt refermés. "Des béotiens… Si le prix est trop fort, ils ne veulent pas débourser. S'il est trop bas, ils ont peur d'être floués !"

— Un tel investissement ne se décide pas à la légère, avait-il ajouté. Réfléchissez et revenez me voir quand vous voudrez.

Mais en les raccompagnant à la porte, il savait que ces deux-là ne remettraient plus les pieds chez lui. Il regagnait le fond de la galerie lorsque le téléphone se mit à sonner. Masset s'assit à son bureau et décrocha. Son visage s'assombrit. Il venait de reconnaître la voix de Louis Clément, directeur du Salon Nautique.

— Dites donc, mon cher Masset, de qui vous moquez-vous ? J'ai attendu tout l'après-midi que vous me livriez l'œuvre de mademoiselle Keruhel… Il est maintenant presque dix-huit heures et je tourne en rond avec mes décorateurs ! Qu'est-ce que vous foutez, mon vieux ? Le Salon ouvre ses portes dans quelques jours et la composition de Rozenn Keruhel occupe une place essentielle dans le hall d'accueil. Son installation ne peut s'improviser au dernier moment.

Christian Masset avala péniblement sa salive. Cela faisait plusieurs heures qu'il s'attendait à cet appel.

— J'allais vous téléphoner… Je suis moi-même très embêté. Mademoiselle Keruhel ne m'a pas apporté son patchwork. Je l'ai appelée à plusieurs reprises sans succès. Il semble qu'elle ne soit pas chez elle…

— Ecoutez Masset ! Vous êtes son agent artistique, à ce titre vous vous êtes engagé à ce que l'œuvre commandée soit exécutée et livrée dans les délais prescrits. J'ai personnellement poussé le conseil d'administration du Salon à faire confiance à cette jeune artiste. Je me demande maintenant si je n'ai pas agi à la légère… Les croquis et le projet étaient superbes mais… était-elle à même de mener à terme une œuvre de cette envergure ?… Je me pose la question.

— Oh ! Rassurez-vous ! J'ai vu "Reflets et Vibrations" en chantier, l'œuvre tenait ses promesses.

— En chantier mais pas achevée ! Qui me dit que mademoiselle Keruhel n'a pas été dépassée par l'ampleur de sa tâche et qu'elle n'a pas déclaré forfait ?

— Non, impossible ! Il y a certainement un malentendu que je me fais fort d'élucider très vite.

— Je vous le conseille, mon cher Masset ! Mon équipe et moi-même serons au Salon demain samedi toute la journée et j'entends que vous me livriez la composition de Rozenn Keruhel. Si ce n'est pas le cas, je me chargerai de discréditer votre réputation au sein de la profession. D'autre part, je vous signale que nous serons en droit d'exiger une compensation financière… Mais je suis convaincu que nous n'aurons pas à en arriver là, fit Louis Clément d'une voix un peu radoucie. A demain donc, cher ami.

• • •

Julie Cotten dormit mal.

Comme aux pires heures de la maladie d'Antoine, elle s'était réveillée à tout moment, émergeant du sommeil ainsi qu'un plongeur à bout de souffle, engluée dans l'angoisse, sans repère, sans défense…

Au matin, l'esprit encore engourdi, elle avait à nouveau téléphoné à Rozenn. En vain.

— Et alors ! rétorqua Kath Le Moal à l'ouverture de la bouquinerie. Si Rozenn est avec un homme, pourquoi voudrais-tu qu'elle soit déjà rentrée chez elle ?

— Oui, évidemment mais je ne peux m'empêcher de trouver son absence inquiétante.

— Dans ce cas, appelle sa voisine, à Locheven.

— Ah non ! Pas question ! Madame Menou a déjà trop tendance à se mêler de ce qui ne la regarde pas.

Des clients qui arrivaient interrompirent leur conversation. Puis, comme tous les samedis matin, la librairie ne désemplit plus. Un peu avant midi, Kath rejoignit Julie dans l'arrière-boutique.

— Et si elle était sortie en mer et qu'elle ait eu un pépin ?…

Julie sursauta. Comment n'y avait-elle pas songé plus tôt ? C'était tout à fait plausible et pas forcément dramatique. Il arrivait à Rozenn de s'évader ainsi quelques heures voire un jour ou deux sans prévenir personne. "Reflets et Vibrations" terminé, elle pouvait très bien avoir été prise d'une irrésistible envie d'espace et de vent. Envie à laquelle elle n'avait jamais su dire non…

— Je vais descendre au port voir si le Diaoul est amarré à son poste. Dans le cas contraire, j'alerterai immédiatement la gendarmerie maritime.

Mais dès qu'elle déboucha sur les quais, Julie repéra la coque jaune du Diaoul sagement aligné parmi les autres yachts. L'incertitude persistait. Elle décida néanmoins d'aller examiner le bateau de plus près.

A la hauteur du ponton H, Julie s'engagea sur la cale flottante et découvrit avec soulagement que la porte du roof était ouverte. Rozenn était à bord !

Un sourire aux lèvres, elle enjamba les batayoles et dégringola les échelons qui menaient au carré. Mais là, dans la pénombre, elle se trouva nez à nez avec un homme qui le regardait fixement.

— Oh ! Qu'est-ce que vous faites ici ? Qui vous a permis de…

— Hé ma p'tite dame, j'pourrais vous poser la même question !

— Mais…

— Vous n'êtes pas la propriétaire que j'sache !…

— Je cherche mademoiselle Keruhel. Je croyais la

trouver à bord mais je me suis trompée, fit Julie en sentant des larmes de déception lui monter aux yeux. Puis elle s'apprêta à regagner le pont.

— Hé ! Attendez que je vous explique !… Je m'appelle Bob Jobic et j'suis le gardien de ce bateau. Mademoiselle Keruhel m'avait parlé d'une petite voie d'eau dans la cale, j'suis venu m'rendre compte de ce qu'il en était.

Il se frotta les mains sur son jeans douteux et grimaça un sourire.

Julie dont les yeux s'étaient habitués à la pénombre, remarqua alors le désordre qui régnait dans le carré. La table à cartes était envahie de verres sales, de cendriers pleins de mégots, de paquets de gâteaux éventrés. Les deux couchettes étaient défaites, les oreillers écrasés… "Une voie d'eau, ça m'étonnerait… On dirait plutôt que ce type a couché ici et qu'il vient de se réveiller. Ce n'est pas le culot qui a l'air de lui manquer à celui-là". Et soudain, elle trouva que la cabine avait un aspect veule et sale, un air de chambre de passe.

— Juste une chose, dit-elle soudain pressée de s'en aller. Pouvez-vous me dire quand vous avez aperçu mademoiselle Keruhel pour la dernière fois ?

— Voyons… Voyons… Aujourd'hui, on est samedi… Mmmm, c'est mercredi que je l'ai rencontrée sur le port. Oui ! C'est même à cette occasion qu'elle m'a parlé de la voie d'eau. Depuis, je l'ai pas revue.

Julie le remercia et remonta rapidement sur le pont, bien décidée à se rendre au plus vite à Locheven, chez

Rozenn. Elle n'avait que trop tardé ! Elle savait maintenant que seule la maison du Promontoire pourrait éventuellement lui révéler quelque chose sur l'étrange disparition de son amie.

•

Cette fois c'en était trop !

Hélène Féraux était maintenant tout à fait décidée d'en finir !

Si Thomas l'avait prise pour une dinde durant tant d'années, comment s'en étonner ?

Elle avait si parfaitement joué le jeu que personne, même pas son mari, ne l'avait soupçonnée de duplicité.

Si elle avait été seule en cause, peut-être aurait-elle continué à fermer les yeux. Sa vie conjugale n'était pas un enfer, elle comportait même de réels avantages. Thomas était bel homme, courtois, instruit, brillant en société. A la maison, il ne se montrait pas franchement désagréable du moment que l'on ne touchait ni à son confort, ni à son indépendance.

Mais cela ne suffisait plus.

Cela ne suffisait plus parce qu'il y avait Florence qui, à seize ans, commençait à émettre des doutes sur la vie que menait son père, et qui exigeait davantage de sa part qu'une indifférence polie.

Et aussi parce qu'elle-même ne supportait plus de servir de paravent, de vestiaire, de pied-à-terre et de raison sociale à son mari. Aujourd'hui cette comédie était terminée !

Hélène avait donc décidé de prendre le taureau par les cornes et de procéder à quelques vérifications.

Thomas avait-il jamais pensé combien c'était facile ? Humiliant mais facile…

Sous un prétexte quelconque, elle avait simplement téléphoné au siège de la Compagnie et demandé qu'on lui précise les lieux et dates des derniers déplacements de son mari. Ainsi, elle avait appris que le 10 août, Thomas s'était bel et bien rendu à Hambourg comme il le lui avait dit, afin d'expertiser un céréalier. Cela avait demandé deux jours, après quoi le navire avait repris la mer.

Mais Thomas, lui, n'était rentré à Saint-Servan que le 15 août.

Ensuite il y avait eu Gênes, une avarie à bord d'un cargo mixte. Durée de la réparation, une demi-journée. Et là encore Thomas avait prolongé son séjour de quarante-huit heures.

Et puis, avant-hier ça avait été le drame… Hélène Féraux serra les poings en songeant à la déception de sa fille quand elle avait appris que son père n'assisterait pas au concert auquel elle participait avec l'orchestre du Conservatoire.

— Quoi ? !… Il me l'avait pourtant promis ! Tout le monde y sera… les parents, les amis, les profs… Mais pour moi qui joue en soliste, personne ne se dérangera ! Je trouve ça vraiment… au-dessous de tout !

— Je serai là.

— Bien sûr, toi tu es toujours là, avait répondu Florence en embrassant sa mère. Mais lui, hein ? Jamais il ne ferait un effort ! Pourtant aujourd'hui, je l'aurais mérité, il me semble !

Hélène qui avait entendu des semaines durant résonner le hautbois de sa fille dans la maison, ne pouvait qu'approuver et consoler. Le chagrin qu'infligeait Thomas à Florence était impardonnable.

— D'ailleurs, avait ajouté celle-ci, on se demande parfois quelle est la vraie raison de toutes ses absences !

— Déplacements professionnels, tu le sais bien.

— Ouais, ça… Ou peut-être autre chose !

Hélène avait secoué la tête d'un air navré. Qu'aurait-elle pu répondre ? Elle savait maintenant que l'Aramis était arrivé en rade de Saint-Bredan dans la nuit de jeudi à vendredi et que Thomas ne s'était rendu à bord que le matin vers huit heures. S'il l'avait voulu, il aurait facilement pu assister au concert de sa fille.

— En tout cas, avait poursuivi Florence en regardant sa mère droit dans les yeux, sois sûre d'une chose… Je déteste l'hypocrisie et les compromissions. Et n'oublie pas que j'ai passé l'âge d'être protégée à tout prix.

Le message est clair, se dit une fois de plus Hélène Féraux en composant le numéro de téléphone d'un cousin éloigné, Maurice Léart, qui était aussi avocat.

— Cela va peut-être te surprendre, dit-elle après les préambules d'usage, mais j'ai la ferme intention de demander le divorce. Plusieurs raisons motivent ma décision, entre autres les infidélités de Thomas. J'aimerais que ce soit toi qui te charges de cette affaire et défendes mes intérêts.

— Il semble que ta décision soit irrévocable.

— Elle l'est.

— Dans ce cas, pas de problème. Passe me voir à mon étude dès que possible afin que nous puissions ouvrir un dossier et mettre les choses en train. Et… Euh… As-tu des preuves tangibles de l'adultère ? Des lettres, des photos…

— Non. Mais je te répète que j'en suis pratiquement certaine. Cela se passe lorsqu'il est en déplacement.

— Je vois… Dans ces conditions et si nous voulons mener l'affaire rondement, il n'y a qu'une solution : faire appel à une agence de détectives privés.

— Pouah ! Quelle horreur !

— Ecoute ! Soyons pragmatiques ! Qui veut la fin, veut les moyens. En droit comme ailleurs. De toute façon, la maison à laquelle je m'adresse pour ce genre de service est extrêmement sérieuse, d'une discrétion et d'un professionnalisme absolus. Tu n'as aucun souci à te faire de ce côté-là.

Hélène réfléchit un bref instant.

— Bon, c'est entendu si tu estimes cela indispensable.

— Il s'agit de l'Agence Privée Recherches et Surveillances - l'APRS -. Elle a des succursales dans les principales villes du pays ainsi qu'à l'étranger. Je vais prendre contact avec eux et, le moment venu, tu leur téléphoneras et ils se chargeront de tout. Quand nous serons en tête-à-tête, je te donnerai tous les détails dont tu auras besoin. Peut-on convenir d'une date ?

— Le plus tôt possible.

— Disons mardi, dix heures. Et crois-moi, Hélène, avec les preuves que nous fournira l'APRS, tu peux être sûre que ton divorce sera rapide, sans bavure et, de ce fait, d'autant moins douloureux pour tout le monde.

•

A Locheven, on appelait la maison de Rozenn Keruhel le "Promontoire" sans doute simplement parce qu'elle était située à l'extérieur du village, sur une avancée rocheuse face à la mer. Côté terre poussaient d'immenses pins saccagés par les tempêtes et qu'on négligeait d'élaguer.

Autour de la maison, le terrain était inculte. L'herbe folle croissait partout et le granit affleurait parmi les églantiers, la bruyère et les ronces. Des hortensias et des rhododendrons plantés par les occupants précédents avaient pris, faute d'être taillés, des proportions hallucinantes.

— Pourquoi ne demandes-tu pas à un retraité de s'occuper un peu de cette propriété ?

— Je n'aime pas les jardins ! Je déteste ce qui est domestiqué, rétorquait Rozenn. En outre, il faudrait supporter le bruit de la tondeuse et la fumée des herbes qu'on brûle. De toute manière, quand je travaille, je n'ai pas besoin de ce parc. Et quand je veux de l'air et de l'espace, je vais faire un tour en mer.

"Il faudra pourtant bien qu'elle se décide à mettre un peu d'ordre ici, c'est la jungle," grommela Julie en entendant les branches des buissons griffer la carrosserie du break.

Lorsqu'elle déboucha enfin sur l'espace dégagé devant la maison, elle faillit emboutir une camionnette stationnée à la sortie de l'allée. Elle stoppa net et aperçut un homme qui se précipitait à sa rencontre.

— J'ai entendu un bruit de moteur… J'espérais que c'était Rozenn qui rentrait, dit-il visiblement déçu.

— Ah ! Vous la cherchez aussi ?

— Et comment ! Mais apparemment il n'y a personne ici. Tout est bouclé. Le garage est vide.

— Vous en êtes sûr ?

L'homme haussa les épaules. D'un pas décidé, il retourna à la porte et actionna furieusement le heurtoir.

Une rafale de vent passa dans les pins noirs et indifférents. Sinistres avec leurs branches mortes qui pendaient comme des membres brisés. Julie regarda autour d'elle, désemparée. D'ailleurs tout était sinistre ici… cette maison fermée, ces ronces, la boursouflure des nuages, la mer juste là en dessous qui grognait comme un mauvais chien, et ce type qui tournaillait autour d'elle, l'air de vouloir lui demander des comptes.

— Parce que si vous savez où se trouve Rozenn Keruhel, je vous serais reconnaissant de me le dire. Il est absolument indispensable que je la voie… Je suis Christian Masset son agent artistique.

Julie en avait entendu parler mais ne l'avait jamais rencontré. Elle lui trouva le physique de l'emploi. Au premier abord, il ressemblait à un artiste avec ses cheveux mi-longs, son jeans et la grande écharpe de soie rouille qui s'échappait de son blouson. Mais derrière cette apparence, son regard était bleu, froid et calculateur.

— Hier matin, poursuivit-il, Rozenn devait m'apporter le patchwork composé pour le Salon Nautique…

— Oui, je suis au courant.

— Eh bien, elle ne l'a pas fait ! J'ignore encore pourquoi… Par contre, le directeur du Salon n'a pas manqué de se manifester ! Il semble persuadé que Rozenn n'a pas su mener à son terme l'œuvre commencée.

— Sur ce point, je peux vous rassurer, "Reflets et Vibrations" était terminé jeudi soir.

— Ah ! Excellente nouvelle ! Mais hélas cela ne me dit pas où l'œuvre se trouve en ce moment.

— Il faut à tout prix ouvrir cette porte. A l'intérieur on trouvera peut-être quelque chose qui nous renseignera sur l'absence de Rozenn. La voisine a une clé, je vais la chercher…

Lorsque Julie et Christian Masset pénétrèrent dans la maison, la première chose qui leur sauta aux yeux fut l'immense patchwork déployé au fond de l'atelier. Suspendu à une tringle, il était éclairé de plein fouet par la lumière de l'après-midi.

— Quelle merveille, murmura Julie le souffle coupé.

Sur un rectangle de toile, des centaines de petits éclats de couleurs froides miroitaient comme mer au soleil. Bleus, gris fer, turquoise, argent… les bouts de tissu avaient été minutieusement assemblés de manière à donner à l'ensemble de l'œuvre des mouvements spiralés qui évoquaient les vagues. Mais il y avait aussi, comme vues en transparence, des formes végétales à demi esquissées. C'était l'eau… et le fond de l'eau. Des reflets… et des vibrations.

— Quelle force ! Quelle beauté ! dit encore Julie. Et comme personne ne lui répondait, elle jeta un coup d'œil derrière elle.

La bouche entrouverte, Masset paraissait pétrifié.

— Vous avez raison. Quel talent ! Et une telle maîtrise ! Comme j'ai eu raison de la soutenir et de l'encourager.

Puis il alla jusqu'au panneau, en souleva un coin.

— Même la finition est parfaite. L'envers, les bordures… pas un fil ne dépasse !

Il se frotta les mains et reprit :

— Eh bien puisque l'œuvre est là, terminée et prête à être livrée, je vais tout de suite téléphoner au Salon pour les rassurer. Ensuite, comme je suis venu avec la camionnette, je pourrai l'emporter jusqu'à Nantes sans perdre de temps. Je suppose que vous n'y voyez pas d'inconvénient ?

— Aucun. Je vous demanderai seulement de me laisser un reçu.

— Cela va sans dire.

Alors que Masset allait téléphoner, Julie monta à l'étage et fit rapidement le tour des chambres. Elle n'y trouva rien. Aucune trace de violence ou d'effraction. Pas le moindre indice, pas le plus petit mot d'explication. Seulement l'absence et le silence. De plus en plus angoissée, elle regagna le rez-de-chaussée.

— Si vous voulez bien venir m'aider, ce sera vite fait, dit Masset. Nous allons d'abord déposer le panneau puis l'envelopper dans ces housses… Attention, c'est assez lourd. Oui, voilà… doucement. Bon, on y est ! Maintenant, roulons-le largement, sans serrer… Très bien… Je vous remercie. Il ne reste plus qu'à le transporter jusqu'à la camionnette.

Lorsque ce fut fait, il leva les yeux sur Julie.

— Vous avez vraiment l'air soucieuse. Bah ! Il ne faut pas. Rozenn s'est accordé quelques jours de vacances. Notez qu'elle les a bien mérités. Quel magnifique travail ! J'en suis ébloui ! Evidemment… partir comme ça, sans crier gare, ce n'est pas très gentil. Mais que voulez-vous, les artistes ont tous leurs lubies. Il ne faut pas y attacher d'importance… Tenez, voici mon numéro de téléphone. Appelez-moi dès qu'elle aura réapparu, ce qui ne tardera pas, vous verrez !

Julie serra la main du marchand et regarda la camionnette disparaître dans l'allée. Pour lui, le problème était résolu. Mais elle, elle était convaincue maintenant que seul un événement grave avait pu entraîner la disparition de Rozenn. Une lubie d'artiste… A d'autres !

Une nouvelle bouffée d'angoisse monta en elle.

Le calme de cette maison n'était qu'un mauvais sommeil, un sommeil qui n'allait pas tarder à se déchirer. Et elle pressentait que le réveil serait… terrifiant.

Désemparée, Julie alla à la fenêtre et, le front appuyé contre la vitre, elle regarda la mer. Le temps était clair mais au loin un banc de brume estompait l'horizon. Elle suivit des yeux les bateaux de pêche qui rentraient. Certains se dirigeaient vers Locheven, d'autres bifurquaient et embouquaient le chenal qui menait à la baie de Saint-Bredan. Au large de l'archipel d'Enez Glas, deux ou trois yachts cherchaient le vent.

Julie soupira. Il n'y avait rien ici, aucun indice, aucun message… Il fallait pourtant tenter quelque chose ! Elle respira profondément puis décrocha le téléphone et appela le commissariat de Saint-Bredan.

•

Assis près de la fenêtre, une loupe à la main, André Winter examinait la photo de sa fille. Vraisemblablement, elle avait été prise à l'improviste au bord de la mer, sur une plage. Marie-Léone était en train de se baigner, quelqu'un l'avait appelée, elle s'était retournée… Son visage trahissait une certaine surprise, rien de plus.

André ne se souvenait pas de ce cliché. Quant à Caroline, elle affirmait de façon péremptoire qu'aucune photo de ce genre n'avait figuré parmi celles prises au cours de l'été 1974. Mais comment pouvait-elle en être aussi sûre ?…

André déposa sa loupe et alla ouvrir la porte-fenêtre qui donnait sur la terrasse. La soirée était douce. Le vent avait diminué et l'on entendait le ruisseau qui coulait sous les arbres, au fond du vallon. André réfléchissait. Tous les clichés de cet été-là avaient été soigneusement rangés dans des cartons et relégués au grenier d'où ils n'étaient jamais redescendus…

— Une chose est certaine, dit Caroline qui venait d'entrer dans le salon, cet instantané a été pris très peu de temps avant la mort de Marie-Léone. Regarde !… Elle porte le drôle de maillot de bain en lamé doré qu'elle venait d'acheter, celui que tu n'aimais pas parce que tu le trouvais trop sexy.

— Oui, je me rappelle.

— Et il y a un détail auquel tu n'as pas prêté attention… Elle a autour du cou ses lunettes de plongée, celles qu'on n'a jamais retrouvées.

André hocha la tête. Ne pas s'énerver. Surtout garder son sang-froid et ne pas donner à cet incident plus d'importance qu'il n'en avait probablement…

— Et puis, poursuivit Caroline en retournant nerveusement la photo, à quoi rime cette inscription au verso : "En mémoire de Marie-Léone Winter décédée le 3 septembre 1974" ?… Il y a aussi cette écriture qui ne ressemble à rien.

— On a utilisé un normographe.

— Un quoi ?

— Une sorte de règle plate dans laquelle est découpée la forme des lettres et des chiffres.

— Ah oui, je vois… Mais ça ne me dit toujours pas

qui nous a envoyé cette photo et pourquoi, fit Caroline d'une voix perçante.

Puis elle étouffa un sanglot et alla appuyer son front contre la vitre de la fenêtre. André serra les poings. Ah non ! Le cauchemar n'allait pas recommencer ! Relever le courrier ne redeviendrait pas l'épreuve quotidienne qu'ils avaient connue après la mort de Marie-Léone, quand des dizaines de lettres leur avaient été adressées, tombant sur leur chagrin comme une neige malsaine. Non ! Ça ne se répéterait pas, il ne le permettrait pas !

Pour l'instant, il fallait en priorité ménager Caroline et ne rien faire qui puisse aggraver sa dépression.

— Allons, ressaisis-toi ! dit-il en la prenant par l'épaule. Il s'agit sans doute de quelqu'un qui a retrouvé cette vieille photo au fond d'un tiroir et qui a cru bien faire en nous l'envoyant... Qui a cru bien faire, Caroline. C'est là la seule explication !

— Tu le penses vraiment ? fit-elle d'une petite voix. La voix d'un enfant qui a vu bouger quelque chose dans le noir.

— Bien sûr, répondit André fermement.

— Alors ça ne vaut pas la peine d'avertir la police ?

— Absolument pas ! Il faut oublier cet incident, il n'a aucune importance... Par contre, dit-il en glissant la photo dans la poche de sa veste d'intérieur, ce qui me paraît indispensable c'est de boire un scotch ! Cela nous fera du bien à tous les deux.

•

Tous les marins évitent la brume.

Pas lui...

Lui il la cherche. Il l'adore. Il s'y plonge.

Plus le banc est épais, mieux il s'y sent. C'est lourd, soyeux comme une chevelure. Et si sûr, si inaccessible...

Quand il se fraie un chemin dans sa touffeur de femelle, il lui vient une impression délicieuse. Celle d'étouffer petit à petit.

Alors il mouille une ancre et reste sur le pont. Immobile, haletant...

Et il écoute. Ecoute l'écho des voix falsifiées qui geignent au loin.

Regarde les sueurs bruineuses qui montent en volutes, deviennent colonnes, forêts nocturnes, érections grandioses... puis, roulant sur elles-mêmes, sombres cavernes et marques violettes serrées comme un torque autour d'un cou gracile.

Regarde encore, les yeux écarquillés, ronds comme des hublots ou des lunettes de plongée. Grands ouverts pour mieux distinguer les organes évidés de la brume.

Il dit : Quelque chose a foiré. Quelque chose est resté coincé au fond.

Où ? Impossible à savoir. Le ventre de la mer est un monde aveugle.

Il dit : Quelque chose est bloqué. Retenu. Empêché. Accroché par une bretelle. Arrêté par un rocher. Intercepté...

La brume pose sur la proue ses doigts sans ongles.

Intercepté par quoi ? Grain de sable dans les rouages. Sable doré, plissé en vaguelettes comme le tissu tendu d'un bustier.

Que faire pour libérer ça ? Et que ça poursuive sa route jusqu'au bout ?

Il crie : Merde ! Si je ne lui ai pas foutu une gueuse au cou, c'est pour qu'elle aille jusqu'au bout leur rafraîchir la mémoire !

Les yeux exorbités, il fixe le vide, le soir qui tombe et la brume qui devient un écran bleu.

Il hurle : Laissez-la passer ! Laissez-la passer qu'elle aille là-bas s'échouer sur leur rivage, et leur rafraîchisse la mémoire.

CHAPITRE II

Dimanche 11 septembre.

Quand Tulloch, le clochard, sortit de sa caravane, le dimanche matin à l'aube, un épais brouillard recouvrait la baie de Saint-Bredan.

— Bon temps ça, marmonna-t-il. A c'te heure les bourgeois dorment encore… Et ceux qui ont les yeux vissés à leurs jumelles peuvent se les mettre sous le bras ! C'est pas aujourd'hui qu'ils me dénonceront aux flics. Mais faut faire vite avant que l'soleil dissipe tout ça !

Sans plus attendre, Tulloch saisit deux grands sacs de jute, dévala le sentier et traversa la grève jusqu'aux parcs à huîtres de l'entreprise Gallou.

— Ces ostréiculteurs, tous des fachos… J'vois pas pourquoi je m'gênerais !, grommela-t-il, encore mal remis de sa cuite de la veille.

Il était six heures trente. A sept heures la mer serait basse ce qui lui laissait largement le temps de remplir ses cabas de jolies petites belons…

Il avait presque terminé lorsqu'en se redressant, il aperçut en dehors de la concession un gros sac de plastique empêtré dans du goémon. La marée apportait tous les jours ce genre de cochonneries… Il décida d'aller y jeter un coup d'œil, il y avait peut-être quelque chose à récupérer.

Tulloch remonta la grève en traînant les pieds jusqu'au moment où il comprit que le brouillard l'avait trompé. Ce qu'il avait pris pour du plastique était la peau claire d'un dos. Un dos, un bras, une main…

Le clochard se précipita en trébuchant.

— Merde ! Un macchabée… éructa-t-il tandis que toute la vinasse ingurgitée la veille se mettait à ballotter dangereusement dans son estomac. Bordel ! Fallait que ça tombe sur moi…

Puis il s'approcha et découvrit une jeune femme en maillot de bain.

— Encore une qui a voulu nager trop loin et qui a pas pu revenir…

L'homme se baissa et retourna le corps. Le visage était enduit d'une couche de vase qui lui masquait les traits, colmatant ses yeux et ses oreilles. De la bouche entrouverte coula un peu d'eau grise. Tulloch hocha tristement la tête et de l'index écarta les cheveux emmêlés. Un crabe dérangé s'en échappa ;

— Sont pas longs à v'nir vous bouffer, les ordures !… fit-il en l'écrasant sous son talon.

Puis il remarqua soudain que des marques noirâtres encerclaient le cou de la morte. Il se redressa d'un bond et recula en titubant.

— Mais c'est qu'elle ne s'est peut-être pas noyée, la garce !… Oh ! Mais ça change tout… J'veux pas être mêlé à ce coup-là, moi ! Ah ! Nom de Dieu… pas question !

Tulloch revint en courant jusqu'au parc, vida ses sacs pleins d'huîtres, les éparpilla à grands coups de pieds et quitta les lieux aussi vite qu'il le put. Il savait que la marée qui montait ne tarderait pas à effacer ses traces.

Toujours courant et gesticulant, il regagna sa caravane. Claqua la porte. Et alla se fourrer tout habillé dans son lit.

•

— Moi, je pense que Julie se monte la tête, dit Paul Méral en trempant une tranche de pain beurré dans son bol de café. Je trouve même que sa tendance à tout dramatiser s'aggrave avec le temps.

Linette hocha la tête l'air peu convaincue. La veille, après que Julie lui eut téléphoné pour lui raconter sa visite à Locheven, elle avait tenté d'en parler avec Paul. Mais celui-ci lui avait fait comprendre qu'il était trop éreinté pour se soucier des mésaventures de Rozenn Keruhel. Qu'elle se débrouille avec ses problèmes ! Lui avait les siens, et autrement plus préoccupants…

— Observe-la, reprit Paul en engloutissant une nouvelle tartine. On dirait qu'elle se fragilise. Elle devient de plus en plus mince, de plus en plus transparente. Bientôt, elle n'existera plus qu'à travers ses bouquins, recluse au fond de sa librairie. Déjà, elle se met à ressembler à une vieille fille avec son chignon et sa façon ridicule de s'habiller… Ses pulls informes qui lui descendent jusqu'aux genoux ou ses robes tellement immenses qu'on en mettrait deux comme elle à l'intérieur ! Qu'est-ce que cela signifie ? Peux-tu me le dire ?

Il a raison, songea Linette que la perspicacité de son mari étonnait toujours. Pourquoi Julie se replie-t-elle ainsi sur elle-même ? Bien sûr, elle n'avait jamais été du genre à attirer les regards. Son charme était discret, impalpable… Tout à fait l'opposé de Rozenn. Curieux que deux femmes aussi différentes se soient toujours aussi bien entendues !

Pourtant, après son mariage avec Antoine Cotten, Julie avait semblé rejeter une fois pour toutes les voiles dans lesquels elle aimait tant se cacher. Elle avait oublié sa timidité pour devenir une femme charmante et drôle, qui recevait les amis de son mari, accompagnait celui-ci partout où il allait et le secondait de manière parfaite à la librairie. Sans doute tout cela n'était-il que le reflet du tempérament impétueux d'Antoine. Celui-ci n'étant plus de ce monde, Julie s'éteignait à son tour.

— C'est vrai qu'elle paraît vulnérable, reconnut Linette. Mais je t'assure que, moralement du moins, elle est tout à fait d'aplomb. D'ailleurs moi aussi je suis inquiète. Rozenn n'a pas pu disparaître ainsi sans raison.

— Quelqu'un a prévenu la police ?

— Oui mais ça n'a rien donné. Tous les accidentés admis ces trois derniers jours dans les hôpitaux ont été identifiés. Il paraît qu'on ne peut rien faire de plus pour le moment.

— Normal.

Paul Méral se sentait un peu honteux vis-à-vis de sa femme. Hier, il l'avait rembarrée quand elle avait voulu lui parler à ce sujet. Mais il était si crevé !… Depuis deux jours que son bateau, le Protée, était à quai, il n'avait pas eu le temps de souffler

Livrer sa pêche, réparer le matériel, remettre le navire en état pour la prochaine marée… Son équipage et lui n'en étaient venus à bout qu'hier, en début de soirée.

Et maintenant, il comptait passer son dimanche à lézarder, surtout sans mettre le nez dehors parce que du grand air, il en avait assez respiré toute la semaine !

Paul se leva de table et alla rincer son bol dans l'évier tout en observant sa femme du coin de l'œil.

— Bon, dit-il en se plantant devant elle, qu'est-ce que tu attends de moi ? Je vois bien que tu as une idée derrière la tête.

— Tu pourrais peut-être téléphoner à Marc Lefoll. En tant que journaliste, il est toujours informé de tout avant tout le monde. Et s'il ne sait rien, il pourrait éventuellement contacter le commissaire Garec, je sais qu'il le connaît…

— D'accord, je vais appeler Marc. Mais je suis sûr qu'il va trouver mon coup de fil complètement farfelu !

Contrairement à ce que pensait Paul, Marc Lefoll, journaliste à l'Ouest-Eclair, comprit tout à fait l'inquiétude des Méral.

— Je ne sais rien, répondit-il, mais j'ai été en congé

toute la semaine, du coup je suis un peu déconnecté de l'actualité. Je vais me renseigner… Si j'apprends quoi que ce soit, je te rappelle.

•

Le dimanche était un jour que le commissaire Jean Garec détestait cordialement. Il n'avait aucun goût pour l'oisiveté forcée, les déjeuners en famille ou les randonnées pédestres dans lesquelles tentait de l'entraîner sa femme. Aussi ne grognait-il jamais lorsque quelqu'un lui téléphonait ce jour-là pour lui demander un service. Au contraire ! Ces appels agissaient sur lui comme une tasse de café corsé sur un accès de somnolence. L'atmosphère ouatée du dimanche se dissipait et il reprenait pied dans la vie active.

— Bon ! dit-il à Marc Lefoll en sortant un bloc-notes et un Bic de son bureau, je ne vois que trois raisons pour expliquer la disparition de mademoiselle Keruhel : accident de la route, escapade amoureuse, accident de mer. Si j'ai bien compris ton histoire, on peut écarter les deux premières. Reste donc la troisième…

— Qui ne tient pas debout non plus. On a vérifié, le yacht de Rozenn est à son mouillage.

— Elle possède peut-être une planche à voile.

— Non, je ne crois pas.

— Alors la baignade… Comme elle habite juste en bord de mer, elle a pu aller nager, dériver et…

— Ça ne colle pas. D'abord parce que Paul m'a dit

que sa voiture ne se trouvait pas dans son garage, ensuite parce qu'elle ne se baigne jamais ici, elle trouve l'eau trop froide. D'ailleurs, ce type d'accident est relativement rare et…

— Détrompe-toi ! Notre région en détient le triste record ! Imprudences, coïncidences malheureuses, parages particulièrement dangereux… Si cela se savait, le développement touristique en prendrait un sale coup ! N'en déplaise à ton amie madame Méral, notre coin n'a rien d'un paradis pour les activités nautiques ! Elle devrait venir jeter un coup d'œil à nos statistiques pour s'en convaincre.

— Si c'est aussi grave que ça, pourquoi n'alertes-tu pas les pouvoirs publics ?

— Je l'ai fait. On m'a assuré que les communes prendraient toutes les mesures nécessaires. Bon ! Pour en revenir à Rozenn Keruhel, je n'ai rien entendu de particulier. Mais dès demain, je mettrai discrètement mes services sur le coup et je te donnerai des nouvelles.

•

Il était un peu plus de quatorze heures quand Justine Janin, propriétaire d'un bar tabac situé tout au bout du port de pêche, téléphona à la gendarmerie pour signaler que le corps d'une femme s'était échoué sur la grève de Keravel.

Non, elle ne pouvait fournir d'autres détails mais la police la connaissait suffisamment pour savoir qu'elle ne la dérangeait jamais pour rien et que les plaisanteries macabres n'étaient pas sa distraction favorite. D'où tenait-elle ce renseignement ? D'un client qui pour l'instant préférait garder l'anonymat. Elle-même ne faisait que son devoir, à la police maintenant d'accomplir le sien ! Sur quoi, elle raccrocha.

"Sale histoire", se dit-elle en revenant à son comptoir. Au fond du bistrot, Tulloch était attablé devant une fine à l'eau. Le dos rond, il jetait des regards apeurés autour de lui.

Il avait passé la matinée blotti sous sa couverture crasseuse, s'attendant à tout moment à voir une armée de gendarmes défoncer la porte de sa caravane. Puis il avait fini par sombrer dans un sommeil entrecoupé de cauchemars où femmes, poissons avariés, sacs de plastique et huîtres glaireuses dansaient une sarabande qui lui martelait le crâne.

La soif l'avait réveillé. Il s'était levé et pour se remettre, avait avalé ce qui lui restait de sa beuverie de la veille.

Dehors, le brouillard s'était dissipé mais dans sa tête rien n'était clair. Il avait ouvert sa porte. La mer était pleine. L'anse de Keravel brillait d'un bleu éclatant. Il avait fait quelques pas et soudain, tout lui était revenu.

Le clochard avait alors dévalé le sentier et découvert avec horreur que la marée montante avait amené le corps de la morte jusqu'au pied du talus… Là, juste en dessous de chez lui !… Si quelqu'un tombait sur elle, lui Tulloch se retrouverait aussi sec en cabane !… Sûr que ça louperait pas, il serait bon pour le bagne !

Sans réfléchir davantage, il avait alors enfourché sa

bicyclette et s'était précipité "Chez Justine". Là, il avait raconté en hoquetant son histoire à la patronne. Celle-ci connaissait bien le clochard. Paresseux, répugnant, ivrogne, voleur mais certainement ni violeur, ni assassin… Aussi l'avait-elle convaincu que la seule façon d'écarter les soupçons était de signaler sa découverte à la police. Et le plus vite possible !

La bave aux lèvres, Tulloch avait hoché la tête :

— D'accord… Mais avant, verse-moi un verre ! Quelque chose de costaud pour une fois. J'sens que j'vais pas tarder à tomber dans les pommes…

•

— Allons, Charlotte, à toi l'honneur ! dit Linette en déposant devant sa fille une énorme tourte au chocolat surmontée de quatorze petites bougies rouges.

— Il faut que je souffle ça toute seule ? Jamais je n'y arriverai ! répondit Charlotte en parcourant les invités du regard.

Pour fêter l'anniversaire de leur fille, les Méral avaient convié en fin d'après-midi une dizaine de leurs amis et quelques camarades de Charlotte. Linette avait préparé une montagne de canapés et d'amuse-gueules dont il ne restait plus une miette.

— N'attends pas que les bougies coulent, fit Paul, et par pitié, dépêche-toi, nous avons encore faim !

La jeune fille fit une grimace à son père puis se pencha et souffla.

— Ouah ! Ça y est ! hurla un adolescent boutonneux en exécutant le V de la victoire. Charlotte lui envoya une bourrade puis elle saisit le couteau et la truelle à pâtisserie et commença à découper son gâteau d'anniversaire.

A cet instant, Julie qui l'observait découvrit quelle femme elle serait dans quelques années. Ce fut furtif mais terriblement précis. "Mon Dieu, déjà…" songea-t-elle avec cette tristesse vague que l'on éprouve quand une saison s'achève.

Puis elle sourit. Pour le moment, la future femme ne donnait pas dans le raffinement vestimentaire ! Elle arborait un superbe survêtement jaune canari avec, sur le devant du sweat, un dinosaure rigolard. Aux pieds, elle portait des baskets blanches et rose vif, et autour du front un bandana de la même teinte. Dans cet accoutrement éclatant, elle ressemblait à toutes les filles de son âge. "Et c'est sans aucun doute ce qu'elle désire par-dessus tout", se dit Julie en se rappelant qu'adolescente, elle aussi détestait se singulariser.

Rozenn n'était pas ainsi… Mais Rozenn avait toujours été différente et fière de l'être.

La première fois qu'elles s'étaient rencontrées, c'était en seconde, au lycée. Rozenn était interne et ne rentrait que rarement chez ses tuteurs, un oncle et une tante âgés, peu soucieux de s'encombrer d'une gamine turbulente. Julie, fille unique, vivait chez ses parents.

Au cours du premier trimestre, Rozenn n'avait prêté aucune attention à Julie. Puis un jour, lors d'une discussion enflammée qui l'opposait au reste de la classe, Rozenn s'était soudain trouvée à cours d'arguments. La panne… le blanc… le silence. Un de ces silences affreux qui vous ruine une réputation ! Alors Julie, d'une voix flûtée, avait relancé le débat en prenant franchement position pour Rozenn.

"C'est de ce jour-là que date notre amitié, se dit-elle. Ensuite, nous ne nous sommes plus vraiment quittées…" Plus tard, au cours de leurs études, elles avaient partagé le même petit appartement. C'était si réconfortant pour Julie de ne pas se trouver seule dans ce milieu impressionnant, avec tous ces étudiants tellement sûrs d'eux-mêmes alors qu'elle n'avait qu'une envie : rentrer au plus vite dans le giron familial ! Mais avec Rozenn à ses côtés, elle avait eu le courage d'affronter sa nouvelle vie, et ensuite de l'apprécier.

Julie s'était inscrite à la Fac de Lettres tandis que Rozenn choisissait de préparer une maîtrise d'histoire de l'art. Mais ces études lui avaient vite paru trop théoriques. "Je ne veux pas devenir conservateur de musée, ni prof de dessin…". Elle avait alors bifurqué vers les Beaux-Arts. Mais là aussi l'académisme régnant lui était devenu insupportable. Elle avait alors consacré tout son temps à dessiner, peindre, faire des collages pour finir par découvrir la technique des tissus appliqués et du patchwork. Explorant toutes les possibilités de ce mode d'expression, elle avait rapidement acquis un savoir-faire qui permit à son talent de s'exprimer.

C'est au moment où Rozenn exposait ses œuvres pour la première fois que Julie interrompit ses études et épousa Antoine Cotten.

Ce fut à cette époque-là aussi que Rozenn entra en

possession de la fortune que lui avaient laissée ses parents. Julie découvrit alors avec stupeur que son amie était riche.

Assez riche du moins pour échapper à l'obligation de gagner sa vie ce qui lui permit de continuer dans la voie qu'elle s'était choisie. Avec succès… Quelques années plus tard, elle présenta l'une de ses œuvres "Le Chat Ecorché" au Salon International des Arts du Tissu et remporta le premier prix au concours organisé à cette occasion par les représentants des industries textiles. Du coup sa renommée grandit. Et comme toujours en pareil cas, les envieux prétendirent que le ciel n'était pas juste. Belle, intelligente, talentueuse, riche…

Mais Julie savait ce que cette apparence brillante cachait de souffrances et de frustrations.

Si Rozenn avait été éduquée dans les meilleurs collèges, elle y était aussi restée la plupart des week-ends, ses tuteurs ne voulant pas s'embarrasser d'elle. Si elle parlait couramment l'anglais et l'espagnol, excellait en équitation, ski et voile, c'est qu'elle avait passé toutes ses vacances en classes de neige, stages de voile, séjours linguistiques. Il va sans dire que pour elle on ne regardait pas à la dépense et qu'elle avait bénéficié de ce qui existait de mieux. Le mercenariat pédagogique, ça elle connaissait ! En revanche, la vie de famille n'avait jamais dépassé pour elle le stade du concept culturel.

— Julie ! Tu rêves ? Regarde ! Tu n'as même pas entamé ta part de gâteau.

— C'est vrai, ma chérie, j'étais dans les nuages,

répondit-elle en mordant dans son morceau de tourte. Mmm… Succulent ! Tu sais quoi ? Tu devrais passer un de ces jours à Tan Dei, j'ai toute une collection de bandes dessinées des années soixante. Je suis sûre qu'elles te plairaient.

— D'accord, je viendrai, j'adore tout ce qui est rétro. Oh ! Excuse-moi, maman me fait signe, je crois que c'est le moment de boire le champagne…

Tout le monde levait son verre en l'honneur de la jeune fille lorsque Eric Jaouen fit son entrée, chargé d'un volumineux paquet. Charlotte l'ouvrit aussitôt et poussa un cri de joie en découvrant une combinaison en néoprène orange et vert.

— Il paraît que c'est ce qui se fait de mieux pour les véliplanchistes et les skippers en herbe, déclara Jaouen en l'embrassant. C'est du moins ce que m'a affirmé André Winter quand il me l'a vendue.

— Une "Moby Dick" ! C'est exactement celle-là que j'avais repérée dans la vitrine ! Tu sais que ça devenait indispensable parce que la saison prochaine, je passerai au stade compétition.

— Ah ! Vraiment ! Alors on n'a pas fini de te voir dans ton Optimist tourner autour de nos bateaux !

— Oh ! Eric ! s'écria Charlotte outrée. Tu devrais savoir qu'il y a longtemps que je navigue en 420 ou en Wizz.

— Peuh… tout ça c'est pareil ! rétorqua le pêcheur un rire dans les yeux car il la savait très ferrée en la matière. Enfin… du moment que ça te plaît et que tu restes prudente…

Il but ensuite son verre de champagne, bavarda avec Paul puis il salua tout le monde et prit congé.

"Quel ours, pensa Julie qui avait rarement l'occasion de rencontrer le cousin des Méral. Linette a beau prétendre qu'il gagne à être connu, j'ai du mal à la croire…" Puis elle éclata de rire. Charlotte qui s'était éclipsée, revenait vêtue de sa combinaison qui la recouvrait du cou aux chevilles.

— Avec ça, on ne craint ni le vent, ni l'eau froide. Et pas besoin de gilet de sauvetage, on flotte comme un bouchon.

Tout le monde s'exclama, voulut examiner la tenue de plus près. Les conseils fusèrent et le brouhaha devint si intense que Julie n'entendit pas le téléphone quand il se mit à sonner dans le couloir.

— Paul ? Ici Marc Lefoll… Je viens d'avoir le commissaire Garec en ligne. Je crains que les nouvelles ne soient pas bonnes… On a découvert cet après-midi le corps d'une jeune femme sur la grève de Keravel. Selon Garec, il est possible qu'il s'agisse de Rozenn Keruhel. Mais rien n'est certain car personne ne l'a encore identifiée.

— Oh ! Nom de Dieu !

— Pas la peine de s'affoler trop vite… Mais il est indispensable que quelqu'un parmi les proches de mademoiselle Keruhel se tienne prêt à venir reconnaître le corps.

— Elle n'a pas de famille. Elle est très liée avec Julie Cotten ainsi qu'avec ma femme.

— Alors il faut les convaincre d'accomplir cette tâche. Et le plus tôt possible.

— Quoi ! Comment ?… T'es pas fou, non ? On est tous en train de fêter l'anniversaire de Charlotte…

— Je sais, mon fils est invité.

— Tu n'entends pas le bruit qu'ils font, je ne peux pas…

— Paul, c'est très sérieux ! Le corps de cette femme se trouve à la morgue de l'hôpital.

— Ça ne peut pas être Rozenn ! Elle nage comme un poisson. De plus, elle connaît la côte à la perfection, presque aussi bien qu'un pêcheur professionnel. Non ! Je te répète que ça ne peut pas être elle.

— C'est que… D'après Garec, la mort ne serait peut-être pas due à la noyade… C'est pourquoi il tient à ce que l'identification se fasse sans délai. Il va vous appeler d'une minute à l'autre. Préviens ta femme et madame Cotten.

•

Il était vingt heures passées lorsque Julie, Linette et Paul Méral arrivèrent au Centre Hospitalier de Saint-Bredan.

Assis dans le hall, près d'un bac à plantes vertes, le commissaire Garec et Marc Lefoll les attendaient. Les deux hommes se levèrent. Le journaliste fit les présentations puis tout le monde s'engouffra dans un ascenseur qui les emmena au sous-sol.

Julie ne disait rien.

Le coup de téléphone chez les Méral ne l'avait pas vraiment surprise. Depuis trois jours, on lui répétait qu'elle se trompait, qu'elle exagérait, qu'elle dramatisait… et de tout son cœur, elle avait souhaité pouvoir le croire.

Mais la réalité n'est jamais telle qu'on la désire.

La réalité c'était ce sol cimenté, ce couloir gris, ces soupiraux derrière lesquels poussaient des buissons dont on n'apercevait que les branches basses, et ces gros tuyaux qui couraient le long des murs, interminablement. Malgré ça, Julie aurait bien marché ainsi toute la nuit si cela avait pu déboucher sur un matin rayonnant. Mais elle savait que ce genre de couloir ne mène jamais qu'à la tristesse et aux larmes… Elle savait que ce qu'elle découvrirait bientôt derrière l'une de ces portes fermées serait bien pire que la morosité désespérante d'un sous-sol.

— C'est ici, Madame !

Elle sentit qu'on la retenait par le bras. Devant elle, la haute stature de Paul masquait une porte. Elle entendit le bruit du pêne qui se déclenchait. Et soudain, elle se trouva devant une forme allongée recouverte d'un drap, auprès de laquelle un gendarme en uniforme montait la garde.

Quelqu'un découvrit délicatement le visage de la morte.

— Mon Dieu, c'est elle ! C'est bien elle, gémit Linette. C'est elle, c'est bien elle… répéta-t-elle d'une voix étouffée qui parut se mêler au bourdonnement des néons.

Julie hocha la tête. Elle confirmait.

C'était elle.

Elle… ces cheveux blonds poissés par l'eau de mer. Elle… ces paupières et ces lèvres bleuies. Cette peau couleur de suif. Ces yeux fermés enfoncés dans leurs orbites. Elle… ces marques charbonneuses autour du cou.

Elle… Elle… Elle…

La lumière crue ne bougeait pas. Le temps ne bougeait pas. Le nez de la morte, pincé et proéminent, pointait vers le plafond. Le menton saillait. La bouche entrouverte était une crevasse noire d'où rien ne sortait. Et les tempes, ces pauvres tempes grises comme de la cendre…

La mort est une vitre opaque où la raison se cogne. Sans écho, sans reflet. Julie fit un pas en avant. D'une main hésitante, elle effleura l'épaule de son amie et retira doucement le drap qui la recouvrait.

— Oh ! Qu'est-ce que c'est ? balbutia-t-elle en se retournant. Qu'est-ce qu'elle porte là ? C'est quoi cette horreur ?

Linette s'approcha.

— On dirait que… qu'elle est en maillot de bain.

— Je le vois bien ! Mais qui… qui a osé l'attifer ainsi ? poursuivit-elle d'une voix virant à l'aigu. Qui l'a habillée comme ça ? Avec cette vieillerie dorée ? Ce machin dé… démodé, tellement grotesque ?

Et s'adressant à Garec :

— C'est vous qui avez osé faire ça ?

— Mais madame, je vous en prie, reprenez-vous.

Mademoiselle Keruhel était vêtue ainsi quand nous l'avons trouvée sur la grève.

— Oh ! Seigneur… gémit Julie.

Elle sentit alors qu'on la prenait par l'épaule.

— Viens… Viens ça suffit comme ça.

Paul l'entraînait vers la sortie. Elle fit quelques pas puis regarda en arrière.

Rozenn… Le silence de Rozenn qui ne pouvait plus parler. Plus répondre. Plus se défendre. Le vide. Le blanc. Le trou d'une mémoire à jamais éteinte.

Alors elle retourna sur ses pas et posa une main sur le front de la morte. Il lui sembla soudain être revenue au temps du lycée quand, debout à côté de Rozenn comme un brave petit soldat, elle avait pris son parti. Une fois pour toutes…

— Je trouverai celui qui t'a fait ça, dit-elle d'une voix blanche. Je le trouverai et il payera. Je te le jure.

• • •

— Madame Floc'h, voulez-vous venir une minute je vous prie, j'ai besoin de votre avis, dit le commissaire Garec en entrebâillant la porte de son bureau, lundi matin peu après son arrivée.

Avec toute autre personne, il aurait utilisé l'interphone mais vis-à-vis de sa secrétaire, il aurait considéré cela comme un manquement à la politesse. Yvonne Floc'h arrêta son imprimante, rangea les documents dans un tiroir et gagna d'un pas lent le bureau du commissaire.

En la voyant, nul ne se serait douté qu'elle était le bras droit du chef de la police criminelle d'une ville moyenne et qu'elle en savait davantage sur les turpitudes de l'âme humaine que tous les spécialistes en la matière confondus. Avec son embonpoint, ses chevilles enflées et son visage apathique, on l'aurait plutôt imaginée vendant de la laine ou de la mercerie. Mais, depuis douze ans, les écheveaux qu'elle démêlait aux côtés de Jean Garec n'avaient rien à voir avec la soie ou le coton… Peu soucieuse de son apparence, elle arrivait chaque matin vêtue d'un éternel manteau mi-saison, sa sacoche à la main. Après avoir salué ses collègues du bout des lèvres, elle prenait place à son bureau et se mettait au travail.

Madame Floc'h était ponctuelle, ennuyeuse et susceptible, mais Garec ne se serait séparé d'elle pour rien au monde.

— Dites-moi donc ce que vous pensez de ça, dit-il en refermant la porte derrière son opulente secrétaire.

— Ça, monsieur le commisaire, c'est un maillot de bain de femme.

— Mais encore ?

Elle saisit le vêtement, l'étala à plat devant elle et l'examina posément.

— Eh bien, j'ajouterai que ce maillot n'est plus à la mode.

— Ah ! Et à quoi voyez-vous ça ?

— A sa coupe… Depuis des années, les maillots sont beaucoup plus échancrés au niveau des hanches. Ils découvrent le haut de la jambe à tel point que les femmes sont obligées de s'épiler.

— Est-ce qu'il serait possible aujourd'hui d'acheter un maillot de ce modèle ?

— Non ! Il y a des années qu'on n'en trouve plus nulle part… Il y a aussi le soutien-gorge, il est si rigide qu'on le croirait taillé dans du carton. Ça ne se fait plus depuis longtemps.

Une fois de plus, Garec se dit que le savoir d'Yvonne Floc'h en matière de vie courante était quasi encyclopédique.

— Concernant le tissu proprement dit, poursuivit celle-ci, il ne comporte aucune usure. Le lamé n'est ni distendu, ni déformé. J'en déduis que ce maillot n'a pratiquement pas été porté. Quant au fin plissé qui recouvre le soutien-gorge, il ne me semble pas très à la mode non plus mais sur ce point, je me montrerais plus réservée, on voit tant de fantaisies de nos jours. Comme vous l'avez sans doute remarqué, le maillot n'a ni griffe, ni étiquette. On ne peut donc pas savoir où il a été acheté. Voilà, monsieur le commissaire, c'est tout…

— Et c'est déjà beaucoup ! Vos compétences vont me faire gagner un temps précieux.

Puis, extrayant de son tiroir un objet enveloppé dans une enveloppe de plastique :

— Et ça, à votre avis, qu'est-ce que c'est ? Vous

pouvez y toucher, il a déjà été examiné par nos spécialistes.

— C'est une paire de lunettes de plongée… Un simple objet de bazar. Mes petits-neveux en portaient de semblables cet été quand ils allaient se baigner afin de ne pas avoir d'eau dans les yeux… Ces lunettes n'ont certainement pas été achetées dernièrement. Regardez, le plastique est tout fendillé et la bande de caoutchouc déteinte et racornie. On dirait un vieux jouet oublié dans un grenier… Et là ! Avez-vous remarqué ces lettres à l'intérieur de la monture ? Sans doute les initiales du propriétaire… C'est une excellente habitude de marquer ainsi les objets qui vous appartiennent, n'est-ce pas aussi votre avis ?

Le commissaire en convint. Il congédia gentiment sa secrétaire, revint s'asseoir à son bureau et considéra pensivement le maillot de bain doré et les lunettes en plastique rose posées devant lui.

Un peu plus tard, assis face à Marc Lefoll dans un café situé à proximité du commissariat, Jean Garec parcourait rapidement le court article que le journaliste avait consacré au décès de Rozenn Keruhel.

— Tu vas un peu vite en besogne, tu ne crois pas ? grogna-t-il. Tu aurais pu attendre que je te donne le feu vert avant d'insinuer que cette mort n'était peut-être pas accidentelle.

— Oh ! Jean, ne cherche pas la petite bête ! Il faut bien vivre et faire vendre mon canard !

— Ouais mais là, tu appâtes carrément le lecteur !

Je suis sûr que demain tes ventes vont doubler.

Marc Lefoll se mit à rire puis fit signe au garçon de leur servir une bière.

— J'ai ici, poursuivit le commissaire en sortant de sa poche un papier plié en quatre, les premières constatations et les conclusions que l'on peut en tirer. Je te signale aussi que ce sont les renseignements que je donnerai cet après-midi à tous tes collègues.

— Ah ! Ils sont déjà sur le coup ?

— Forcément ! Rozenn Keruhel était une personnalité connue dans la région, et même au-delà paraît-il… Bon, alors, tu notes ?… L'eau trouvée dans ses poumons démontre qu'elle est morte noyée. Cependant, les marques noirâtres observées autour de son cou ainsi que les lésions détectées au niveau du pharynx indiquent que cette partie du corps a été fortement comprimée. Selon toute vraisemblance, Rozenn Keruhel a été maintenue sous l'eau jusqu'à ce que mort s'en suive. Le décès remonterait à la nuit de jeudi à vendredi. Le rapport du médecin légiste indique en outre que le corps a séjourné dans l'eau de mer environ quarante-huit heures. La cheville gauche comporte une blessure assez profonde faite post mortem. L'hypothèse la plus plausible est que le corps est resté coincé sous l'eau, retenu par une jambe, probablement entre deux rochers…

— Et les courants de la grande marée de samedi soir l'auraient libéré. Oui ! C'est possible. Le coefficient de marée était de cent treize. Ensuite, le corps aurait dérivé pour venir s'échouer dimanche matin à Keravel.

— Une chose encore, reprit Garec. Nous avons retrouvé la voiture de mademoiselle Keruhel sur un parking de Saint-Bredan, à mi-chemin entre les ports de pêche et de plaisance… Voilà ce qu'officiellement nous savons pour l'instant. Tu te démerderas pour écrire ton article avec ça, et rien qu'avec ça ! Sans dire un mot de ce dont nous allons parler maintenant !

— Ah ! L'énigme du maillot de bain !

— Exactement. Selon mes sources, il s'agit d'un article neuf mais démodé, un modèle que l'on ne trouve plus dans le commerce depuis des années.

— Oh ! Oh ! Tu me parais rudement bien informé !… C'est encore la mère Floc'h qui t'a rencardé ? Bon sang, cette bonne femme est un vrai puits de science !

— Comme tu dis !… Il reste une chose dont je n'ai pas pu te parler hier. Quand on l'a trouvée, Rozenn Keruhel portait des lunettes de plongée autour du cou.

— Hein ? Qu'est-ce que ça signifie ?

— Je n'en sais rien. Mais écoute la suite ! A l'intérieur de la monture, on distingue des lettres à demi effacées écrites à l'encre indélébile : un M, un I ou un L c'est difficile à dire, et une troisième lettre qui ressemble à un H ou éventuellement à un W. Est-ce que ça te dit quelque chose ?

Marc Lefoll écarquilla les yeux.

— Un M, un L, un W ?…

— Oui à ce qu'il semble.

— Nom de Dieu de nom de Dieu ! Comment n'y ai-je pas pensé plus tôt ?

— A quoi ?

— A l'affaire Winter ! Ça saute pourtant aux yeux !

— Tu vas t'expliquer bon sang ! tonna Garec.

— C'est vrai, tu ne peux pas t'en souvenir, tu ne travaillais pas encore à Saint-Bredan… Connais-tu l'entreprise d'accastillage "Shipchandler Winter SA" ?

— Comme tout le monde. Mais je ne vois pas le rapport.

— Le rapport… C'est que la fille d'André Winter a été retrouvée assassinée sur la grève de Keravel il y a une vingtaine d'années. Et que son meurtrier n'a jamais été démasqué.

•

Assis à sa table habituelle, Serge Deville terminait son déjeuner. Au CRAM, le restaurant du personnel n'avait rien d'une cantine. Les menus étaient variés, les repas copieux et surtout jamais indigestes. Le professeur Deville qui était sujet à la dyspepsie, veillait soigneusement au contenu de son assiette. Mais il n'y avait rien à redire. La cuisine du CRAM ne comportait ni sauces trop grasses, ni ragoûts réchauffés.

Serge Deville s'essuya la bouche et regarda au loin. Le panorama qu'offrait la salle à manger sur l'estuaire du Steren était exceptionnel. Le temps continuait à être beau. La veille, il en avait profité pour faire une longue promenade dans les bois, aux environs de Coatnoz.

Tout compte fait, la journée de samedi lui avait suffi

pour combler le retard pris sur son programme et il avait pu passer son dimanche auprès de la chère tante Alice. La vieille dame avait tant de plaisir à le voir arriver ! S'il n'en avait tenu qu'à elle, elle aurait obligé son neveu à rentrer chaque soir à Coatnoz. Mais pour de multiples raisons, Serge Deville n'avait jamais voulu en entendre parler. Durant la semaine, il jugeait plus pratique et moins fatigant de demeurer en ville. Il n'en appréciait que davantage ses retours à Coatnoz car il adorait cet endroit. Le vallon sauvage, la ferme fortifiée construite en carré autour d'une cour, la porte cochère, le pigeonnier, les arbres immenses, tout cela avait un charme incomparable. Serge Deville se disait qu'il serait éternellement reconnaissant à son oncle d'en avoir fait l'acquisition dans les années cinquante. Il avait eu la propriété pour une bouchée de pain mais la restauration lui avait coûté les yeux de la tête ! Deville eut une pensée émue pour son oncle décédé depuis bien longtemps. Cher vieil homme… Somme toute c'était grâce à lui et à la folie qu'il avait faite en achetant Coatnoz que lui-même était revenu s'installer dans la région.

La vieille madame Deville s'en était montrée ravie. Sans la présence de Serge, elle n'aurait pu continuer à vivre dans cet endroit coupé de tout, avec pour seule compagnie un couple d'agriculteurs retraités qui se chargeaient de l'entretien de la maison et de ses dépendances.

L'arrangement s'était fait sans problème. La tante occupait le corps du logis, le neveu l'une des ailes tandis que l'autre avait été aménagée en garage et en remise à outils. Tous deux prenaient leurs repas en commun sauf lorsque, de loin en loin, Serge invitait des amis ou une femme. Dans ce cas, la vieille dame se cloîtrait discrètement chez elle.

Mais la veille, le professeur Deville n'avait reçu personne. L'après-midi, après une promenade, il s'était retiré chez lui pour terminer la maquette d'un croiseur allemand torpillé en 1940, le Karlsruhe. Une fois verni, le bateau avait rejoint dans une vitrine la flotte miniature que le biologiste se fabriquait à ses heures perdues.

— Monsieur prendra-t-il une tisane ?

Deville, tiré de sa rêverie, sourit au garçon.

— Bien sûr ! Voyons… Que choisir aujourd'hui ? Thym, verveine, mélisse… Non, ce sera plutôt une menthe.

Le grand choix de tisanes était l'un des raffinements du restaurant, que le professeur Deville appréciait tout particulièrement.

— Apportez-moi aussi le journal du matin… Oui, l'Ouest-Eclair fera l'affaire.

Serge Deville s'adossa confortablement à son siège et s'isola derrière les pages du quotidien. Chaque jour il s'accordait ainsi une pause avant de retourner à son labo. Il lisait ce qui avait trait à la politique étrangère puis se distrayait avec les faits divers.

Lorsqu'il tomba sur l'entrefilet consacré à la mort de Rozenn Keruhel, ses paupières papillotèrent. Il se mordit les lèvres et referma brusquement le journal.

Puis il se leva et quitta précipitamment la salle à manger, oubliant sur la table sa tisane qui fumait encore.

•

— Tu connais la nouvelle ? cria Bob Jobic en tendant la main pour attraper l'amarre.

Accaparé par son accostage, Eric Jaouen ne tourna pas la tête. Il battit en arrière, coupa les gaz et le bateau vint se ranger en douceur le long du quai. Finie la journée, soupira le pêcheur en repoussant son bonnet de quart sur son front. Il était sur le pont depuis six heures du matin, sans une minute de répit, et maintenant il sentait la fatigue s'incruster dans le moindre de ses muscles. Il jeta un rapide coup d'œil dans le carré et la cabine de barre, prit son sac et quitta le Pen ar Bed.

— Eh ! Tu veux pas savoir la dernière ? répéta Bob Jobic l'air sombre mais l'œil tout réjoui.

— Qu'est-ce que tu as encore à raconter, vieux grigou ? répondit Jaouen qui n'avait qu'une hâte, boire une bière au bar tabac du coin, monter dans sa 2 CV et rentrer chez lui.

— Tu sais, ta copine… Celle à qui appartient le yacht jaune, eh bien…

— Eh bien quoi ?

— Il lui est arrivé malheur !… On a retrouvé son corps à la côte hier après-midi.

— Quoi ???

Le vieux hocha la tête puis un rictus étira vers les oreilles ses bajoues piquetées de barbe.

— Paraîtrait qu'on lui a réglé son compte, à ta copine !

Excédé, Eric empoigna le gardien par le revers de son paletot.

— D'abord, ce n'est pas ma copine, ensuite tu vas t'expliquer clairement, et vite ! Je suis fatigué.

— Oh ! Doucement ! Pas d'panique ! fit l'autre en graillonnant bruyamment.

Puis il raconta ce qu'il avait lu dans le journal et entendu sur le port.

— On ne parle plus que d'ça en ville. C'est pourquoi je te guettais. J'voulais pas que tu l'apprennes par quelqu'un d'autre vu qu'elle et toi… heuh… tu vois ce que je veux dire…

— Réglé son compte, fit Eric d'une voix sourde. Bon Dieu, c'est pas possible…

— Ouais, assassinée… et peut-être bien violée pardessus le marché ! Paraît que c'est souvent comme ça que ça s'passe, ajouta Jobic en passant sa langue sur ses lèvres crevassées. Jaouen sursauta.

— Vieux dégueulasse ! On dirait que ça t'excite !

— Allez mon gars ! T'énerve pas ! J'comprends que tu sois choqué. Moi, si on avait rétamé ma nana…

Eric le fixa l'œil mauvais :

— Ecoute Bob, tu m'as prévenu et je t'en remercie. Mais maintenant tu te casses ! Ta gueule, je l'ai assez vue ! Ah ! Juste une chose encore ! Je te le répète pour la dernière fois, je connaissais Rozenn Keruhel mais elle n'était pas ma maîtresse. Allez, salut !

— Faudrait pas m'prendre pour un con, marmonna

Jobic en regardant le pêcheur s'éloigner. Parce que je m'demande ce que vous fricotiez tous les deux chaque fois que je vous ai croisés en mer cet été…

•

Vers quinze heures, Garec passa à l'appartement des Méral. Il informa Linette et Julie qui s'y trouvaient que la police en avait terminé avec le corps de Rozenn et que les obsèques pouvaient avoir lieu. Les deux femmes décidèrent qu'un service funèbre serait célébré le lendemain mardi après-midi en la chapelle de Locheven.

Le commissaire demanda ensuite à Julie de l'accompagner à Locheven, chez Rozenn.

— Vous étiez son amie la plus proche, vous connaissez donc bien sa maison. S'il y a quelque chose d'anormal, vous le remarquerez tout de suite.

Durant le trajet, il l'informa des premiers résultats de l'enquête.

— Nous n'en sommes qu'au début, quand tout paraît embrouillé et incompréhensible. Mais la police bénéficie d'importants moyens d'investigation. Bien plus que ce que le public ne l'imagine. Croyez-moi, nous ne sommes ni démunis, ni incompétents. Et soyez sûre que je mettrai tout en œuvre pour démasquer le meurtrier !

Ils trouvèrent la maison du promontoire telle que Julie l'avait laissée samedi. Silencieuse, assoupie…

— Quand je suis arrivée ici, je suis tombée sur

Christian Masset, l'agent artistique de Rozenn. Il était là parce qu'il essayait de récupérer le patchwork qu'elle avait exécuté pour le Salon Nautique…

— Linette Méral m'en a parlé.

— Lorsque nous sommes entrés, nous l'avons trouvé dans l'atelier, suspendu à une tringle. Nous l'avons emballé et j'ai autorisé Masset à l'emporter directement au Salon. Les organisateurs s'impatientaient. Quand celui-ci a été parti, j'ai fait le tour de la maison mais je n'ai rien découvert qui aurait pu expliquer l'absence de Rozenn. C'est alors que j'ai téléphoné à la police.

— J'aimerais que nous fassions ensemble une visite des lieux, ça m'aidera à comprendre la personnalité de votre amie.

Dans le vaste atelier régnait un ordre sommaire. Les outils étaient rangés sur des rayonnages. Par terre, le long des murs, des cartons et des caisses contenaient des centaines de chutes de tissus classées par couleurs et par textures. Ma palette, disait Rozenn. Une grande table de tailleur se dressait face aux fenêtres. Y étaient alignés des aiguilles, des ciseaux, des craies de couturière, et aussi des blocs de papier, des crayons, des cutters, des règles métalliques… Au fond de la pièce, on voyait la table à repasser et la machine à coudre. Julie ouvrit les placards où Rozenn rangeait ses esquisses, ses rouleaux de papier calque, ses brouillons et ses boîtes pleines de bobines de fil.

Dans la cuisine, la vaisselle était faite. Le frigo renfermait quelques restes, des yaourts, des fruits.

Au premier étage, tout paraissait normal. Tellement normal…

Lorsqu'ils eurent parcouru la maison de haut en bas, Julie et Garec regagnèrent l'atelier. Le commissaire s'installa dans un grand fauteuil près de la baie vitrée, prit brièvement quelques notes puis se mit à contempler le paysage. Il ne semblait pas pressé. Julie réconfortée par son calme et son regard paisible, commença alors à lui parler de Rozenn et de l'amitié qui les unissait depuis si longtemps. Les écoles, les études, les années où tout paraissait possible… Son mariage et la mort d'Antoine, les conquêtes de Rozenn et son incapacité à vivre longtemps avec le même homme. Les tableaux, les bouts de tissus transformés en œuvres d'art, le talent, le succès qui pointait son nez…

Garec lui demanda des détails sur la vie quotidienne de son amie. Savait-elle par hasard quels vêtements elle portait pour sortir jeudi soir ? Non, Julie l'ignorait. Sa garde-robe était si fournie qu'elle était incapable de dire ce qui manquait. Rozenn possédait-elle des bijoux ? Bien sûr mais ils ne quittaient pratiquement jamais le coffre de la banque. Des lunettes de plongée ? Non ! Elle ne se baignait pas, elle trouvait l'eau trop froide même en été. Et le maillot de bain ? L'horreur dorée ?… Non, bien sûr que non ! Jamais elle n'aurait acheté un truc aussi moche ! Ce corselet plissé, cette étoffe pareille à une gangue métallique… Là-dedans Rozenn ressemblait à… à un carabe doré ! Oui, c'est ça ! Elle ressemblait à un carabe doré piqué sur un bouchon de liège !

Julie regarda autour d'elle d'un air hagard et Garec jugea bon de changer de sujet.

— Avez-vous rencontré mon ami Marc Lefoll ?

— Oui, ce matin chez les Méral. J'ai pu lui fournir les renseignements qu'il désirait pour sa nécro.

— Vous le connaissiez ?

— Non mais mes amis l'aiment beaucoup. Il paraît que c'est un excellent journaliste, répondit-elle en se levant et en allant décrocher l'embrasse des lourds rideaux de lin qu'elle voulait tirer devant la fenêtre avant de partir.

C'est alors qu'elle découvrit sur la tablette, l'agenda où Rozenn avait l'habitude de consigner la plupart de ses rendez-vous.

— Commissaire ! Voilà quelque chose qui pourra vous être utile !

Garec le parcourut rapidement.

— Il y a là matière à travailler ! Nous allons l'éplucher et nous verrons ce que ça donnera.

— Est-ce que vous pourrez me le rendre ? J'aimerais le garder avec d'autres objets ayant appartenu à Rozenn.

— Naturellement. Nous le photocopierons, il sera à vous dans un jour ou deux.

•

Jusqu'au soir, Christian Masset fut persuadé que ce lundi était un jour faste, confirmant ce qu'il pensait depuis longtemps. La vie, dans un vaste mouvement pendulaire, oscillait indéfiniment entre ombre et lumière… Tantôt l'on gagne, tantôt l'on perd, et tout finit par s'équilibrer.

Il y avait eu d'abord, très tôt dans la matinée, le coup de fil enthousiaste du directeur du Salon Nautique. Ah ! Il avait bien changé de ton celui-là ! Oubliées la défiance et les menaces à peine voilées…

— Nous avons accroché l'œuvre de mademoiselle Keruhel dans le hall d'entrée… Spendide ! Tout simplement splendide ! Mis en valeur par un éclairage ad hoc, je vous assure que ce patchwork est éblouissant. On ne voit que lui ! "Reflets et Vibrations", une fenêtre ouverte sur la mer. Véritablement merveilleux !… Les membres du conseil d'administration m'ont chargé de vous féliciter. Quel flair, cher ami, quelle perspicacité ! Naturellement, mademoiselle Keruhel et vous-même êtes attendus à la cérémonie d'ouverture mercredi. Nous comptons sur votre présence ! A bientôt donc, et encore une fois, bravo !

Et puis, dans le courant de la journée, Masset avait vendu la statue de Saint-Budoc. A une vieille dame qui ne savait quel cadeau de noce offrir à sa petite-fille. La statue l'avait aussitôt séduite.

— Original, précieux, cet objet convient tout à fait. Je l'emporte. Ma voiture est à deux pas. Je rentre à Paris dès ce soir. Je n'aurai plus à me préoccuper du choix d'un cadeau. Un vrai soulagement pour moi !…

Elle avait émis un rire grelottant et ajouté en signant son chèque :

— Auriez-vous l'amabilité de me fournir un certificat d'authenticité ? Non que je doute un instant de votre honnêteté mais disons que cela complétera le cadeau.

Masset s'était empressé d'accéder à sa requête. Sur un vélin teinté, spécialement réservé à cet usage, il avait minutieusement décrit l'objet, donné son âge approximatif et indiqué de manière plus vague encore son lieu d'origine.

Ce document n'avait aucune valeur juridique mais ses clients s'en contentaient. Quoi qu'il en soit, le marchand ne les escroquait pas. L'authenticité des statues était bien réelle. Et jamais leur commerce ne lui avait causé le moindre ennui. Il est vrai qu'il le pratiquait discrètement, avec des touristes ou des gens dont il était certain qu'ils ne chercheraient pas à connaître la véritable provenance de leur acquisition.

Pour couronner le tout, Masset avait ensuite reçu un coup de téléphone de Léon Kerpons qui lui annonçait l'arrivage de quelques belles pièces faciles à écouler.

— Je pense que tu seras content ! Je te rappellerai pour préciser le jour et l'heure de la livraison… Faut que j'arrange ça avec Yves.

Le marchand se frotta les mains. Tout marchait à merveille. Les œuvres de Rozenn Keruhel ne tarderaient pas à lui rapporter gros, sa cote montait et monterait encore. Quant au trafic des statues, il n'était pas près de s'éteindre. La moindre chapelle en regorgeait. Il suffisait de se servir. Et de vendre.

En fermant la galerie, Masset décida qu'il méritait bien d'aller manger une assiette de fruits de mer et un demi-homard grillé "Chez Loïc". Il monta chez lui, prit une douche et se changea. Puis il alluma la télévision pour les informations régionales.

A ce moment-là, le pendule de la vie opéra un brusque mouvement de renverse et cette journée jusqu'alors si positive, bascula dans l'horreur. A l'écran, le journaliste annonçait la mort tragique de Rozenn Keruhel.

• • •

Ce n'est que mardi matin que l'ingénieur-conseil Thomas Féraux entreprit la rédaction de son rapport sur l'avarie du cargo Aramis. Dès que sa femme eut quitté l'appartement, il s'installa à son bureau, bien décidé à se débarrasser rapidement de cette corvée. Mais l'inquiétude qui le taraudait depuis trois jours l'assaillit de plus belle.

Lorsqu'il était rentré chez lui, samedi matin, il avait trouvé l'appartement vide. Rien d'étonnant, Hélène devait faire ses courses pour le week-end. Quand vers midi et demi, il n'avait vu arriver ni sa femme, ni sa fille, il avait jugé cela curieux. Il s'était mis à table devant un reste de poulet et de la salade. Après avoir bu un café, il s'était allongé sur le canapé du salon et s'était endormi.

C'étaient les rires d'Hélène et de Florence qui l'avaient réveillé en fin d'après-midi.

— Tiens ! Tu es de retour ! s'était exclamée sa femme en lui faisant un petit signe de la main.

Florence quant à elle avait gagné sa chambre sans un regard pour lui.

Bien sûr, le soir même il avait compris quand il avait lu le compte-rendu du concert dans la presse locale.

Quelle colère Florence avait dû piquer ! Il imaginait l'issue du concert… Le public, les amis, les relations, tout ce monde bourdonnant autour d'elle. Et lui, absent !… Cela avait dû être du plus mauvais effet. Florence lui en voulait à mort et il ne pouvait lui donner tort.

Mais son angoisse n'avait rien à voir avec sa fille. C'était Hélène. Hélène qui depuis samedi affichait à son égard une froideur polie avec, au fond du regard, un lueur de satisfaction narquoise.

Thomas frémit. Que pouvait-elle bien mijoter ?

Assis devant sa machine à écrire, il songea que si par un hasard malheureux, Hélène découvrait sa vie cachée et demandait une séparation, il perdrait gros ! Grâce à la fortune de sa femme, il avait pris des habitudes de riche que son seul salaire ne lui permettrait plus de satisfaire. Il allait falloir redoubler de prudence et se montrer plus empressé auprès d'Hélène.

Tant bien que mal, Féraux rédigea son rapport. Il le mettait sous enveloppe lorsque le téléphone sonna. La Compagnie lui demandait de gagner Marseille dès le lendemain. Un porte-conteneurs danois était à vendre. Il devait se joindre à la commission chargée des acquisitions et procéder avec ses collègues à une première expertise. Un travail de routine…

Oubliant les sautes d'humeur de sa femme, il appela l'aéroport et réserva un billet open pour l'avion de mercredi après-midi. Puis il jugea qu'il avait besoin d'une coupe de cheveux et se rendit chez "Aldo", son coiffeur habituel.

C'est là qu'il tomba sur l'article nécrologique que Marc Lefoll consacrait à Rozenn Keruhel. Le souffle coupé, il ferma les yeux.

— Ça ne va pas, Monsieur ?

— Si… Un peu de fatigue, ne vous inquiétez pas !

— Vous la connaissiez ? s'enquit le coiffeur en désignant le portrait qui accompagnait le texte.

— Non ! Pas du tout !

— Si c'est pas malheureux des histoires comme ça !

— En effet, c'est affreux ! La violence est partout. Mais qu'y pouvons-nous ?

•

Lorsque Jean Garec déboucha de l'allée forestière, il aperçut André Winter qui venait à sa rencontre. Il marchait à travers l'espace gazonné qui s'étendait devant la maison et lui faisait signe de se garer sous les arbres.

— Je me suis un peu perdu, dit le commissaire en sortant de voiture et en serrant la main de son hôte. Incroyable le nombre de petites routes et de chemins qui sillonnent notre région !

Winter admit qu'en effet on pouvait facilement s'égarer puis il entraîna son visiteur vers la maison.

Le matin même, après avoir relu attentivement le dossier Marie-Léone Winter, et persuadé qu'un rapport existait entre cette ancienne affaire et celle qui l'occupait présentement, Garec avait appelé André Winter à son entreprise et sollicité une entrevue.

— J'allais moi-même vous contacter, avait répondu celui-ci. Je viens de lire l'article de Lefoll dans l'Ouest-Eclair. Et j'ai une information à vous donner, un élément dont j'aurais fait peu de cas en temps normal. Mais vu les circonstances…

Il avait alors brièvement parlé au commissaire de la photo de sa fille reçue au courrier le vendredi précédent ainsi que de l'étrange inscription qui figurait au dos.

Les deux hommes s'étaient aussitôt mis d'accord pour se rencontrer le jour même, vers treize heures, à Lan Houarn, la propriété des Winter.

— Rien ne pourrait obliger ma femme à retourner au commissariat de Saint-Bredan, avait précisé André, trop de souvenirs pénibles s'y rattachent. De plus, comme nous tenons énormément à notre tranquillité, nous vous serions reconnaissants de ne pas mentionner notre nom publiquement.

— Dites-moi, vous êtes un peu isolés ici, fit Garec debout dans le sentier qui menait à la maison. C'est très beau, notez bien… J'aime beaucoup la lande qu'on traverse sur le haut des collines, et puis cette forêt. Il me semble entendre un cours d'eau au fond du vallon. Est-ce que je me trompe ?

— Non ! C'est le Dourwen, un gros ruisseau qui se jette dans le Steren, à quelques kilomètres d'ici. Savez-vous qu'au printemps, les truites de mer viennent y frayer ?

— Oh ! Ça m'intéresse… Je suis pêcheur à la mouche et…

— N'espérez rien de ce côté-là, fit Winter en riant. Ce ruisseau est privé. En fait, c'est le CRAM qui en a obtenu les baux de pêche voici deux ans. Une équipe du Centre effectue des recherches sur la reproduction des salmonidés en eau douce, et le Dourwen s'est avéré être un champ d'observation idéal. Ma femme vous expliquera ça mieux que moi. Elle dirige le CRAM et…

— Oui, je suis au courant. Je vous avoue que depuis hier, j'ai appris beaucoup de choses sur votre famille… Il n'y a que douze ans que je suis en poste à Saint-Bredan. Il a donc fallu que je prenne connaissance du dossier de votre fille.

Tout en parlant, les deux hommes avaient atteint la terrasse aménagée le long de la maison. Elle était dallée de grès et ornée de jardinières où flambaient des géraniums, des fuchsias et des impatiences. Au-delà, l'étendue de gazon parsemée d'arbustes semblait être une clairière taillée dans la forêt environnante.

— Vous admirez mes plantes en pots, Commissaire ?

Garec se retourna. Sur le seuil d'une porte-fenêtre se tenait Caroline Winter. Au premier regard, il fut séduit par cette femme dont la beauté avait dû être resplendissante. Les années en avaient estompé l'éclat mais il lui restait ce charme et cette aisance que le temps n'efface jamais chez celles qui ont été très belles.

— J'étais en train de dire à votre mari que vous habitiez un endroit magnifique quoique un peu retiré à mon goût.

— Nous nous y plaisons beaucoup. L'isolement ne nous pèse guère du fait que nous travaillons tous les deux à l'extérieur. Le soir quand nous rentrons, nous en apprécions le calme, c'est si reposant.

Garec en convint. Ils restèrent quelques minutes à bavarder sur la terrasse ensoleillée puis ils s'installèrent au salon.

— André m'a expliqué la raison de votre visite, Commissaire. Mais avant de parler de tout ça, j'ai pensé que vous souhaiteriez voir quelques photos de Marie-Léone…

Puis comme Garec jetait un bref coup d'œil interrogateur à Winter, elle poursuivit :

— Ne craignez rien, Commissaire, nous pouvons parler de ma fille sans que je m'effondre. Ce temps-là est passé… Laissez-moi aussi vous dévoiler le fond de ma pensée afin que vous me compreniez mieux. Il y a vingt ans quelqu'un, un jour, a assassiné Marie-Léone. Cet événement est planté comme un monolithe dans ma vie. Il est là et je ne peux rien faire d'autre que constater sa présence. Il n'a et n'a jamais eu aucun rapport avec ce qui l'entourait. La mort de ma fille reste inexplicable et inexpliquée. Rien ne la motivait et rien n'en a découlé. Rien… Jusqu'à cette étrange photo de vendredi, suivie presque aussitôt de la découverte du meurtre de Rozenn Keruhel. Quel choc pour André et moi qui croyions le passé définitivement révolu !…

J'avoue que j'envisage maintenant les choses de manière différente. Je me dis que si l'assassin de notre fille, qui a disparu durant vingt ans, resurgit aujourd'hui, il ne faut pas lui laisser la moindre chance de nous échapper. J'ignore ce qu'il a fait toutes ces années. Peut-être s'est-il tenu tranquille. Peut-être a-t-il commis d'autres horreurs… La seule chose dont je sois sûre est que s'il passe à ma portée, je ne le raterai pas parce que j'ai un terrible compte à régler avec lui !

Garec observait le couple assis en face de lui. André Winter avait du mal à dissimuler son étonnement. Apparemment, il n'était pas habitué à voir sa femme tenir un tel langage.

— Parlez-moi de votre fille.

— Oh ! Marie-Léone n'était pas quelqu'un de compliqué. Jolie, étourdie, charmeuse, elle aimait la vie et la vie semblait pétiller autour d'elle. C'était une adorable écervelée que nous aimions tous au-delà du raisonnable. A dix-neuf ans, elle avait passé son bac lettres de justesse et j'ai l'impression qu'au moment de sa mort, sa seule ambition était de mener une existence aussi agréable et amusante que possible. Elle aimait le sport, la danse et surtout la bande de jeunes de son âge qui tournaient autour d'elle. J'avoue qu'à l'époque, je n'étais pas du tout satisfaite d'elle, contrairement à sa sœur aînée qui comblait tous nos désirs… Tenez, Commissaire, voici les quelques photos que j'ai gardées avec moi. Toutes les autres sont enfermées dans des cartons au grenier.

Garec les examina avec attention. On y voyait Marie-Léone à la plage, à bord d'un canot, en train de danser, sur un vélo… toujours entourée d'adolescents rieurs. Le ciel était bleu, la mer tiède et calme, le sable chaud, les forêts ombragées et la villa de papa et maman pleine de musique rock et de boissons glacées… La belle vie, quoi ! Celle de jeunes bourgeois aisés passant de chouettes vacances.

— Bien, dit-il, et maintenant voulez-vous me montrer la photo de vendredi.

— La voilà, répondit André Winter. Par bonheur, elle est restée dans la poche de ma veste d'intérieur. Malheureusement, j'ai jeté l'enveloppe.

— Savez-vous où elle a été postée ?

— C'est terrible à dire mais nous n'y avons pas prêté attention. Ma femme l'a trouvée au courrier de midi, elle me l'a montrée quand je suis rentré dans la soirée, je l'ai regardée et j'ai bien failli la jeter dans la cheminée avec l'enveloppe.

— A mon tour de vous montrer quelque chose, dit Garec en sortant un sac de plastique de sa serviette. Voici ce que portait Rozenn Kerhuel quand la police l'a retrouvée sur la grève de Keravel.

Caroline se pencha en avant puis détourna brusquement la tête en poussant un cri étouffé.

— Vous l'avez reconnu vous aussi ? C'est bien le même maillot de bain, n'est-ce pas ? Cela m'a sauté aux yeux lorsque j'ai examiné les photos contenues dans le dossier de votre fille.

— Exactement le même ! répondit-elle d'une voix rauque. Mais c'est impossible !… Totalement impossible ! J'ai veillé personnellement à ce qu'il soit détruit. Il n'a pas été donné aux œuvres de bienfaisance avec le reste des affaires de Marie-Léone.

— D'où provenait ce maillot de bain ?

— D'une petite boutique sur le port. Elle n'existe plus depuis longtemps.

— Mais qui a pu acheter celui-ci ? demanda André.

— Le meurtrier bien sûr ! fit Caroline d'une voix tranchante. Par pur fétichisme.

Le commissaire garda un silence prudent. Il but une gorgée du whisky qu'on venait de lui servir et reprit :

— J'ai un autre objet à vous faire voir… Pouvez-vous me dire si ces lunettes de plongée sont susceptibles d'avoir appartenu à votre fille ?

— Mon Dieu oui, naturellement ! s'exclama Caroline. Regarde, André ! On distingue encore ses initiales ! Puis se tournant vers Garec : Marie-Léone supportait mal l'eau de mer, cela lui provoquait de la conjonctivite. Aussi ne se baignait-elle jamais sans ses lunettes… Où les avez-vous trouvées ?

— Autour du cou de Rozenn Keruhel.

— Autour du cou ? fit André effaré. Mais… on dirait que… que l'assassin veut signer son crime !

— Cela y ressemble en effet.

— Il se dévoile, dit Caroline à voix basse. Il faut le laisser faire. Le laisser sortir de son trou, venir au grand jour. Surtout ne pas l'effrayer, il disparaîtrait à nouveau… Oui ! Qu'il vienne, qu'il vienne, le salopard ! Qu'il vienne et qu'on voie son visage une bonne fois…

André considéra sa femme puis lança à Garec un coup d'œil inquiet.

— En effet, Madame, dit celui-ci d'une voix ferme, je suis de votre avis… Je discerne dans sa démarche un désir de publicité. Mais moi, je n'entrerai pas dans son jeu, du moins pour le moment. Pas question de parler de l'affaire Winter ! S'il veut faire la une des médias, il faut qu'il se découvre davantage ! Sinon, silence… Pas un mot !

•

Les obsèques de Rozenn Keruhel attirèrent une foule si considérable qu'une partie du public ne put entrer dans la chapelle de Locheven et assista à la cérémonie dehors, debout sur le parvis.

En sortant de l'église, Julie qui se sentait incapable d'affronter tous ces gens, s'éclipsa discrètement et rentra chez elle.

La librairie était calme. Quelques rares clients feuilletaient des livres, Kath Le Moal mettait de l'ordre dans les rayons. A voix basse, Julie lui relata le service funèbre puis alla se réfugier dans l'arrière-boutique. Les ouvrages de la succession Lomond s'y entassaient toujours et il était grand temps de s'en occuper. Elle commença d'extraire de leurs caisses les contes de Grimm dont la découverte lui avait apporté tant de plaisir quelques jours auparavant. Chaque conte se présentait sous la forme d'un opuscule relié et illustré. "Le Vaillant Petit Tailleur"… "Les Six Cygnes"… "La Jeune Fille Sans Mains"…

La jeune fille sans mains… A nouveau, l'image de Rozenn ensevelie dans son drap mortuaire l'assaillit. Visage sans ombre, opaque, inaccessible, avec ces cheveux raidis par le sel et ce reste de vase dans le creux de l'oreille, que personne n'avait songé à laver.

"Et moi, qu'est-ce que je fais là ? se demanda Julie soudain écrasée par l'immensité de sa solitude. Femme sans homme, sans enfant, sans amie, sans avenir… Intermédiaire ordinaire, j'achète et je vends. Inutile et solitaire parmi mes vieux bouquins…"

Répertorier des livres lui parut alors une tâche insurmontable. Elle referma précipitamment son registre et rejoignit Kath. Vers dix-huit heures, celle-ci se prépara à rentrer chez elle.

— Je crois que tu vas avoir de la compagnie, dit-elle en enfilant son imperméable. Regarde dans la rue ! On dirait le commissaire Garec qui vient par ici… Je me sauve, à demain !

— N'est-ce pas votre vendeuse que je viens de croiser sur le pas de la porte ? demanda Garec en pénétrant à Tan Dei. J'espère que ce n'est pas moi qui l'ai fait fuir !

Julie le rassura.

— La journée a été longue. J'allais boucler.

— Je vous rapporte l'agenda de mademoiselle Keruhel. J'ai en outre plusieurs choses à vous apprendre.

— Dans ce cas, montons chez moi, nous y serons mieux pour discuter.

Dans le salon de Julie, le commissaire s'affala dans un fauteuil.

— Ah, quelle journée ! Je suis moulu. Malgré tout, je tenais à vous informer que nous avions retrouvé la voiture de votre amie. Elle était stationnée dans un parking près du port de pêche.

— Ce qui signifie que Rozenn est bien venue à Saint-Bredan jeudi, après m'avoir téléphoné.

— Probablement… D'autre part et c'est plus important, il semblerait que toute cette affaire ait des racines dans le passé… L'assassinat de Marie-Léone Winter, en avez-vous entendu parler ?

— Vaguement… J'étais enfant alors.

— Les analogies entre ces deux meurtres sont réellement troublantes… Et il y a aussi cette histoire de maillot de bain.

— Ah oui ! L'horreur dorée…

— La jeune Winter portait exactement le même au moment de sa mort ! Je viens de le montrer à ses parents, ils sont formels… Mais il y a mieux encore ! Quand on a retrouvé Rozenn, elle avait autour de son

cou des lunettes de plongée. Les Winter les ont iden-
tifiées, elles appartenaient à Marie-Léone.

Julie écoutait, pétrifiée.

— Je... Je ne sais pas quoi dire. Je suis complètement retournée...

— Mmm... Peut-être qu'un verre nous ferait du
bien...

— Oui ! Vous avez raison ! Que désirez-vous boire ?

— Un pastis m'irait parfaitement...

Tandis que Julie s'affairait dans sa cuisine, Garec
parcourut la pièce du regard. Il régnait dans ce petit
appartement une sérénité un peu triste, il y manquait du
désordre, du laisser-aller. Pourtant la décoration était
gaie. Il y avait des tapis, des coussins, des bibelots. Aux
murs, plusieurs affiches d'exposition de peinture. Sur
l'une d'elles, un cheval à tête de coq galopait dans un
ciel noir. Tout en bas s'alignaient des isbas de guingois
avec, dans un coin, un samovar qui fumait. Chagall...
Tant de mouvement, tant de couleurs. C'était l'éclat de
rire dramatique d'un monde avant la catastrophe.

Près de la cheminée, Garec remarqua un panneau
composé d'un curieux assemblage de tissus. Cela évo-
quait un fouillis végétal d'où émergeait un visage de
femme.

— C'est une œuvre de Rozenn, elle me l'a offerte
pour mon anniversaire. Ça vous plaît ?

— Euh oui... C'est assez spécial...

— Spécial... C'est généralement le mot qu'on
emploie quand quelque chose vous déplaît et qu'on
n'ose pas l'avouer ! Ne prenez pas cet air gêné,

Commissaire, et dites-moi si vous désirez des glaçons dans votre pastis, fit Julie en déposant sur la table un bol de pistaches salées.

Puis s'asseyant en face de son invité, elle poursuivit :

— J'ai beaucoup réfléchi à la façon dont a dû se dérouler le drame… Laissez-moi vous l'expliquer. Rozenn avait rendez-vous avec quelqu'un, jeudi dernier en fin d'après-midi. Elle me l'a clairement laissé entendre au téléphone. Elle a également fait allusion à un bateau qu'elle envisageait d'acheter et qu'elle était très pressée d'essayer. Selon moi, jeudi elle a embarqué à bord de ce yacht en compagnie du propriétaire. Ils sont sortis en mer et alors, pour une raison inconnue, l'homme a tué Rozenn. Que pensez-vous de mon scénario, Commissaire ?

— Il tient debout. Mais attention ! En pareil cas, l'imagination est toujours mauvaise conseillère. Je ne saurais trop vous recommander la plus grande circonspection… Si vous désirez vous rendre utile, relisez plutôt l'agenda de votre amie. Si quoi que ce soit vous paraît curieux, insolite, contactez-moi. Le moindre indice peut nous ouvrir une piste. Mais surtout, je vous en prie, ne vous mêlez pas de l'enquête, cela pourrait avoir des conséquences catastrophiques !

•

Il est fou de rage.

De rage martèle le journal ouvert devant lui sur la table.

Quoi ? C'est tout ?

Tambour des poings sur les mots écrits. Crissement des pinces sur le papier. Regard fouillant le ventre ouvert du fait divers.

Rien que ça ? Seulement ça ?

Tentaculaire, la rage s'infiltre jusqu'au fond de son cerveau. Et cogne.

Et le reste, espèce de salauds, le reste qu'en avez-vous fait ?

Rien... Rien qu'un silence blanc et boursouflé.

Il saisit l'Ouest-Eclair et relit l'article nécrologique. « Rozenn Keruhel... personnalité originale laissant un souvenir lumineux... Tant de dons. Exploits sportifs, talent d'artiste, générosité, espoirs... Tout ce que la mort a anéanti... Et existe-t-il une mort plus injuste, plus insupportable que celle qu'a connue cette jeune femme ? »

C'est tout ?

Lentement, il tourne la tête vers le visage qui sourit de toutes ses dents. Le visage de Rozenn étalé en page 3 de l'Ouest-Eclair.

Il n'en croit pas ses yeux. Et le maillot ? Et les lunettes ?... Le message était pourtant clair. Mais aucun de ces crétins de journalistes n'a paru le comprendre. Et ils ont tout passé sous silence.

A nouveau il sent la rage se propager le long de ses nerfs... Ah ! On fait la fine bouche ! On fait la sourde oreille ! Eh bien, on allait voir ! Il se chargerait de réveiller tout ce beau monde et lui ferait danser une gigue bien à lui !

Pour ça il fallait réfléchir. Marcher de long en large. Arpenter le refuge, dans la lumière d'une petite lampe à gaz, derrière les hublots obturés par des rideaux de velours noir, confiné dans la bulle matricielle où l'être essentiel peut se mettre à nu.

Soudain il sourit. Plisse les paupières et se fige. Il a trouvé ! Là, sous la main, il possède tout ce qu'il faut. Tout ce qu'il faut pour remuer la vase et faire remonter du fond les cauchemars que l'on croyait oubliés.

Il s'agenouille devant le placard situé sous une couchette et en tire un registre relié de toile sombre. Il le dépose sur la table et en feuillette les pages manuscrites.

Qui sera l'élue ? Quelle dépouille offrira-t-il en pâture au public ? Solène, Mathilde ou peut-être Myriam ?...

Il passe d'une page à l'autre. D'un souvenir à l'autre. Des détails s'égrènent. Des mots, des lieux, des visages, des circonstances. Rien n'a disparu puisque tout est consigné dans son livre de bord.

Sandrine ? Non !... Jusqu'à l'ultime seconde elle a cru qu'il allait lui faire l'amour. Et que les

mains autour de son cou étaient une caresse per-
verse et délicieuse. Heureuse Sandrine !... Une
belle salope, oui ! Une tricheuse qui lui a glissé
des pattes avant d'avoir su ce qui lui arrivait.

Vanessa alors ?

Oh oui ! Chère Vanessa, fascinante Vanessa...
Avec des yeux de plus en plus sombres, de plus
en plus profonds. Enormes comme deux planètes
noires.

Oui ! Demain, Vanessa...

Ensuite les autres, toutes les autres qui
reviendront au jour comme les perles d'un collier cassé.

Il s'agenouille de nouveau et sort du placard
un carton rempli d'enveloppes beiges. Sur chacune d'elles figurent un nom et un prénom. Il
enfile des gants chirurgicaux, passe les enveloppes en revue, trouve celle qu'il cherche,
l'ouvre, en extrait une paire de minuscules
boucles d'oreilles en or ornées d'une turquoise,
ainsi qu'un portrait. Il le regarde puis saisit un
normographe, un stylo feutre et inscrit au dos de
l'instantané "En mémoire de Vanessa Merrien
décédée le 16 mai 1994".

Après avoir soigneusement poli le bijou à
l'aide d'une peau de chamois, il l'emballe dans
du papier de soie et le glisse, avec la photo, dans
une enveloppe cartonnée autocollante sur
laquelle il note une adresse relevée dans le
registre.

Un peu de vase.
Une bulle translucide qui remonte du fond.
Un cauchemar que l'on croyait oublié.

CHAPITRE III

Mercredi 14 septembre.

Thomas Féraux était en train de préparer son sac de voyage lorsqu'il entendit la porte d'entrée s'ouvrir et se refermer. Il reconnut le pas d'Hélène dans le couloir.

La veille quand il l'avait informée de son prochain départ, elle s'était contentée de hausser les épaules.

— Ah bon ! Déjà… Et où vas-tu cette fois-ci ?

— A Marseille. Un porte-conteneurs est à vendre. Je rentrerai dès que possible.

Puis il avait ajouté en soupirant :

— Je me rends compte combien mes absences sont parfois difficiles à gérer pour toi. Si nous étions seuls en cause, ce serait plus simple. Mais il y a Florence… Elle m'en veut encore d'avoir manqué son concert !

— Ça lui passera. L'adolescence est une période éprouvante. Pour elle comme pour nous. Tes absences font partie de notre vie. Elle doit s'y adapter.

Cette façon d'aplanir les obstacles n'était pas courante chez Hélène. Et cette indifférence, ce stoïcisme… C'était nouveau ça aussi !

Ensuite, il y avait eu l'épisode du journal, quand elle avait appris la mort de Rozenn Keruhel.

— Tu as lu ce qui est arrivé à Saint-Bredan ?

— Oui, chez le coiffeur.

— Et c'est là tout l'effet que ça te fait ?

— Que veux-tu dire ?

— Mais… Tu ne trouves pas ça stupéfiant ? Mourir ainsi… exactement de la même manière et au même endroit que Marie-Léone Winter ?

— Pure coïncidence !

— Oh non ! C'est impossible !

Thomas haussa les épaules.

— Je n'ai pas envie d'en parler. Ce qui se passe à Saint-Bredan ne m'intéresse pas…

— Tu n'as pas toujours dit ça !

Ils s'étaient défiés du regard un bref instant puis Hélène avait eu un sourire amer.

— Je pensais que cette ville avait gardé pour toi quelque chose de… particulier. C'est tout de même là que nous nous sommes rencontrés. Et dans des circonstances qu'on n'oublie pas !

Oui ! Tout compte fait, Thomas était content de partir quelques jours. L'air de cette maison était devenu irrespirable. S'assurant que la porte était bien fermée, il glissa dans son sac de voyage, un vieux jeans délavé et un blouson de cuir noir. Puis il gagna la pièce attenante qui lui servait de bureau, et ouvrit à l'aide d'une clé le grand classeur où il serrait ses dossiers. Il en tira un carton d'archive. C'était là qu'il rangeait un certain nombre d'objets sans lesquels il ne partait jamais en voyage. Il les mit dans un sac de plastique qu'il dissimula dans le reste de ses bagages.

Quelques minutes plus tard, il embrassait sa femme et quittait l'appartement.

Debout derrière une fenêtre, Hélène Féraux regarda la Peugeot verte descendre la rue et disparaître à l'angle du boulevard. Elle attendit un peu puis décrocha le téléphone et appela l'Agence Privée Recherches et Surveillances.

— Mon mari vient de partir pour l'aéroport. Il doit prendre l'avion de seize heures trente à destination de Marseille-Marignane. Je désire que vous entamiez la surveillance dont nous avons convenu avec Maître Léart.

— Bien Madame. Votre avocat nous a mis au courant. Nous avisons aussitôt notre bureau de Marseille. Votre mari sera pris en filature dès son arrivée et durant tout son séjour. Ensuite, nous remettrons notre rapport à Maître Léart selon la procédure habituelle.

•

Après le déjeuner, comme le temps s'était mis au beau, Julie Cotten décida d'aller faire un tour sur les quais en attendant l'heure de rouvrir la librairie. Sous le soleil, le port avait retrouvé son air de vacances. Les yachts alignés comme des chevaux dans leur box encensaient imperceptiblement.

Ponton H, poste 17… Cher Diaoul, murmura tristement Julie en contemplant le beau bateau jaune. Dans peu de temps, tu seras vendu. Comme tout le reste…

— V'là le plus joli yacht du port ! Et j'm'y connais,

dit soudain un homme qu'elle n'avait pas entendu venir. Et la patronne de ce bateau, j'la connaissais aussi !

— Ah bon ! fit Julie en tirant une photo de son portefeuille. C'est d'elle dont vous voulez parler ?

— Ouais !…Encore une de ces frimeuses qui s'prenait pour un mec !

— Que voulez-vous dire ?

— C'que j'veux dire ? C'est pas compliqué… Les bateaux, c'est fait pour les jules, pas pour les nanas ! Ça a toujours été comme ça et j'vois pas pourquoi ça changerait !

Julie le dévisagea en silence.

— Encore que votre copine, poursuivit l'autre, faut bien admettre qu'elle en connaissait un bout question navigation. Et puis, quand elle avait besoin d'un tuyau, elle venait m'voir. Parce que moi, ma p'tite dame, j'ai été skipper autrefois ! Rémi Boquet… z'avez jamais entendu parler ?

— Rémi qui ?

— Boquet, fit-il en redressant sa maigre silhouette. Julie secoua la tête.

— Non, je regrette… Et vous vous occupez toujours de bateaux ?

— J'fais de la maintenance. C'est pourquoi j'viens tous les jours ici avec ma moto.

— Dans ce cas, vous devez savoir si des yachts sont sortis jeudi dernier en fin d'après-midi…

— Ouais… Y avait une jolie brise de noroît, juste ce qu'il fallait pour s'amuser !

— Et ce yacht jaune, il a pris la mer lui aussi ?

— Lui ?… Oh non ! Ça fait plus de dix jours qu'il a pas bougé.

— Et sa propriétaire… Est-ce que vous l'avez vu monter à bord d'un bateau jeudi ? Essayez de vous souvenir. C'est très important…

Rémi Boquet sursauta.

— Qu'est-ce que vous voulez ? dit-il d'une voix sifflante. C'est un interrogatoire de police ou quoi ?

— Oh non ! Rassurez-vous ! Pas du tout…

— Alors vous êtes comme toutes les bonnes femmes, hein !… Une fouineuse, une farfouilleuse… Pouvez jamais nous foutre la paix, hein !

Eberluée, Julie recula de quelques pas. Mais l'autre ne se calma pas.

— Ouais… Et pis toutes des baiseuses ! Si vous croyez que j'sais pas ce qui s'passe ici !… Regardez ! Tout ça, c'est pas des bateaux ! C'est des chambres à coucher ! A coucher ! Le port, c'est l'bordel de la ville ! Et votre copine, pas meilleure que les autres ! Des types, y en a eu des quantités à monter à bord de son yacht. Elle devait bien se les taper, non ?

— C'est possible, fit Julie prise soudain d'un rire nerveux. Et puisque vous paraissez au courant de tout, vous devez sûrement connaître le nom de l'homme avec qui elle a embarqué jeudi dernier !

L'homme la considéra la bouche ouverte. Ses paupières s'agitèrent. Son poing droit se mit à cogner rythmiquement dans sa paume gauche. Julie remarqua alors que dans son visage vieilli par une barbe de trois jours, ses yeux étaient clairs et limpides comme des flaques d'eau piégées sur une vasière à marée basse.

— Vous avez oublié ? dit-elle doucement. Ce n'est pas grave. Si ça vous revenait, passez donc me voir. Je m'appelle Julie Cotten et je suis libraire rue de la Forge.

Le regard de l'homme vacilla.

— Vous avez bien dit C… C… Cotten ? Vous seriez pas la f… femme d'Antoine ?

— Sa veuve, oui.

L'homme fit un pas en avant et saisissant brutalement Julie par le bras :

— Foutez l'camp d'ici ! C'est pas un endroit pour vous. Pas pour la femme d'Antoine ! Trop dangereux !… Cette eau… toute cette eau !… Fichez l'camp et ne r'venez plus !

Au même moment, Eric Jaouen qui traversait les bassins à bord de son canot, aperçut la libraire immobile sur le ponton H et, à quelques mètres, Rémi Boquet qui s'éloignait en gesticulant.

Jaouen n'avait jamais vraiment prêté attention à Julie Cotten. Les rares fois où il l'avait rencontrée, elle lui avait donné l'impression de vivre à l'ombre de quelqu'un. D'Antoine… de Rozenn… Mais dimanche dernier chez les Méral, puis au cours des obsèques, il l'avait observée… Un peu lointaine avec ses yeux gris qui semblaient toujours regarder au-delà de vous. Insaisissable mais subtilement attirante. Bien sûr, ce charme n'avait rien à voir avec la beauté exubérante de

Rozenn… Il soupira. Rozenn qui avait mené sa vie comme un bateau en course et qui avait fini par en payer le prix.

Jaouen amarrait son canot lorsqu'il avisa Bob Jobic qui faisait les cents pas sur le quai. Toujours paré à agrafer le premier venu pour se faire payer un verre !… Il faudrait mettre Julie Cotten en garde contre lui. Il l'avait vu le matin même quitter le Diaoul en catimini. Ce type était bien capable de faire du yacht sa garçonnière personnelle ! Pour couper court à ce genre de trafic, le mieux serait qu'il propose à la libraire de se charger lui-même de la surveillance du bateau jusqu'à sa vente.

Par la même occasion, il lui conseillerait d'éviter Rémi Boquet. Ce gars-là était fêlé, tout le monde le disait bien qu'on n'ait jamais rien eu de grave à lui reprocher. Il faisait partie du paysage, avec ses tics et ses divagations. Personne ne savait au juste d'où il venait. Il était arrivé à Saint-Bredan bien des années auparavant et n'en était plus reparti. Jusqu'à maintenant, on l'avait supporté parce qu'il ne dépassait pas les limites du tolérable… Pourtant, Jaouen ne pouvait oublier le petit matin où il l'avait surpris en train de torturer une portée de chatons avant de les jeter un à un dans l'eau sale du port. Ecœurant !… Il lui avait ordonné d'arrêter ça tout de suite. L'autre dingue avait ricané en brandissant un petit animal aux yeux crevés puis il avait sauté dans son bateau et pris le large.

•

De retour à Tan Dei, Julie raconta à Kath son étrange rencontre. La vendeuse leva les bras au ciel.

— Tu sais bien que le port est le point de rassemblement de tous les marginaux du coin ! Ne va pas te mettre martel en tête parce que tu es tombée sur un maboul ! Probablement un poivrot mal remis de sa dernière cuite. Je suis sûre qu'il a déjà tout oublié ce qu'il t'a dit.

Julie ne répondit rien. Elle se reprochait son manque de présence d'esprit. Si elle avait manœuvré plus adroitement, elle aurait peut-être pu tirer des renseignements de ce type. Maintenant, si elle remettait ça, il l'enverrait promener.

Durant tout l'après-midi, les clients se succédèrent sans interruption. Il y avait encore passablement de touristes. La plupart d'entre eux s'intéressaient aux cartes marines ou aux livres de photographies anciennes. Des Anglais lui achetèrent des plans de navires de pêche tels qu'on les construisait encore dans la région juste avant la dernière guerre. Elle en possédait toute une série qu'elle avait acquis lors de la fermeture des chantiers navals Henry. Ces plans mis sous verre et encadrés faisaient au mur un effet surprenant.

Vers dix-sept heures, une quinzaine de lycéens envahirent la librairie. Ils se jetèrent sur les lots de classiques qu'elle vendait un prix dérisoire compte tenu de la qualité de l'édition. Kath s'occupa d'eux tandis qu'elle avisait à l'autre bout de la librairie, un client qui lui faisait un signe discret.

— Puis-je vous aider ? demanda-t-elle en s'approchant.

— Certainement… Je cherche des ouvrages contenant des descriptifs de bateaux de guerre.

— Je dois vous trouver ça.

— Sans doute. Seulement mes recherches se bornent aux bateaux allemands construits durant l'entre-deux-guerres et qui ont pris part au conflit. Je possède déjà de nombreux bouquins traitant de ce sujet. Ils m'ont permis de réaliser des modèles réduits dont je suis assez satisfait. Mais vous connaissez les collectionneurs… des maniaques qui en veulent toujours davantage !

— Bien sûr, acquiesça Julie. Laissez-moi réfléchir. En magasin, le choix est un peu limité à cette saison à cause du passage des touristes. Mais j'ai effectué de récents achats et je crois posséder quelque chose qui pourrait vous intéresser… Ce soir ou demain, je compte trier mes nouvelles acquisitions. Si vous le désirez, je réserverai pour vous les ouvrages en question.

— Vraiment ! Comme ce serait aimable ! Je vais vous laisser mes coordonnées.

— Ce n'est pas nécessaire.

— Si, si, j'y tiens ! Voici ma carte. Je repasserai un de ces jours.

— Tu connais le client avec lequel je discutais ? demanda Julie à Kath quand celle-ci fut délivrée de sa bande de lycéens.

— Non, je n'ai pas fait attention. Qui était-ce ?

— Le professeur Serge Deville, chercheur au CRAM… Je ne l'ai encore jamais vu à la boutique.

— Qu'est-ce qu'il voulait ?

— Des bouquins sur les bateaux de guerre allemands dont il réalise les maquettes. Apparemment, il fait du modélisme à ses heures perdues.

•

Il était dix-huit heures lorsque Marc Lefoll traversa les couloirs déserts du commissariat et pénétra dans le bureau où l'attendait Garec.

— Assois-toi, fit celui-ci sans autre préambule. Comme je te l'ai expliqué hier au téléphone, j'ai acquis la certitude, après ma visite aux Winter, que la mort de Rozenn Keruhel avait un rapport avec celle de la jeune Marie-Léone. Eh bien ! Cela se confirme et prend un développement inattendu. Voilà ce que mon collègue de Vannes m'a fait parvenir il y a deux heures à peine.

Garec ouvrit une enveloppe cartonnée d'où il sortit une paire de boucles d'oreilles et une photo représentant une jeune fille en tenue de véliplanchiste, debout sur le pont d'un bateau. Au dos, une annotation "En mémoire de Vanessa Merrien décédée le 16 mai 1994".

— Nom de Dieu ! Qu'est-ce que ça veut dire ? s'écria Lefoll en comparant le cliché avec celui des Winter. Même texte, même écriture… Tu t'es renseigné ? Qui est cette jeune fille ?

— Vanessa Merrien, disparue en mer il y a quatre

mois, le 16 mai exactement, alors qu'elle faisait de la planche à voile. Elle passait quelques jours de vacances avec des amis à Kervaria, une station balnéaire située à une quarantaine de kilomètres d'ici. Je n'ai pas d'autres détails pour l'instant.

— Et le bijou ?

— Ces boucles d'oreilles ont été formellement reconnues par les parents. Il s'agirait d'un bijou dont Vanessa ne se séparait paraît-il jamais. Selon mon collègue, la famille ne s'était posée aucune question quant aux circonstances de cette mort. Jusqu'à ce matin, ces gens croyaient à un effroyable accident. Maintenant, ils ne savent plus que penser.

— Imagine-toi à leur place !... Mais dis donc, plus on avance, plus tout cela semble invraisemblable. D'abord le lien étrange entre Rozenn et Marie-Léone. Et maintenant, ce fil ténu entre la jeune Winter et cette inconnue. Il y a quelque chose d'irréel dans tout ça.

— Hé ! Hé ! En fait d'irréalité, marmonna Garec, j'ai bien peur que l'on soit en plein cauchemar... et que l'on commence tout juste à s'en apercevoir ! Enfin... on en saura davantage demain. J'envoie l'inspecteur Maupet à Vannes interroger la famille Merrien.

— Laisse-moi l'accompagner ! Je te donne ma parole que rien ne transpirera de cet entretien.

— Hum... fit Garec en jouant avec son stylo, ce n'est pas très régulier mais à franchement parler, je serai plus tranquille en te sachant aux côtés de Maupet. Il est jeune et inexpérimenté, j'ai peur que des détails importants ne lui échappent.

— Fais-moi confiance… Je passerai pour son subalterne et personne ne se doutera de rien, déclara Lefoll qui imaginait l'impact qu'aurait toute cette affaire sur le public lorsqu'il serait autorisé à la rapporter dans son journal… Une histoire aussi dingue distillée au fil des jours… L'Ouest-Eclair triplerait ses ventes des semaines durant !

— Bon ! Vas-y ! décida le commissaire. Mais attention ! Pas un mot dans ton canard sans mon feu vert, nous sommes bien d'accord… C'est encore trop tôt. Le renard vient de pointer son nez hors du terrier. Laissons-le se montrer davantage avant de bouger !

•

Sonnerie… Sonnerie…

Là-bas sur l'autre berge, la sonnerie se fraie un passage dans l'épaisseur de la nuit.

Rêve et lambeaux de rêves… Sonnerie… La stridence griffe le velours du sommeil. Traverse une rivière opaque. Emerge… Sonnerie…

Julie ouvrit les yeux. Ses doigts lâchèrent les draps auxquels ils s'agrippaient. Elle se redressa, alluma… Sonnerie… Sur le guéridon, la pendulette indiquait minuit et demi. Elle décrocha le téléphone. A l'autre bout du fil, elle entendit une respiration un peu rauque et des sons inarticulés.

— Répétez ! Je ne comprends rien…

La respiration s'accéléra. Il y eut un bruit de déglutition.

Indécise, elle regarda autour d'elle. La maison tout entière semblait haleter. Les rideaux frémissaient. Un courant d'air passait dans le feuillage d'une fougère en pot. Dans la cuisine des gouttes d'eau percutaient l'évier. La fenêtre de la salle de bain grinça, Cromwell, le chat, rentrait de promenade.

Elle allait raccrocher lorsqu'un mot surgit des bredouillements.

— Julie… Julie Cotten…

— Oui, qui êtes-vous ?

Il y eut encore des sons épars puis les mots finirent par s'assembler.

— Je… J'voulais m'excuser. Parce que je… je m'suis un peu é… énervé. J'aurais pas dû… Mais j'savais pas qui… qui vous étiez.

Julie avala péniblement sa salive, elle venait de reconnaître Rémi Boquet. Pas d'affolement surtout, elle ne risquait rien !

— C'est vous, Rémi ?

— Oui

— Et vous me téléphonez en pleine nuit simplement pour vous excuser ?

— Heuh oui… Mais aussi pour vous dire… Pour vous dire que j'veux plus vous voir au port ! C'est pas un endroit pour vous. J'veux pas qu'la femme d'Antoine s'mêle à cette bande de noceurs et de b… baiseuses ! C'est compris ?

Sa voix avait pris de l'assurance.

— Vous avez connu mon mari ?

— Ouais… C'est pour ça que vous avez intérêt à

f… filer droit, hein ! Parce que moi, maintenant, j'vais avoir l'œil sur vous. F… faudra vous t'nir à carreau, c'est moi qui vous l'dis !…

Julie frissonna. L'homme respirait bruyamment. Il ne paraissait pas ivre et sa voix chuintante était d'autant plus effrayante.

— Eh bien, je crois que j'en ai suffisamment entendu, dit-elle en s'efforçant de parler calmement. Si vous avez quelque chose de plus intéressant à me dire, venez donc me voir à la librairie, rue de la Forge. Maintenant, j'ai sommeil, je retourne dormir. Bonsoir, Rémi !

Et elle raccrocha sans laisser à l'autre le temps de répondre mais elle n'était pas recouchée que la sonnerie retentissait à nouveau. Ce loufoque était capable de l'appeler ainsi toute la nuit ! Elle débrancha la prise du téléphone puis courut vérifier si les portes et les fenêtres étaient bien fermées. A la cuisine, elle se versait un verre d'eau quand une idée terrible lui tordit l'estomac. Et si c'était Boquet qui avait entraîné Rozenn à bord d'un bateau ? Ne prétendait-il pas avoir été skipper autrefois ?… Une fois au large, qui sait ce qui avait pu se passer avec un givré pareil ?

Julie réfléchit. Fallait-il en parler à Garec ?

Elle hésita puis estima qu'il serait plus profitable de tabler sur la dévotion que Boquet semblait vouer à Antoine pour l'apprivoiser et le faire parler. Lui mettre la police aux trousses ne mènerait à rien.

Sa décision prise, Julie regagna son lit et éteignit sa lampe.

Au fond de la nuit monta le vrombissement d'une moto. Puis le calme revint et il n'y eut plus à côté d'elle que le ronronnement de Cromwell lové sur la couette.

• • •

— Tant que je n'aurai pas vu, de mes yeux vu, le corps de Vanessa, je ne croirai pas à sa mort ! Et ce n'est pas parce que l'affaire semble rebondir que je changerai d'avis !

Les mains agrippées aux accoudoirs de son fauteuil, Gaston Merrien fixait Marc Lefoll et l'inspecteur Maupet d'un œil mauvais.

— Je n'admettrai le décès de ma fille que lorsque l'on m'en donnera une preuve irréfutable, répéta-t-il avec obstination. Et ça, Messieurs, vous n'êtes pas près d'y parvenir !

Le journaliste se sentit pris de pitié pour cet industriel vannetais à qui apparemment tout avait réussi. Sûr de lui, convaincu que le succès n'est qu'affaire de volonté, de travail, de bon sens… comment un homme aussi positif, aussi carré dans ses certitudes, parviendrait-il à tenir pour réel ce qui, pour l'instant, apparaissait encore comme des présomptions extravagantes ?

— Ma femme ne peut vous recevoir, elle est encore

en état de choc, reprit-il. Quant à moi, je ne vois vraiment aucune nécessité d'ouvrir une enquête. Parce que tant que je n'aurai pas devant moi le corps de Vanessa…

— Papa ! N'oublie pas que tu as rendez-vous avec Maître Varèse à onze heures.

Marc Lefoll se retourna. Sur le pas de la porte se tenait un jeune homme d'une vingtaine d'années, les traits tirés, visiblement bouleversé.

— C'est vrai, merci de me le rappeler. Messieurs, vous voudrez bien m'excuser mais les circonstances m'obligent à consulter mon conseiller juridique. Voici mon fils Olivier qui se fera un devoir de répondre le mieux possible à toutes vos questions.

Gaston Merrien s'extirpa de son siège et quitta la pièce d'un pas lourd.

— Pauvre papa ! dit Olivier en s'asseyant en face de ses visiteurs. Je vous assure qu'en temps normal il est d'un naturel affable, jovial même… Mais il adorait ma sœur et…

La voix du jeune s'étrangla. Il respira profondément, rejeta la tête en arrière pour empêcher les larmes de couler puis reprit :

— Mes parents ont toujours gardé l'espoir d'une fugue amoureuse. Mais moi, je n'ai jamais pu croire que ma sœur ait tout lâché sur un coup de tête. Surtout à la veille de ses examens…

— Elle était étudiante ?

— Oui. Elle préparait une licence de chimie organique.

— Que faisait-elle à Kervaria ?

— Elle adorait la planche à voile et s'était accordée quelques jours de vacances avec des amis. Le 16 mai, comme les conditions de vent et de mer étaient idéales, elle a préféré rester sur l'eau plutôt que d'aller déjeuner avec les autres. Personne ne l'a revue…

— En effet, nous avons lu cela dans le rapport de police, dit Maupet. Rapport qui conclut à une noyade accidentelle.

— C'est ce que j'ai cru moi aussi jusqu'à hier. De toute façon, fugue ou accident, il n'y avait pour nous que ces deux alternatives. Pas un instant nous n'avions imaginé une troisième éventualité. Un homicide… Comment est-ce possible ?…

La voix d'Olivier chevrota. Puis il se moucha bruyamment et reprit :

— Lorsque j'ai été averti de votre venue, j'ai rassemblé à votre intention tous les papiers personnels de ma sœur ainsi que les dernières photos d'elle prises par une amie la veille et le jour même de sa disparition. Tout est à votre disposition.

— Merci, nous examinerons tout cela. Dites-nous maintenant ce que vous pensez de l'instantané que vous avez reçu par la poste.

— Je suis certain qu'il a été pris durant son séjour à Kervaria. Vanessa porte la combinaison de véliplanchiste qu'elle venait de s'acheter, bleu marine avec des bandes roses aux épaules et aux genoux. J'ai vu ma sœur la déposer dans le coffre de sa voiture juste avant son départ. La combinaison était encore dans son emballage d'origine.

— Bien. Et selon vous, où la photo a-t-elle été tirée ?

— En mer, à bord d'un bateau. On en distingue le haut du bordage.

— Votre sœur paraît détendue. Il ne semble pas qu'elle se soit trouvée là contre son gré.

— Ce n'est pas mon avis ! J'ai examiné la photo à la loupe et je peux vous affirmer que Vanessa est crispée, mal à l'aise… Je suis même persuadé qu'elle se tient sur le qui-vive.

— D'après vous, que faisait-elle sur ce bateau ?

— Depuis hier je ne pense qu'à ça… La seule hypothèse qui me vienne à l'esprit est qu'elle s'est laissée entraîner au large par les courants et qu'un yacht de passage l'a recueillie. Mais pourquoi dans ce cas n'a-t-elle jamais revu la terre ? Pourquoi ?…

— Cette question est certainement le nœud de l'affaire et croyez bien que nous ferons l'impossible pour y répondre… Et maintenant, parlez-nous des boucles d'oreilles. Est-il exact que votre sœur ne s'en séparait jamais ?

— Effectivement. Ce bijou lui vient de notre grand-mère qu'elle adorait. Je ne l'ai jamais vu les enlever.

— Elle a pu les donner à quelqu'un en gage d'amitié ou d'amour. C'est un geste fréquent.

Olivier Merrien eut une moue dubitative.

— Possible mais ça m'étonnerait de la part de ma sœur. D'ailleurs, nous ne lui connaissions aucune liaison.

— Vous savez comme moi que la famille est souvent la dernière informée de ce genre de chose.

— Bien sûr, bien sûr, admit le jeune avec réticence. Puis il se leva et alla se planter, les mains dans les poches, devant la fenêtre entrouverte.

Tandis que l'inspecteur Maupet se plongeait dans son carnet de notes, Marc Lefoll examina à nouveau les photos posées devant lui.

Sur l'une d'entre elles, on voyait la mer, le ciel et l'aile lointaine et rouge d'une planche à voile qui filait dans le vent.

— C'est ma sœur, dit Olivier en regardant par-dessus l'épaule du journaliste. Elle est cachée par la voile mais c'est bien elle. Sa copine a voulu terminer la pellicule, elle a pris cette photo en vitesse, juste avant d'aller déjeuner. La police a dit qu'elle ne présentait aucun intérêt.

"Evidemment, songea Marc, pris hors de son contexte ce n'est qu'un banal paysage marin. Mais quelle charge d'émotion quand on connaît les circonstances... Cette voile rouge qui s'éloigne, emportant vers un rendez-vous tragique une jeune fille dont on ne devine même plus la silhouette..."

Le journaliste allait reposer l'instantané lorsqu'un détail le frappa. Un détail presque invisible... Il repoussa ses lunettes sur son front et se pencha.

— Vous avez les négatifs ?

— Certainement ! Ils doivent se trouver dans l'enveloppe.

— Voyez-vous un inconvénient à ce que nous les emportions avec les photos ?

— Aucun. Seulement n'oubliez pas que tout devra

nous être rendu intact. Mes parents tiennent beaucoup
à ces souvenirs.

Dans la voiture qui les ramenait à Saint-Bredan,
Marc Lefoll examina attentivement ce cliché. Il ne
s'était pas trompé ! Tout au fond, presque sur la ligne
d'horizon, on distinguait une tache claire, de forme
allongée. Probablement la coque d'un bateau de plaisance.

— Cela ne signifie rien, décréta avec hauteur l'inspecteur Maupet. Des bateaux, la mer en est pleine.
Pourquoi voulez-vous que Vanessa Merrien ait justement été abordée par celui-là ?

— Et pourquoi pas ?

•

Il était juste quatorze heures quand Yvon Maupet
gara sa voiture devant le commissariat de Saint-
Bredan.

— Ah ! Vous voilà enfin ! Vous y avez mis le temps,
s'exclama Garec alors que les deux hommes s'engouf-
fraient dans son bureau. J'espère que vous m'apportez
quelque chose d'intéressant parce qu'ici, les événements se précipitent ! Il y a eu du nouveau pendant que
vous vous baladiez sur les routes.

— Vous parlez d'une promenade ! On s'en serait
bien passés, maugréa Maupet. Vous avez vu le temps
qu'il fait ? Moi, je suis crevé…

— Ah oui ? fit Garec avec un sourire sarcastique.

Eh bien mon p'tit gars, il va falloir te secouer les puces parce que j'ai bien l'impression que tu n'auras plus beaucoup le temps de souffler ces prochains jours !... On vient de m'appeler du Havre. Même scénario que pour la jeune Merrien. Dans une enveloppe cartonnée, une chaînette et un médaillon en or ainsi qu'un portrait avec au verso… "En mémoire de Mathilde Karpinski décédée le 22 août 1993". L'enveloppe a été expédiée de Saint-Bredan hier matin.

— Tu as des précisions concernant cette femme ? demanda le journaliste.

— Voici celles que m'a fournies la police du Havre : Mathilde Karpinski, trente-trois ans, célibataire. Profession : secrétaire médicale. Circonstances de la mort : Mathilde passait ses vacances à Brihac, un petit port assez touristique situé à une centaine de kilomètres à l'ouest d'ici. Elle a disparu au cours d'une baignade. Comme ça arrive malheureusement assez souvent en été sur nos côtes, un banc de brume de chaleur s'est levé dans l'après-midi. La baigneuse s'y serait trouvée prise et aurait été incapable de s'orienter et de regagner le rivage. L'enquête a conclu tout naturellement à un accident.

— On n'a pas retrouvé le corps ?

— Non, déplora Garec. Et maintenant, à toi Marc ! Raconte-moi comment s'est passée l'entrevue avec les Merrien !

Le journaliste sortit son carnet de notes et lui fit un récit circonstancié de l'entretien. Il lui remit aussi les documents et les photos rapportés de Vannes en soulignant le détail intéressant qu'il avait remarqué sur l'une d'elles.

— Je pense, dit-il pour finir, que vu la tournure que prennent les événements, tu seras d'accord pour que j'en fasse écho dans mon journal.

— Mmmm… J'hésite. Je me demande s'il ne vaudrait pas mieux attendre encore quelques jours.

— Quoi ?? Tu connais les risques que tu prends ! Le silence est la porte ouverte à toutes les rumeurs !… Parce que les familles ne se tairont pas, elles !

— C'est vrai, fit le commissaire en se passant la main dans les cheveux.

— Crois-moi, Jean ! Il nous faut orchestrer l'information avant que tout cela ne prenne des proportions incontrôlables.

— Oui, tu as raison. Mais alors, attention ! Vas-y mollo ! Ménage tes effets au maximum ! Contente-toi de relater les faits le plus froidement possible et surtout, n'écris rien qui puisse déclencher la moindre panique !

— Compte sur moi, Jean !… Il y a longtemps que jouer avec le feu ne m'amuse plus.

CHAPITRE IV

Samedi 17 septembre.

"Comment ?... Comment faire pour coincer ce salopard ? se répétait Caroline Winter en relisant l'article de Marc Lefoll dans l'Ouest-Eclair du matin. De quelle folie faut-il qu'il soit atteint pour que tuer ne lui suffise plus, et qu'il se mette à revendiquer ses actes de façon aussi spectaculaire ?"

Caroline frémit.

Dans la tourmente qui avait ravagé sa vie à la mort de sa fille, quelque chose avait perduré plus longtemps que le reste... le sentiment d'être épiée, la certitude que quelque part, un regard n'en finissait pas de l'observer. "Cristallisation de votre angoisse, cela passera", avait affirmé son médecin.

Les événements récents, en débusquant tout ce qui était tapi dans le clair-obscur de sa mémoire, avait aussi ravivé cette impression.

Une chose cependant avait changé. Aujourd'hui Caroline se sentait prête à devenir chasseur à son tour. Prête à entreprendre un jeu de piste à travers les strates du temps. Une traque où l'on ne saurait plus au juste qui forcerait qui, ni jusqu'où iraient les incursions de l'un dans les souvenirs de l'autre.

Oui mais que faire ? Comment agir efficacement ? Quelle stratégie adopter ?

Jouant avec son stylo, Caroline regarda le vent qui agitait le feuillage des arbres, jauni par la sécheresse de l'été. Allons ! Il fallait prendre une décision !

Elle avala rapidement son bol de café puis, saisissant le combiné téléphonique, elle appela le commissariat de Saint-Bredan.

— Oui, bien sûr, je vous comprends parfaitement, répondit Garec après que Caroline Winter lui eut expliqué son désir de collaborer avec la police. Je ne vois qu'une chose que vous puissiez faire pour nous aider et je crains que ce ne soit pénible…

— Dites toujours !

— Montez dans votre grenier et sortez de leurs cartons les photos de l'été 74 !

— Les photos ? fit Caroline d'une voix blanche.

— Vous m'avez bien dit que vous en possédiez toute une collection ?

— Oui, c'est exact.

— Montrez-les à madame Cotten, l'amie intime de Rozenn Keruhel. Peut-être aurons-nous la chance qu'elle reconnaisse un visage, quelqu'un qui était en relation avec votre fille autrefois, et avec mademoiselle Keruhel ces derniers temps. Cela pourrait nous ouvrir une piste.

— D'accord ! Dites-moi comment je pourrais la contacter.

— C'est facile. Elle tient une bouquinerie rue de la

Forge, Tan Dei, vous connaissez peut-être. Allez-y de ma part.

•

— Allô ! Hélène… Ici Maurice Léart… J'ai du nouveau à propos de ton affaire ! Peux-tu passer à l'étude ? Impossible aujourd'hui ?… Hum, il le faudrait pourtant. Ce que j'ai à t'apprendre est de la plus haute importance et… tout à fait surprenant ! Comment par téléphone ? Si, bien sûr que je peux te mettre au courant par téléphone… Seulement je te préviens que ce n'est pas très agréable à entendre. Tu t'attends à tout ?… Bon, comme tu voudras ! Je viens de recevoir par fax de Marseille le rapport de l'APRS concernant la filature de ton mari. Autant te le dire tout de suite, tu avais raison, il te trompe. Maintenant, le plus simple et le plus rapide serait que je te lise le compte rendu. Les faits y sont consignés sans fioriture. Tu préfères ça ?… Bon alors écoute :

« Rapport de surveillance exercée à l'encontre de monsieur Thomas Féraux à la demande de son épouse, du mercredi 14 septembre 18 heures, au samedi 17 septembre 1994, 9 heures 30.

« Mercredi 14 septembre 18 heures : arrivée de monsieur Thomas Féraux à l'aéroport de Marseille-Marignane. Prend un taxi qui l'emmène à l'Hôtel Continental. Rencontre et réunion jusqu'à vingt heures avec deux collègues de la CTM. Dîne et passe la soirée en leur compagnie.

« Jeudi 15 septembre, 9 heures : toujours accompagné des deux autres techniciens, T. Féraux quitte le Continental, se rend au port de commerce et embarque à bord du Viborg, porte-conteneurs danois appartenant à l'armement Matterson. Y passe toute la journée. Retour à l'hôtel à 18 heures, soirée idem à celle de la veille.

« Vendredi 16 septembre 9 heures : départ pour le port de commerce. Y retrouve les représentants de l'armement danois et de la CTM. Tout le monde se rend dans un local de la Chambre de Commerce et d'Industrie où ont lieu les délibérations. A 13 heures, interruption de séance pour une courte restauration puis reprise de la conférence. Fin des discussions à 16 heures. Thomas Féraux regagne son hôtel. 17 heures : Thomas Féraux quitte le Continental et prend un taxi qui le dépose à l'Hôtel de l'Alliance, établissement de troisième ordre où il loue une chambre. 22 heures : Féraux sort de l'hôtel, son apparence a fondamentalement changé. Il a troqué son look d'ingénieur-conseil pour une tenue en rapport avec la faune du quartier : jeans, blouson de cuir noir, ceinture cloutée, gourmette au poignet, colliers, santiags et casquette. Démarche et allure générale méconnaissables. Peut être assimilé à un loubard. Il déambule dans les rues chaudes une heure environ, entre dans une boîte de réputation douteuse "Le Romano" qu'il quitte à deux heures du matin en compagnie d'une femme. Ensemble, ils gagnent l'Hôtel de l'Alliance où ils passent le reste de la nuit. Rien ne permet d'affirmer que cette femme soit une prostituée.

« Samedi 17 septembre 8 heures : Thomas Féraux se fait conduire en taxi à l'aéroport de Marseille-Marignane. Fin de la surveillance à 9 heures 30. »

— Et voilà ! C'est tout. Les faits sont là dans toute leur crudité mais ils ont le mérite de clarifier la situation et de nous fournir la preuve irréfutable de l'adultère. C'est ce que tu désirais, je crois. A toi maintenant de décider de ce que tu vas faire.

— L'infidélité de Thomas ne me surprend pas. C'est… C'est cette mascarade… Comment peut-il se livrer à ce genre de choses ? Ça me dépasse ! Se travestir ainsi !…

— Oh ! Tu sais, les manies des gens dans le domaine de la séduction sont aussi inattendues que variées ! Ne pense pas trop à ça !

— Mais Thomas en loubard, tu imagines ! ! ! Lui toujours si élégant…

— Ah ! Ah ! Ah ! C'est vrai que ça surprend !… Alors que vas-tu faire ?

— Je passerai à l'étude dans le courant de la semaine prochaine. N'entreprends rien d'ici là.

•

— Quelle merveille ! Jamais je n'aurais espéré découvrir de tels ouvrages à Saint-Bredan !

Le sourire lumineux, les yeux brillants, le professeur Serge Deville tournait lentement les pages des deux livres qu'il avait devant lui.

— Regardez ! poursuivit-il, voici le fameux Graf

Spee, fleuron de la marine du troisième Reich. Vous connaissez sans doute son épopée ? Non ? Ah ! Il faudra que je vous la raconte un jour. Et voilà le Königsberg, un croiseur léger, et puis un cuirassé de poche le Deutschland…

Julie Cotten sourit. Elle était tombée sur ces bouquins la veille en triant et répertoriant les caisses pleines de livres accumulés au cours de l'été, qui s'entassaient dans le couloir de son appartement. Les ouvrages en question avaient été publiés à Berlin en 1938 par les services de la Kriegsmarine. Toutes les unités de la flotte allemande y figuraient avec photos, dessins, descriptions détaillées. Un véritable trésor pour un maquettiste amateur !

Elle avait aussitôt prévenu le professeur Deville par téléphone. Celui-ci s'était montré particulièrement enchanté. Ils avaient donc pris rendez-vous "Au Grand Cacatois" le lendemain à l'heure de l'apéritif.

Julie jeta un coup d'œil discret à sa montre. Il était presque huit heures et cela faisait plus d'une demi-heure que son client feuilletait, expliquait, s'extasiait. Elle commençait à trouver le temps long et s'apprêtait à prendre congé lorsque Deville leva les yeux.

— Oh ! Je suis désolé ! Ce texte est si passionnant que j'en oublie les bonnes manières… Non ! Non ! Vous n'allez pas partir ainsi. Restez encore un peu ! Je vous promets que je ne vous embêterai plus avec ma marotte !

Joignant le geste à la parole, il referma les livres et les rangea dans sa serviette de cuir.

— Voilà ! Vous êtes rassurée ?

Julie hocha la tête et termina son verre de porto.

— Et maintenant, si nous dînions, proposa soudain Deville. Le "Grand Cacatois" offre une carte tout à fait honorable. J'y viens assez souvent…

Julie refusa. Elle n'avait pas faim et puis… Non, vraiment. Une autre fois peut-être…

— J'ai une idée ! dit-il, c'est la pleine saison du bouquet. Est-ce que cela vous tenterait, avec un chablis et quelques toasts ? Je connais le cuisinier. Il achète ses crevettes toutes vivantes directement à un pêcheur de Locheven. Et il a la manière de les cuire et surtout de les saler… Je n'en ai jamais mangé de meilleures.

C'était offert avec tant de gentillesse que Julie accepta en souriant. Deville passa la commande puis reprit :

— Il faut quand même que je vous explique… Si j'adore fabriquer des modèles réduits c'est parce que pour moi, c'est un dérivatif indispensable. Je m'y absorbe complètement et oublie mon travail et les responsabilités que j'ai au CRAM. Grâce à vos bouquins, je pourrai compléter ma collection. Mes dimanches d'hiver seront bien remplis.

— Tant mieux !… Vous connaissez assez bien l'allemand pour en comprendre le texte ?

— Pas de problème ! J'ai travaillé plusieurs années en Allemagne. Je faisais de la recherche pour un institut agro-alimentaire dans le nord du pays.

Julie eut envie de lui demander s'il avait trouvé là-bas des livres sur la marine dont il semblait tant raffoler. Mais comme elle ne voulait pas relancer la conversation sur un sujet qui l'ennuyait, elle garda sa question pour elle.

La nuit tombait rapidement.

Au-delà de la baie vitrée, dans le port illuminé, l'eau noire suçait la coque des bateaux. Immense bouche ouverte sur les sombres digestions qui, au large, absorbent tout ce qui s'y perd… chairs gonflées et bourgeonnantes, corps pourrissants, débris dénaturés dont les reflets blêmes poussés par la dérive se répandent à profusion jusque dans les bassins, et flottent au pied des réverbères.

— Ça ne va pas ?

Julie sursauta. Le garçon arrivait chargé d'un plateau.

— Si mais je suis fatiguée…

Les crevettes d'un rose ardent étaient posées sur leur plat comme des bijoux exotiques. Elle déplia sa serviette. En face d'elle, Serge Deville la regardait avec dans les yeux une sorte d'attente sans impatience.

— Je suis fatiguée, répéta-t-elle à mi-voix, j'ai eu dernièrement un immense chagrin. Ma meilleure amie a été trouvée morte. Assassinée… Vous avez dû en entendre parler.

— Rozenn Keruhel ?… Oui, naturellement. Vous la connaissiez bien ?

— Oh ! Plus que ça…

Julie détourna les yeux. Là-bas, les mâts et les haubans striaient le ciel et il flottait sur l'eau des lambeaux de lumière déchirée.

— La mort de ceux qu'on aime est une telle mutilation, poursuivit-elle. Plus je vieillis, plus j'ai le sentiment d'être un arbre auquel on scie les branches les unes après les autres. J'ai l'impression que je finirai dressée dans ma solitude comme un tronc dénudé.

— Je comprends, murmura Deville. Mais la vie apporte d'autres visages, d'autres rencontres.

— Peut-être… Voyez-vous, il y a trois ans j'ai perdu mon mari. Un cancer. Je n'ai rien pu faire. Pour Rozenn non plus. Mais je me suis juré que je la vengerai et que je retrouverai son meurtrier.

— La police est là pour ça ! Vous-même n'avez aucun moyen d'y parvenir.

— Le commissaire chargé de l'enquête m'a appris hier que Rozenn a probablement été la dernière victime d'un psychopathe qui a à son actif la disparition de plusieurs autres femmes.

— Quoi ??? Qu'est-ce que vous dites ?

— Vous n'êtes pas au courant ? C'est dans tous les journaux.

— Non ! Je ne lis jamais de quotidien durant le week-end. Racontez-moi ça !

Les coudes sur la table, il cala son menton dans ses mains et écouta Julie lui résumer l'article de Marc Lefoll.

— Incroyable ! Complètement extravagant !… Savez-vous que je connais très bien Caroline Winter ? Elle dirige le CRAM et j'ai d'excellents rapports avec elle… Et c'est sa fille qui serait à l'origine de toute cette affaire ? Pensez-vous que ce soit vraisemblable ?

Il ne faut pas croire tout ce qu'on lit dans les journaux…

— Moi, je suis persuadée que c'est de ce côté-là qu'il faut chercher.

Julie se tut un instant puis reprit :

— Depuis ce matin, j'ai lu tout ce que je possédais sur les maladies mentales. La conclusion que j'en ai tirée est que les psychopathes homicides récidivent toujours. Comme les autres, celui-là recommencera. Il ne pourra pas s'en empêcher. C'est pourquoi je vais essayer d'attirer son attention sur moi et le démasquer.

— Hein ? Quoi ? s'écria Deville en se redressant brusquement. Il faut que vous ayez vous-même perdu la raison pour envisager une chose pareille. Ça peut être horriblement dangereux !

Puis modérant sa voix :

— Votre désir de vengeance est naturel. Face à un tel traumatisme, tout le monde réagit ainsi. C'est un moyen d'évacuer la violence du choc. Il faut y penser, l'imaginer… mais sans passer à l'acte. D'ailleurs vous n'en avez pas les moyens.

— Ne croyez pas ça, répondit Julie en songeant à l'agenda bordeaux de Rozenn et à tous les noms qui y figuraient.

— Je vous répète que ça peut s'avérer très dangereux, dit le biologiste en posant sa main sur celle de Julie. Patientez un peu. Je suis sûr que la police remue ciel et terre pour retrouver le meurtrier.

Julie tourna la tête et regarda dehors. La nuit, les reflets grimaçants, l'eau noire et les bateaux muets…

— Prendrez-vous un dessert ?

— Pardon ?… Un dessert ?… Non, juste un café.

— Bien… Pour moi ce sera un tilleul.

Ensuite, s'efforçant visiblement de la distraire, il lui parla de ses recherches en ichtyologie, de sa vie à l'étranger, de ses voyages dans le tiers-monde.

— Oh ! Je pense à quelque chose, dit-il soudain. Vous êtes libre demain ? Oui ?… Dans ce cas, je vous emmène à Coatnoz. C'est une propriété de famille où vit ma tante Alice, une charmante vieille dame. J'y passe presque tous mes week-ends. C'est un endroit magnifique, à une demi-heure de voiture d'ici… Acceptez, je suis sûr que ça vous plaira.

• • •

Assise à la table de la cuisine, Hélène Féraux regardait le jour se lever. Le temps promettait d'être beau. Un léger vent de nordet ébouriffait les trembles du rond-point et le ciel rosé n'allait pas tarder à virer au bleu. Mais la nuit n'emportait pas avec elle l'affreuse silhouette du loubard qui, depuis hier, hantait Hélène. Comment ?… Mais comment Thomas pouvait-il faire une chose pareille ? Lui qui tenait tant à son image de cadre dynamique et respectable, qui était à cheval sur la qualité de ses chemises et de ses cravates, qui mettait tant de soin à choisir ses chaussures…

Comment l'imaginer en bottes à talons et à bouts pointus, avec une casquette et toute une quincaillerie autour du cou ?

Ecœurée, Hélène avait fouillé l'appartement tout en sachant qu'elle ne découvrirait rien. Thomas était beaucoup trop prudent pour laisser traîner derrière lui des indices compromettants. Plus tard, elle avait fait en sorte de se trouver dans la chambre au moment où il défaisait ses bagages.

— Tiens ! Je ne savais pas que tu emportais ce genre de truc ! s'était-elle exclamée en le voyant sortir de son sac un jeans et un blouson éraflé.

— Hé ! Tu ne crois tout de même pas que je descends visiter les machines en costume de ville ! Tu n'imagines pas à quel point c'est sale au fond des bateaux !

Bien sûr ! Il avait raison, se dit Hélène en suivant des yeux un goéland qui planait au-dessus des toits.

Mais le reste ? La ceinture cloutée et toute sa panoplie cliquetante de chaînes et de gourmettes, où les avait-il cachées ?

Tant de ruse, de mensonges, de dissimulation…

La nausée aux lèvres, Hélène décida soudain de s'en aller. Elle avait besoin de prendre du champ pour réfléchir à tout ça. Jouer la comédie était devenu au-dessus de ses forces.

— Qu'est-ce qui se passe ? lui demanda Thomas lorsqu'il sortit de la chambre quelques heures plus tard, et la vit devant une valise ouverte. Tu t'en vas ?

— Maman m'a téléphoné de Saint-Bredan. Elle est malade. Une crise d'asthme plus sévère que d'habitude. Je vais la rejoindre. Florence est au courant. Vous trouverez de quoi manger dans le frigo.

— J'espère que ce n'est pas trop grave.

— Non, je ne pense pas. Je resterai à Saint-Bredan quelques jours, le temps qu'elle se rétablisse.

•

L'atmosphère des dimanches matin avait quelque chose de si particulier que Julie reconnaissait ce jour-là dès qu'elle émergeait du sommeil. C'était un silence blanc et ouaté, une paix intemporelle à peine égratignée par le cri des mouettes volant au-dessus de la ville.

Jetant un coup d'œil à la fenêtre, Julie aperçut un pan de ciel bleu et quelques nuages qui dérivaient vers le sud. Il ferait beau.

Elle prit son petit déjeuner puis, comme elle avait le temps, elle se dit que le moment était venu de mettre à exécution le projet qui lui trottait par la tête depuis plusieurs jours.

Si comme elle le supposait, Rozenn avait été assassinée à bord d'un bateau, elle y avait embarqué librement, après avoir fait connaissance avec le propriétaire. En conséquence, le nom de ce dernier avait de grandes chances de figurer dans l'agenda bordeaux. Il s'agissait donc maintenant de dresser une liste des suspects possibles, puis de les contacter. Elle verrait bien ensuite ce que cela donnerait.

Elle travaillait depuis presque une heure lorsque le téléphone se mit à sonner.

— Allô, madame Cotten ! Je suis Caroline Winter… Je me permets de vous appeler à l'instigation du commissaire Garec… Il aimerait beaucoup que vous examiniez notre collection de photos prises au cours de l'été 74. Il est possible que le meurtrier de ma fille figure sur l'une d'elles. Il est possible aussi qu'il se soit trouvé parmi les relations de mademoiselle Keruhel et que vous l'ayez rencontré. Un recoupement pourrait donc être fait…

— Ah oui, je vois…

— Seriez-vous d'accord de venir chez nous, à Lan Houarn ?

— Oui, bien sûr.

— Lundi soir, est-ce que cela vous conviendrait ?

— Pas de problème. Donnez-moi simplement un itinéraire précis.

Après avoir raccroché, Julie relut la liste qu'elle avait établie. Elle réfléchit quelques secondes puis elle y ajouta les noms de Christian Masset et d'Eric Jaouen. Elle décida ensuite de prendre une douche et de manger de bonne heure. Serge Deville devait venir la prendre aussitôt après le déjeuner et elle ne voulait pas le faire attendre.

•

— Ma chère enfant ! Comme je suis heureuse de vous rencontrer, s'exclama Alice Deville en quittant son fauteuil de rotin. Serge, quelle bonne idée tu as eue d'avoir amené une amie !

Julie regardait la vieille dame trottiner vers elle. Pieds nus dans des espadrilles, elle portait un caleçon vert pomme et un vaste sarrau gris qui la recouvrait des épaules aux genoux. Sur ce corps de vieux lutin pivotait une tête ronde casquée de cheveux blancs coupés très court.

— Venez donc vous asseoir près de moi, à l'ombre, sur la terrasse !

Prenant son invitée par la main, elle la poussa dans son propre fauteuil puis braqua sur elle deux yeux clairs et globuleux. Des yeux d'insecte avide…

— Je suis si contente ! C'est toujours une telle joie de voir de jeunes visages autour de moi !…

Julie haussa imperceptiblement les sourcils. Elle ne se considérait plus vraiment comme faisant partie de la jeunesse. Quant au professeur Deville, avec sa calvitie naissante et ses rides, il n'avait pas l'air d'un jouvenceau lui non plus !

— Votre tante est-elle prévenue de notre arrivée ? avait demandé Julie en quittant Saint-Bredan dans la Lancia de Deville.

— Non, je ne le fais jamais. Elle passerait son temps à guetter la voiture. Je vais toujours à Coatnoz sans l'avertir.

Après être sortis de la ville, ils avaient pris la départementale qui traversait le plateau de Croazdu, une région aride, recouverte de bruyères et d'arbustes épineux, torride en été, glaciale dès que le vent d'hiver y soufflait. Julie la connaissait bien. Jadis, elle venait souvent s'y promener avec Antoine... Mais elle n'en avait rien dit à Serge Deville. Elle trouvait que la veille, elle s'était suffisamment épanchée sans en rajouter davantage...

— Nous n'allons pas tarder à arriver. Coatnoz se trouve droit devant nous, au fond du vallon.

La route avait alors pénétré dans un bois et amorcé une descente. Et soudain, au détour d'un virage, la maison était apparue, tout encerclée par la forêt. C'est magnifique, s'était écriée Julie tandis que la voiture longeait une allée et entrait dans la cour par une porte cochère.

— Ma chère enfant, vous boirez bien quelque chose... Pas de thé, il fait trop chaud, mais un jus de fruit ou une bière...

— Une bière, volontiers.

— Serge ! Veux-tu t'en occuper ? Tu trouveras tout ce qu'il faut dans le frigo. Et apporte-nous aussi quelques gâteaux. Anna en a préparés hier.

— Y a-t-il longtemps que vous possédez cette propriété ? demanda Julie tandis que le professeur Deville, un sourire aux lèvres, obéissait aux ordres de la vieille dame.

— Oh oui ! Mon mari s'est toqué de l'endroit juste après la guerre. Mais nous n'y avons résidé définitivement que lorsqu'il a pris sa retraite en 1968. Avant, nous y passions seulement les mois d'été. Serge était avec nous…

Puis reprenant un thème qui lui semblait cher :

— A cette époque déjà nous étions enchantés quand il invitait des amis, de la jeunesse. Nous le poussions à le faire car nous le trouvions… euh… un peu trop sage.

Alice Deville prenait un plaisir évident à bavarder. Julie l'écoutait d'une oreille distraite, fascinée surtout par les mains que la vieille dame agitait en parlant. Accrochées au bout de ses bras maigres, elles ressemblaient à d'énormes papillons. Brunes, nervurées, griffées, écorchées, démesurées…

— Voyez-vous, lorsque son père est mort, nous nous sommes beaucoup occupés de Serge. Sa mère, la pauvre, n'a pas eu une existence bien gaie. En fait, elle ne s'est jamais remise du décès brutal de son mari. Elle est devenue une dépressive chronique, incapable de se prendre en charge. Elle se faisait soigner dans des établissements spécialisés sans jamais en sortir guérie. A une certaine période, nous avons essayé de l'accueillir à Coatnoz mais ce fut un échec. Sa présence s'avéra même totalement désastreuse pour son fils. Lui d'ordinaire si gentil, ne parvenait pas à la supporter. Alors elle est allée passer quelque temps en Italie où elle avait de la famille. Mais là-bas non plus, ça n'a pas duré. Que voulez-vous, c'était une malade et personne ne pouvait vivre avec elle très longtemps…

— C'est bien triste, fit Julie que ces confidences gênaient.

Que dirait le professeur Deville s'il apprenait que sa tante dévoilait ainsi ses secrets de famille ? Mais la vieille dame était lancée :

— Pour finir, ma belle-sœur n'a pratiquement plus quitté la clinique du Mont Saint-Hilaire où elle était soignée. Serge allait la voir de temps à autre mais ces visites étaient un vrai calvaire pour lui. Il en revenait complètement accablé.

— Ce genre de situation doit être terrible pour un adolescent… Mais le professeur Deville paraît s'en être magnifiquement sorti. Grâce à vous sans doute…

Le visage de la vieille dame s'éclaira :

— Nous avons fait tout notre possible. Mais les années qu'il a passées à l'étranger y sont certainement pour beaucoup. Sur le moment je lui en ai terriblement voulu. Voyez-vous, il nous a quittés d'un jour à l'autre, sans raison apparente. Je l'ai alors jugé ingrat et sans cœur. Mais sans doute ne pouvait-il faire autrement…

— Est-il resté longtemps absent ?

— Oh oui ! De nombreuses années… Il est revenu s'établir ici en 90 quand le poste de chercheur en biologie marine au CRAM est devenu vacant. Ma vie en a été transformée, je l'avoue ! Il est si gentil, si prévenant… J'aimerais tant qu'il trouve son bonheur et se fixe définitivement dans la région, fit Alice Deville en jetant à Julie un regard éloquent.

Celle-ci sourit.

— Je présume qu'avec toutes ses qualités, votre neveu n'aura aucune peine à trouver une compagne qui lui convienne.

— Mmm… Je ne sais pas… Je crains fort qu'il ne se complaise dans le célibat. Il y a des signes qui ne trompent pas. Sa passion pour le maquettisme… Son goût extravagant pour les tisanes… En dehors de quelques promenades en forêt, il ne prend pratiquement pas d'exercice. Lui qui aimait tant naviguer autrefois…

— Il faisait de la voile ?

— Oui avec mon mari. Nous possédions un petit yacht. Oh ! tout à fait modeste mais suffisant pour naviguer le long des côtes. Son oncle et lui adoraient ça. Lorsque mon pauvre Georges a été atteint d'artériosclérose, il a dû renoncer au bateau. Mais Serge a continué jusqu'au jour où il est parti.

La vieille dame soupira et se tut. Son visage de chaman mangé par les rides perdit soudain toute sa vivacité.

Agacée par l'absence prolongée de Serge Deville, Julie se leva et alla s'accouder à la rembarde de la terrasse.

— Ah ! Te voilà enfin ! Tu en as mis du temps…

— J'ai dû descendre au cellier, ton frigo était presque vide, répondit gaiement Deville.

— Ce n'est pas grave. Julie et moi avons pu faire connaissance, n'est-ce pas ma chère enfant ? dit tante Alice qui avait retrouvé sa bonne humeur.

— Mmm… Tu as dû lui raconter ma vie ! C'est toujours ce que tu fais quand je te laisse seule avec mes invités ! rétorqua le biologiste d'un ton moqueur. Tous trois se mirent à rire. Ils bavardèrent en buvant leurs rafraîchissements puis Serge se leva et prenant Julie par le bras :

— Venez, je vais maintenant vous faire visiter le repaire du célibataire !

Ils traversèrent la cour pavée où régnait une chaleur pesante et s'engouffrèrent dans l'aile nord. Dès qu'elle eut franchi le pas de la porte, Julie tomba sous le charme de cette demeure. C'était une salle assez vaste, basse de plafond avec, dans le fond, une grande cheminée de pierre. Quelques meubles confortables et sans prétention, des tapis de laine sur un carrelage de grès rose fané, des étagères pleines de livres et de bibelots et par-dessus tout ça, un mélange d'odeurs de fumée, de cuir, de résine que Julie trouva typiquement masculines. Elle imagina combien cette pièce devait être agréable l'hiver, par temps froid et humide… des châtaignes qui grillent sur les braises, de la musique, un grog… Aucune lumière, seulement des ombres et le rayonnement de la chaleur.

— Ici se trouve ma chambre, dit Serge Deville en désignant une porte entrebâillée, et là mon atelier. Entrez ! Vous allez voir…

Julie fit deux pas en avant et s'arrêta net. Un rire éclata derrière elle.

— Oui, je sais, ça surprend toujours ! Vous devez penser que je suis un peu gaga… Eh ! Eh ! C'est parfois ce que je me dis moi-même… Puis la poussant amicalement : Allez ! N'ayez pas peur ! Tous ces instruments ne vous sauteront pas à la figure.

Un côté entier de la pièce était occupé par un

immense établi où s'alignaient des centaines d'outils minuscules. Limes, pinces, brucelles, tournevis, clés, maillets, étaux… Tous impeccablement rangés et d'une propreté étincelante.

— Un de mes grands-pères était horloger-rhabilleur, j'ai hérité de son outillage et par la suite, j'ai complété la collection. Et voici le fruit de mon travail !…

En face, dans des vitrines, se trouvaient des dizaines de maquettes. Une armada puérile ancrée dans l'immobilité des modèles réduits.

— C'est vous qui avez fabriqué tout ça ? demanda Julie abasourdie.

— Je vous l'ai dit, c'est une véritable passion pour moi.

— Quel énorme travail ! Félicitations ! dit-elle, feignant une admiration qu'elle n'éprouvait pas. Vous avez dû y consacrer tous vos loisirs.

— Une bonne partie, surtout durant la mauvaise saison. Mais rassurez-vous, il me reste du temps pour d'autres activités !

— C'est sans doute là que vous trouvez l'inspiration ? dit Julie en désignant une bibliothèque. Eh bien ! Vous ne manquez pas de documentation ! Vous permettez ?

— Je vous en prie…

Retrouvant le domaine qui était le sien, la libraire se plongea dans les éditions anciennes consacrées aux différentes flottes européennes. Certains de ces ouvrages auraient fait le bonheur de bibliophiles de sa connaissance mais elle n'osa demander s'ils étaient à vendre.

— Je trouve que vous avez fait preuve de beaucoup de patience à mon égard, déclara soudain Serge Deville. D'abord ma tante qui radote, puis moi avec mon dada… Que diriez-vous maintenant d'une balade en forêt ?

— Oh oui ! C'est ça ! Allons nous promener ! s'écria Julie soudain pressée de s'éloigner de cette grande bâtisse à demi déserte. De cette vieille femme aux allures d'insecte. Et de cet atelier rempli de chimères. La chaleur doit être tombée maintenant et les bois sont si beaux à cette saison.

•

Il l'a dit et il le répète.

Il n'aime pas l'air libre. Pas l'espace. Pas le jour.

Seulement le confinement.

Le confinement de la cabine aux hublots masqués de velours noir.

Là, tapi dans l'ombre, il peut laisser émerger sans crainte l'être merveilleux qu'il porte en lui. L'imago surgit et la vieille mue va se perdre dans l'immensité bleue de ce qu'il était avant.

Avant le matin du promontoire.

Quand deux pieds ronds et blancs se balançaient au-dessus des rochers, avec la mer qui était haute et la nuit qui se retirait.

Deux pieds ronds et blancs. Et les bras levés. Et la chemise qui bâillait. Et le corps moulé par les mains du vent.

Rozenn, la splendide Rozenn dont il a broyé la beauté dominante et tout ce qui flambait en elle. Oui, il l'a eue ! Oui, il se l'est offert dans l'air verdâtre et la mer qui salive, avec sa somptueuse chevelure et ses jambes de danseuse… Il l'a eue !

Il sourit. Ses lèvres gercées s'écartent. Il tourne la tête par à-coups. Progresse latéralement entre la couchette et la table à carte. Se fige. Regarde le journal ouvert.

Ah ! Ah ! Les autres se décidaient enfin à parler de lui. Ces cons commençaient à remuer leur cul. Pas trop tôt !

Ses coups portaient. Et ce n'était qu'un début. Maintenant qu'il était aux commandes, il n'y aurait plus de répit. Ni pour lui, ni pour personne. Demain, une nouvelle famille serait plongée dans la douleur. Pleurez mes cocos ! Un paquet anodin, une mèche de cheveux et une photo.

Et ça continuerait. Encore et encore…

L'embryon faiblard qui tentait désespérément de se faire entendre et auquel nul ne prêtait attention… Ça c'était avant !

Maintenant, tout le monde aurait les yeux fixés sur lui. Non ! Pas sur lui qui était tapi dans l'ombre, mais sur les manifestations évidentes de son existence.

Pour l'instant cela suffisait.

Suffisait à tromper son appétit.

•

Lundi 19 septembre.

— Le commissaire est dans son bureau ? Seul ?… Dans ce cas ne vous dérangez pas, il m'attend.

Ignorant le regard de poulpe de madame Floc'h, et ses gestes de protestation, Marc Lefoll bafoua une fois de plus les usages, traversa au pas de charge le bureau de la secrétaire et pénétra chez Jean Garec.

— J'ai pris connaissance de ton message sur mon répondeur, hier soir en rentrant chez moi. Alors, qu'est-ce qui se passe ? Mon article de samedi a causé plus de remous que prévu ?

— Non, non ! Rassure-toi. Tu as suivi mes consignes de modération à la lettre et je t'en remercie. J'espère que tes collègues seront aussi raisonnables que toi et ne feront pas monter la mayonnaise.

— Ça !… Attends-toi au pire ! J'ai appris par hasard que la famille Karpinski avait accordé des interviews…

Garec haussa les épaules d'un geste fataliste.

— Au train où vont les choses, on ne va pas tarder à avoir tout le monde sur le dos !… Un troisième "message" a été reçu samedi par un couple de Versailles, monsieur et madame Richard Hutin. Une photo de leur fille avec au dos le texte habituel : "En mémoire de Solène Hutin décédée le 7 juillet 1992". L'instantané était accompagné cette fois d'une mèche de cheveux. Ceux-ci ont été envoyés à analyser mais je te parie mon salaire contre un bouton de culotte que les cheveux appartiennent bien à cette jeune fille.

— Tu as des détails ?

— Ouais… Solène Hutin, dix-neuf ans, étudiante dans une école de commerce de Versailles. Au moment de sa mort, elle travaillait comme monitrice dans une colonie de vacances à Saint-Edern. Elle a disparu lors d'une excursion dans l'archipel de Mingwen, au cours d'une partie de pêche à pied. La colonie qui comprenait une centaine de gosses encadrés par neuf adultes, a repris la vedette pour le continent sans mademoiselle Hutin. Apparemment, on ne s'est avisé de son absence que de retour à Saint-Edern…

— D'habitude, dans ce genre d'expédition, ce sont les gamins qu'on perd, pas les monitrices !

— Hé ! Tout arrive… Personne ne s'est inquiété car on pensait qu'elle rentrerait avec la vedette suivante. En grande marée, au mois de juillet, il y a foule sur les grèves et dans les îles, et on se bouscule en fin d'après-midi sur les embarcadères. Bref… comme dans la soirée elle n'était pas de retour, les pompiers et la police ont été alertés. Mais on n'a jamais retrouvé mademoiselle Hutin. L'enquête a conclu à un accident. Selon toute vraisemblance, elle s'était fait piéger par la marée. Tu connais le problème, les touristes sont souvent absolument inconscients du danger, ils s'aventurent n'importe où sans tenir compte de l'heure à laquelle la mer se remet à monter…

— Et le corps ?

— Disparu. L'archipel de Mingwen se trouve dans une zone où les courants sont encore plus forts qu'ici. C'est pourquoi, jusqu'à samedi, personne n'avait songé à contester les conclusions de l'enquête.

— Ni les gosses, ni ses collègues n'ont vu mademoiselle Hutin s'éloigner ?

— Non… Tu sais comme moi qu'en grande marée, la mer découvre d'immenses étendues de grève. Dans les parages de Mingwen, il y a énormément d'îlots, de rochers… un vrai dédale où l'on se perd de vue facilement.

— C'est juste, dit le journaliste en hochant la tête. Mais dis-moi… cette affaire prend des proportions inquiétantes. A l'heure qu'il est, on en est à…

— Cinq victimes, fit Garec d'un air sombre.

Puis comme Marc Lefoll se levait :

— Attends ! Je n'ai pas fini ! A propos de la photo que tu as rapportée de Vannes… voilà les agrandissements que le labo en a tirés… Tu avais vu juste, il y a bien un yacht dans le secteur. Personne n'avait décelé ce détail, toi seul…

— Question de métier, fit le journaliste en relevant ses lunettes sur son front et en se penchant sur les clichés. Je suppose que tu les a fait voir à des spécialistes.

— Effectivement. Selon eux, il s'agit d'un yacht d'une dizaine de mètres de long, de type Figaro. Au vu du sillage, il fait route assez rapidement en direction de la véliplanchiste. Ses voiles sont ferlées, il marche donc au moteur. L'image est hélas trop floue pour qu'on distingue d'autres détails, sinon que la coque est blanche ainsi que sa superstructure. Comme il n'arbore aucun pavillon de nationalité, on peut supposer qu'il est immatriculé en France. D'après la police maritime, ce genre de yacht est très courant sur nos côtes. On m'a en outre signalé que c'est ce modèle que les agences louent aux touristes.

Marc Lefoll se redressa, passa une main dans sa chevelure ébouriffée, se pinça le nez, visiblement déçu.

— Tu sais comme moi que c'est toujours comme ça au début d'une enquête importante, dit Garec. Il faut ratisser large et on a l'impression d'être submergé par un fatras d'éléments disparates. Mais ne t'en fais pas, on finira bien par distinguer un fil conducteur… Le gibier est là. Je le sais, je le sens. Il est là, caché, inquiet. Et ça m'étonnerait beaucoup qu'il m'échappe !

Marc Lefoll n'en doutait pas. Il savait que sous ses dehors de bon gros, son ami était dur, acharné, aussi mauvais qu'un fox-terrier accroché à la gorge d'un autre chien.

— La seule chose que je craigne vraiment, reprit le commissaire, c'est qu'un nouveau meurtre ait lieu avant que j'aie eu le temps de démasquer le coupable.

— Oui, fit le journaliste songeur, ça fout les boules de penser qu'un pareil dingue se balade librement dans la nature. D'autant que sa psychose a l'air d'évoluer…

— Exact, répondit Garec l'air préoccupé. Selon les psychiatres, le meurtrier pour une raison indéterminée, ne supporte plus l'anonymat. Il éprouve aussi un besoin grandissant de vivre sous tension. Cette tension, il la crée en précarisant sa position, d'où l'envoi des fameux "messages".

— Et maintenant, que va-t-il se passer ?

— Ça dépend… Notre homme peut être dépassé par sa manie, perdre tout contrôle et commettre des erreurs qui le feront prendre. Mais il peut aussi s'adapter à cette nouvelle situation. Les fortes pressions émotionnelles sont susceptibles de le faire changer de cibles, de méthodes. Il peut devenir plus imprévisible tout en continuant à tromper le monde en menant une double vie.

— Il n'éprouve donc jamais de remords ?

— Jamais ! Ni sentiment de culpabilité, ni limites dans le ressentiment irrationnel qu'il nourrit très probablement vis-à-vis de la société.

— Eh bien ! Cela nous promet de beaux jours si tu n'arrives pas à le coincer rapidement.

— Je sais… Les médias vont mettre la population en garde. Souhaitons que cela ne dégénère pas en panique ! De notre côté, nous continuerons notre travail de fourmis. Ainsi, j'ai fait répertorier par mes services tous les ivrognes, clodos et autres marginaux qui traînent autour du port. Une vraie cour des miracles !… Parmi tous ces zigotos, il y en a un qui a retenu mon attention. Un dénommé Rémi Boquet.

— Je vois qui c'est. Un pauvre type, plus excité que dangereux !

— Hé ! Hé ! Pas si pauvre que ça ! Tout le monde le croit à la charge de la société et vivant d'expédients. Eh bien ! Pas du tout ! Il est issu d'une famille modeste mais a hérité d'un oncle relativement aisé. Ses ressources sont confortables. A Saint-Bredan, il habite une espèce de grenier, impasse Vianet mais il est fort possible que ce ne soit pas là son seul domicile. La propriétaire qui loge dans l'immeuble affirme qu'il s'absente fréquemment un jour ou deux, sans dire où il va.

— Il possède une voiture ?

— Non, une moto. Et aussi un bateau.

— Ouais… Un vieux machin qui doit prendre l'eau comme une écumoire !

— Là encore, détrompe-toi ! Son bateau est peut-être sale et mal entretenu mais je me suis renseigné, il est solide, doté d'un bon moteur et tout à fait capable de prendre la mer même par gros temps. Les pêcheurs prétendent que Boquet braconne et ne se gêne pas pour lever leur matériel quand l'occasion se présente. Mais ce n'est pas mon problème… J'ai demandé qu'on m'établisse son CV. J'aimerais bien savoir, par exemple, où Boquet se trouvait en 74, au moment de la mort de Marie-Léone Winter.

— Oui, ça pourrait être intéressant.

— Il faudrait aussi que j'en sache davantage sur l'agent artistique de Rozenn Keruhel. Ils se voyaient souvent, paraît-il…

— Christian Masset ?

— C'est ça ! Peux-tu me tuyauter sur ce type ?

Le journaliste réfléchit quelques instants.

— Mmm… pas vraiment. J'ai été invité à quelques vernissages. Les jeunes artistes se pressent à sa porte parce qu'il a la réputation d'être malin et bien introduit dans les milieux de l'art et…

— Ce n'est pas de ça que je veux parler, l'interrompit Garec. J'ai entendu dire que Masset pourrait être mêlé à un trafic d'objets d'art anciens.

— Oh ! Oh ! Et sa galerie lui servirait de couverture ?

— Je l'ignore. Ce sont des bruits qui courent…
Mais s'il est affilié à un réseau important, on ne peut
écarter d'office l'hypothèse d'un crime crapuleux.

— Que veux-tu dire ?

— Eh bien… que Rozenn a pu découvrir par hasard
les activités illégales de Masset et qu'on l'a éliminée
pour la faire taire.

Marc Lefoll haussa les épaules, perplexe.

— Tout est possible… quoique je ne voie pas Masset impliqué dans le grand banditisme. A mon avis, il
donnerait plutôt dans le chantage, l'extorsion de fonds,
le faux en écriture. Voilà ce qui serait dans ses cordes.
Mais naturellement, je peux me tromper.

— Je vais dire à Maupet de creuser cette piste. On
verra bien ce que ça donnera.

Garec jeta un coup d'œil à sa montre.

— J'attends un certain Robert Jobic qui appartient
aussi, paraît-il, à notre folklore local. Il ne devrait pas
tarder. Tu peux assister à l'entrevue. Elle ne devrait pas
manquer de sel si le bonhomme est à la hauteur de sa
réputation.

— Non, il faut que je me sauve. Le boulot m'attend !
Mais je te verrai demain, sans faute.

Marc Lefoll empoigna sa serviette et, les pans de sa
gabardine faseyant comme les voiles d'un vieux safran,
il fonça vers la porte qu'il claqua allégrement, sans le
moindre égard pour les nerfs de madame Floc'h.

•

Enfouie dans une épaisse robe de chambre bleue, Hélène Féraux tentait vainement d'avaler son petit déjeuner. Elle essaya de tremper sa tartine dans son café mais ce fut pire. Sa mère lui suggéra de retourner se coucher. Non !... Elle avait suffisamment dormi comme ça ! Il fallait maintenant qu'elle se reprenne !

La veille, dès son arrivée, elle avait fait part à sa mère de son intention de divorcer.

— Mon Dieu ! avait répondu celle-ci, il y a long-temps que tu aurais dû t'y résoudre ! Je n'ai jamais compris comment tu pouvais t'accommoder d'un homme tel que Thomas...

— Quoi ??? Qu'est-ce que tu dis ? Tu as toujours paru l'apprécier ! Tu le recevais à bras ouverts...

— Evidemment ! C'est ton mari. Lui chercher que-relle et lui montrer que je voyais clair n'auraient mené à rien... Il n'empêche, j'ai toujours su que Thomas n'était pas digne de ta confiance et que tu finirais par ne plus le supporter. D'ailleurs, à Saint-Bredan, sa réputation est établie depuis longtemps !

— Oh maman ! Je t'en prie, ne ressassons pas des ragots vieux de vingt ans !

— Eh ! Il faut bien considérer les événements tels qu'ils se sont réellement passés... Quand Thomas venait en vacances chez ses grands-parents, tout n'était pas net dans sa conduite. On racontait qu'il passait son temps à séduire les filles pour les plaquer ensuite sans le moindre scrupule. Un sale cavaleur, voilà ce qu'il était !

— Maman, arrête !

— Comme tu voudras ! Mais cela a causé bien des drames. Aussi quand il s'en est pris à toi, ton père et moi...

— ... Etiez fous d'inquiétude. Je sais ! Tu me l'as raconté cent fois... J'ai toujours su que la vie avec Thomas ne serait pas de tout repos. Vous m'aviez prévenue, tu n'as donc aucun reproche à te faire... J'ai longtemps fermé les yeux sur ses écarts de conduite mais dernièrement, j'ai découvert d'autres choses, plus graves...

— Eh oui, avait soupiré la vieille dame, ça ne m'étonne pas. Quand un jeune homme a certains penchants, il est bien rare qu'il se corrige en prenant de l'âge.

Toujours assise à la table du petit déjeuner, Hélène entendait sa mère aller et venir dans l'appartement. Le téléphone sonnait à tout bout de champ. Depuis le matin, elle paraissait particulièrement agitée. Elle avait tenté plusieurs fois de parler à sa fille mais Hélène avait coupé court. C'était de calme et de silence dont elle avait besoin, pas de récriminations ou de radotages sur le passé !

Elle finit par avaler son bol de café et se mit à parcourir l'Ouest-Eclair du samedi précédent. C'est alors qu'elle tomba sur l'article de Marc Lefoll dont le titre lui sauta aux yeux. « Mort de Rozenn Keruhel - Un tueur en série sévirait-il sur nos côtes ? »

Elle le lut d'une traite et se précipita dans la cuisine.

— Maman ! Qu'est-ce que ça veut dire ? Tu es au courant ?

— Evidemment, ma pauvre fille ! Comme tout le monde ! J'ai essayé de t'en parler mais chaque fois, tu m'as envoyée paître !… D'ailleurs, depuis que tu es ici, tu n'es pas à prendre avec des pincettes !

Une bouffée de culpabilité envahit Hélène.

— C'est vrai, excuse-moi… Mais ce que je viens de lire est terrible. J'étais au courant de la mort de Rozenn Keruhel. Avec Thomas, nous avons naturellement fait le rapprochement avec l'assassinat de Marie-Léone, les circonstances en sont si étrangement semblables… Mais tout cela a été relégué au second plan par mes problèmes personnels.

— Bien sûr, bien sûr, admit la vieille dame. Sais-tu qu'en ville, on parle d'un cas de dédoublement de la personnalité. Un type normal qui se transformerait régulièrement en monstre sanguinaire. Je croyais que ça n'existait que dans les films d'horreur !

— Il ne faut rien exagérer ! La réalité est assez effrayante sans qu'on en rajoute.

— Mais on ne se sent plus en sécurité nulle part ! Surtout nous, le troisième âge… Moi, je sais que je ne vais plus pouvoir trouver le sommeil…

— Ce qui ne changera rien puisque de toute façon tu ne dors jamais !

— Et voilà ! Tu me rabroues de nouveau !

— Non, seulement tu ne dois pas t'affoler, tu ne risques rien. Manifestement, ce maniaque ne s'attaque qu'à des femmes qu'il rencontre en mer.

— Ça, c'est ce qu'on veut nous faire croire ! En tout cas l'association "Vert Automne" à laquelle j'appartiens, compte mettre sur pied dès aujourd'hui un comité de défense qui...

— Quoi ? Vous avez perdu la tête ?

— Pas du tout ! Il faut que la municipalité prenne des mesures pour protéger la population ! C'est pourquoi, tout à l'heure, une cellule de crise se réunira ici afin d'établir quelles actions nous mènerons en priorité. Ça ne t'ennuie pas, j'espère ?

— Bien sûr que non. Seulement tu m'excuseras si je ne viens pas saluer tes amis. J'ai envie d'aller prendre l'air.

•

A la sortie de Saint-Bredan, Hélène roula une quinzaine de kilomètres puis parqua sa voiture le long de la petite route qui menait au cap de Pen Azenn. De là, elle poursuivit à pied. Derrière les haies mal taillées, la plupart des propriétés paraissaient inhabitées. Les jardins étaient livrés aux immenses pins maritimes qui les dominaient et en stérilisaient le sol. Hélène pressa le pas, elle n'aimait pas la masse noire de ces arbres pesant sur des maisons sans vie. Elle déboucha bientôt sur une lande lumineuse. Quelques goélands planaient. En face d'elle, il y avait le ciel, la mer et, au large, un groupe d'îlots déserts... l'archipel d'Enez Glas.

Arrivée au bout de la pointe, elle s'assit sur un affleurement rocheux. Des fougères fanées bruissaient à ses côtés. Tout était sec et craquant, comme pris dans une résille de sel.

Le menton posé dans ses mains, Hélène contempla au loin les cailloux d'Enez Glas brillant dans la lumière. Perles de pierre brodées sur du vide, ils étaient aussi présents et insaisissables que des souvenirs.

La nostalgie l'envahit. Enez Glas… Les vacances qu'elle passait jadis avec les jeunes de son âge, à courir les plages et les grèves. Ce sentiment merveilleux de liberté, de joie, de légèreté qu'elle ressentait quand elle s'échappait de chez elle pour aller rejoindre ses amies. Marie, Justine, les sœurs Winter, Valérie le Cost et les autres… Toutes ces filles qui comme elle riaient, chantaient, dansaient… découvrant avec ravissement le désir dans le regard ensoleillé des garçons.

Tant de beauté. Tant de joie. Tant de plaisir.

Jusqu'au jour de l'orage.

Le jour où tout avait basculé.

C'était un orage de fin d'été qui avait mûri lentement durant l'après-midi. Un ciel de plus en plus sombre. Une lumière cuivrée qui sculptait l'espace au-dessus d'Enez Glas. Les filles surexcitées qui couraient et dansaient sur les bancs de sable. La chevelure blonde de Mélanie Viquel, les jambes bronzées de Justine, Marie-Léone dans son incroyable maillot de bain doré… Et ce goémon répandu partout, ces rochers au mufle de bêtes féroces, ces oiseaux criards qui fendaient le ciel. C'était une folie burlesque que suscitait la montée de l'orage dans cet archipel devenu soudain comme une arène ou un champ clos.

"Il faut rentrer" disaient les plus raisonnables des

garçons. "Non ! Non ! L'eau n'a jamais été aussi chaude !…" Et Paul Méral qui insistait : "Avec l'orage, le vent peut se lever… On ne pourra plus traverser". "Tant pis !" braillaient les filles survoltées.

Et l'orage avait éclaté. Formidable.

Une tornade de pluie et de grêle s'était abattue sur l'archipel. Tout le monde avait alors couru en tous sens. On avait lancé les affaires dans les canots et embarqué pêle-mêle, en pleine pagaille. Un à un les bateaux avaient levé l'ancre puis s'étaient rapidement déhalés pour éviter le ressac.

"Tout le monde était parti. Sauf moi… se souvenait Hélène. Je ne me rappelle pas pourquoi j'étais restée à la traîne mais je courais comme une dératée vers le rivage, glissant dans le goémon, suffoquée par les bourrasques tandis que les canots disparaissaient, happés par des langues de pluie. Dans l'affolement général, on m'avait oubliée !… La mer n'était plus ni belle ni claire. Et je criais, j'appelais, je trépignais, je sanglotais…"

C'est alors qu'une silhouette avait surgi entre deux rochers. Elle avait agité la main en reconnaissant Thomas Féraux. "Tu es toute seule ? Ils sont partis sans toi ? Ce n'est pas grave, cesse de pleurer. Tu rentreras avec moi. Mon canot est amarré là-bas, derrière le banc de sable." Puis il l'avait prise par la main et ils avaient couru en trébuchant dans les algues jusqu'à son bateau.

C'est le lendemain que le corps de Marie-Léone avait été retrouvé échoué sur le grève de Keravel, à proximité de la maison de ses parents.

L'enquête avait rapidement établi que la jeune fille n'avait embarqué dans aucun des canots ralliant Saint-Bredan et que le meurtre par noyade avait été commis dans les parages d'Enez Glas.

Hélène n'avait donc pas été la seule à être abandonnée dans l'archipel cet après-midi-là !…

Jamais elle n'avait pu oublier la terreur qui l'avait envahie quand elle avait compris que ce qui était advenu à sa copine aurait pu lui arriver à elle…

Jamais non plus elle n'avait révélé à quiconque que c'était par pur hasard qu'elle était rentrée au port dans le canot de Thomas. Tout le monde avait supposé qu'ils avaient combiné ça tous les deux car chacun avait cru que leur liaison avait débuté cet après-midi-là.

Mais c'était faux !

Ce n'est qu'à partir du surlendemain que Thomas avait commencé à venir la voir chez ses parents puis à se montrer en ville avec elle.

En vérité, jusque-là jamais Thomas n'avait prêté attention à elle, et leur rencontre fortuite durant l'orage avait bien dû l'arranger ! Elle lui avait évité la curiosité de la police et des questions embarrassantes sur sa présence à Enez Glas après le départ des autres.

En vérité, Hélène elle-même n'avait jamais su d'où venait Thomas lorsqu'il était apparu comme le Messie sous les rafales de la pluie.

La jeune femme suffoqua. Voilà où se nouaient les fils de son angoisse. Cette question demeurée sans réponse, l'étrange ressemblance entre les morts de

Rozenn et de Marie-Léone, la double vie de son mari… Tant de faits concordants qui soudain désignaient Thomas comme…

Non ! se rebiffa-t-elle. Mon imagination et ma déprime dénaturent la réalité. Ce n'est pas possible. Même pas vraisemblable !

Mais devant ses yeux s'ouvraient des rues vides où rôdait un loubard. Un noctambule qui hantait les ports et les quais déserts, les hôtels borgnes et pourquoi pas, les grèves et les plages solitaires…

Hélène gémit et enfouit son visage dans ses mains.

— Seigneur ! Non, pas ça !…

•

Julie Cotten s'approcha de la porte vitrée et jeta un coup d'œil dans la rue. Le beau temps du matin avait été chassé par un vent froid, un vent d'automne qui griffait la peau, bleuissait le ciel et n'allait pas tarder à faire monter une mer hachée au large de Saint-Bredan. Serrant frileusement sa veste de laine, elle songea que la librairie n'était jamais aussi agréable que quand le temps devenait franchement mauvais.

Debout près d'un rayonnage, elle feuilletait le catalogue des différentes liquidations et ventes aux enchères prévues pour octobre tout en écoutant distraitement une dame âgée expliquer à Kath ce dont elle avait envie… "Des modèles de tricot des années quarante. Figurez-vous que ma petite-fille me réclame à cor et à cri un cardigan comme nous en portions pen-

dant l'Occupation ! Vous voyez le genre. Epaules car-
rées, manches étroites, bouton de corozo. Imaginez-
vous cela !… Il paraît que ce sera la grande mode l'an
prochain".

Julie sourit. Les désirs des clients étaient parfois
tout à fait surprenants. Puis elle avisa près de la porte
un homme qui paraissait chercher quelqu'un.

— Puis-je vous aider ?

— Euh oui… Je voudrais parler à madame Cotten.

— C'est moi.

— Ah ! Très bien. Je suis Edgar Michaux. Vous
m'avez téléphoné hier soir et…

— Oh ! Comme c'est aimable à vous d'être venu si
vite ! Allons dans mon bureau, je vous expliquerai de
quoi il s'agit, répondit Julie en s'efforçant de masquer
sa nervosité. Edgar Michaux, fabricant de voiles, était
le premier nom sur la liste des suspects qu'elle avait
dressée la veille à partir de l'agenda de Rozenn.

— Asseyez-vous, je vous en prie… Voilà, si j'ai
demandé à vous rencontrer c'est parce qu'en triant les
papiers personnels de mon amie récemment décédée,
je me suis aperçue qu'elle vous avait commandé un spi.
Comme nous allons être obligés de vendre ses biens,
je voudrais pouvoir annuler cette commande. Est-ce
que ce serait possible ?

— Euh oui… Il faudrait que je consulte mes
registres, dit-il en se frottant pensivement les joues.

Puis levant les yeux :

— Sale histoire tout de même, hein ? Qui aurait pu
croire que des choses pareilles arriveraient chez

nous ?… Dire que ça dure depuis des années et que personne ne s'est jamais douté de rien… Notez que ce n'est pas tellement étonnant avec la foule qui passe par ici l'été… Remarquez que personnellement j'aurais tort de me plaindre parce que c'est grâce au tourisme que mon entreprise existe encore. N'empêche, sale histoire…

L'homme, peut-être à cause de sa forte corpulence, cherchait son souffle en parlant. Il avait un visage rond, sans rides, comme gonflé de l'intérieur. Son ventre qui distendait son polo bleu, paraissait posé sur ses cuisses.

— Je crois savoir que vous connaissiez bien mon amie Rozenn ?

— Bien, c'est beaucoup dire ! Quand on se rencontrait, on bavardait un peu. C'était une bonne cliente. L'an dernier elle m'avait acheté un génois et une trinquette.

— Et vous, est-ce que vous faites de la voile ?

— Ouais… C'est presque une obligation professionnelle. Il faut que je connaisse le matériel que je vends.

— Vous possédez un bateau ?

— Naturellement ! Le "Pétrel". Il est amarré au ponton G, pas très loin du Diaoul. C'est un yacht de croisière très confortable.

Il la dévisagea quelques instants puis sa figure lunaire s'anima :

— Dites, si un jour vous avez envie de prendre un bol d'air, n'hésitez pas ! Faites-moi signe, je serai enchanté de vous emmener faire un tour.

Julie le remercia d'un sourire poli.

— Et pour le gardiennage, vous avez quelqu'un ?

— Non ! J'en fais mon affaire… Pourquoi cette question ?… Ah ! Je vois ! Je me souviens que mademoiselle Keruhel m'avait touché un mot à ce sujet. Elle n'avait plus trop confiance en Jobic, l'homme qui s'occupait du Diaoul. Un drôle de coco, soit dit entre nous ! Elle m'avait laissé entendre qu'elle ne tarderait pas à avoir une explication avec lui.

— Quel genre d'explication ?

— Je regrette mais je n'en sais pas plus.

— Et ce Jobic… Est-ce qu'il possède un bateau ?

Michaux secoua la tête en signe d'ignorance. Puis il déclara d'un ton magnanime :

— En ce qui concerne le spi, je tiens la commande pour annulée. Purement et simplement. La mort de mademoiselle Keruhel vous cause assez de chagrin comme ça. Si ! Si… Je le vois bien ! Pas la peine de vouloir le cacher… Par contre, je renouvelle mon invitation. Une sortie en mer, rien de tel pour vous remonter le moral !

Il s'approcha de Julie et posant une main boudinée sur son épaule :

— Je me permets d'insister. Appelez-moi quand vous voulez… Puis il gagna la porte en se dandinant.

Julie frissonna. Lui arrivait-il souvent de convier ainsi des femmes à bord de son yacht ?

Et Rozenn, jeudi soir… Etait-ce de cette balade-là qu'elle n'était pas revenue ?

De retour dans la boutique, Julie constata que l'heure creuse de l'après-midi était passée. Plusieurs clients feuilletaient des ouvrages ou parcouraient les rayons, la tête penchée sur l'épaule pour déchiffrer les titres. Certains, assis presque recroquevillés sur des tabourets, étaient plongés dans la lecture. D'autres discutaient à voix basse.

En se dirigeant vers la grande table qui servait de comptoir, elle aperçut Eric Jaouen qui bavardait avec Kath Le Moal.

— Tenez ! La voilà ! s'exclama celle-ci. Je vous avais bien dit qu'elle n'en aurait pas pour longtemps.

Jaouen tourna la tête. Julie lui tendit la main.

— Quelle bonne surprise ! Je ne vous savais pas amateur de vieux bouquins…

— A vrai dire, ce n'est pas exactement le cas. J'aime bien lire mais je manque de temps et je suis souvent trop éreinté pour le faire. Mmm… Si je suis ici, c'est parce que j'ai besoin de vous parler. Est-ce qu'on pourrait aller boire un verre au café d'en face ?

— Bien sûr mais pas trop longtemps. L'heure d'affluence ne va pas tarder.

Après que le garçon eut déposé devant eux une bière et un jus d'orange, Jaouen fit part à Julie de la méfiance qu'il nourrissait à l'égard de Bob Jobic puis il se proposa comme gardien temporaire du Diaoul.

— J'accepte bien entendu, répondit-elle. Mais pourquoi faites-vous ça ? De toute façon le yacht sera vendu.

— Parce que j'aime les bateaux… Et aussi en mémoire de Rozenn.

— Vous étiez amis ?

— Ouais… On peut dire ça. Comme vous le savez, elle était folle des courses à la voile. Côté technique, elle en connaissait un bout mais elle n'était pas la seule dans ce cas. Son véritable atout, le seul point où elle pouvait réellement surclasser ses adversaires, c'était une parfaite connaissance du parcours. C'est là que j'intervenais ! Comme je pratique la pêche côtière depuis pas mal d'années, je la faisais profiter de mon expérience. La veille d'une régate, elle embarquait à bord du Pen ar Bed, c'est le nom de mon bateau, ou c'était moi qui allais sur le Diaoul, et ensemble nous repérions le parcours.

— Elle a participé aux traditionnelles régates de la fin août ?

— Pas au triangle olympique du samedi. Seulement à la course au large du dimanche.

— En solitaire ?

— Oui et non…

— Comment ça ?

— Eh bien… Il y avait quelqu'un à bord avec elle. Un passager qui ne participait pas à la manœuvre.

— Bizarre vous ne trouvez pas ?

— Si ! Surtout en régate !

— Et vous, vous couriez aussi ?

— Ah non ! Je laisse ça aux touristes !… Je relevais mes casiers quand j'ai vu passer toute la flottille dans le chenal de Kereveur.

— Vous avez reconnu la personne qui accompagnait Rozenn ?

— C'était un homme, c'est tout ce que je peux dire.

— Et le soir, il était à la remise des prix ?

— Je ne crois pas. Après la course, Rozenn a mouillé le Diaoul en rade de Locheven puis elle est venue à Saint-Bredan en voiture. A mon avis, elle était seule.

Julie hocha la tête en silence. Jaouen répondait à ses questions avec une assurance tranquille qui s'accordait bien avec son apparence. Il était massif, pas très grand. Ses cheveux blonds coupés court et un collier de barbe lui donnaient un air de Viking qui ne manquait pas de charme. Rozenn avait-elle couché avec lui ? se demanda Julie. Fort possible… Quand un homme lui plaisait, elle n'y allait pas par quatre chemins. Pour elle ne comptait que le plaisir du moment. On cueille le jour. On croque le fruit… Et le lendemain, on n'y pense plus.

Un homme comme Jaouen pouvait-il s'accommoder de cela ? Pas sûr. Pas sûr du tout…

— Il y a une autre personne dont je voudrais vous parler. Rémi Boquet, vous connaissez ?

— Euh, pas vraiment. Je l'ai rencontré une fois… répondit Julie d'un ton évasif. Elle restait persuadée que Boquet pouvait encore lui fournir des renseignements intéressants mais pour ça, il fallait tenir Jaouen à l'écart.

— Il n'est pas d'équerre, poursuivit celui-ci. Jusqu'à maintenant, il s'est contenté de battre la campagne et de faire rire les gens. Mais je ne suis pas sûr qu'il s'en tienne à ça. Un jour, il ira trop loin. C'est pourquoi je vous conseille d'éviter ce type. Et si jamais il vous embête, appelez-moi ! Surtout n'hésitez pas. N'importe où et à n'importe quelle heure... Tenez, voici mon numéro de téléphone.

Julie le remercia, un peu émue. Il y avait si longtemps qu'aucun homme ne s'était inquiété pour elle... C'était comme une mélodie lointaine qu'elle avait entendue jadis, puis oubliée, et qui résonnait à nouveau.

•

Vers vingt heures, Julie se prépara à se rendre à Lan Houarn, chez les Winter. Comme la soirée s'annonçait fraîche et brumeuse, elle enfila sa veste de daim doublée de laine et noua un foulard de soie imprimée autour de son cou. Elle glissa aussi dans son sac une carte routière détaillée car elle n'était pas très sûre de son itinéraire.

Après avoir roulé une vingtaine de minutes, elle atteignit l'estuaire du Steren. En face d'elle, sur une hauteur dominant le fleuve, se dressaient les bâtiments du CRAM. En contrebas, au pied de la falaise granitique, se trouvaient la ferme aquacole et des viviers flottants.

Plusieurs années auparavant, lors d'une journée "portes ouvertes", elle avait eu l'occasion de visiter le Centre en compagnie d'Antoine. A dire vrai, elle s'était un peu ennuyée. Elle se souvenait d'une série de labos, de bureaux, de vitrines pleines de balances et d'instruments et d'une quantité d'aquariums. Elle se rappelait également les énormes turbots reproducteurs et les saumons tout aussi gigantesques agglutinés près de l'arrivée d'oxygène.

Antoine quant à lui était rentré enchanté de son après-midi. Mais lui se trouvait à l'aise partout ! Il possédait de telles connaissances et dans tant de domaines... Il avait passé son temps à bavarder avec les chercheurs en se faisant expliquer les sujets qui l'intéressaient particulièrement. De retour rue de la Forge, il s'était plongé dans des livres de biologie marine puis il avait donné à Julie tous les éclaircissements qu'elle désirait au sujet de ce qu'ils avaient vu.

Entre eux, c'était toujours ainsi que ça se passait.

Durant les huit ans qu'avait duré leur mariage, elle avait vécu à l'ombre tutélaire de cet homme. Elle gardait l'impression d'avoir été une nymphe chérie, protégée, choyée, éduquée, dans un cocon d'une incroyable qualité affective et intellectuelle. On attendait d'elle simplement qu'elle profite sans limite de ce qu'on avait à lui offrir... Et dire que les gens s'étaient apitoyés sur son sort parce qu'elle avait épousé un homme de trente ans son aîné ! Ils n'avaient rien compris...

Julie s'était lovée dans cette union avec délice, sans jamais regretter son choix. La déchirure n'en avait été que plus brutale.

La mort d'Antoine... C'était un quai de gare par un matin d'hiver, plein de courants d'air glacés, d'inconnus

au regard vide, d'odeurs détestables, de froid, d'indifférence, d'incertitude. La vie l'avait déposée là. En
souffrance.

Ce n'est qu'après des semaines, des mois de fris-
sons et de chagrin qu'elle avait osé recommencer à
bouger.

Malgré une conscience aiguë de ses lacunes, elle
avait gardé Tan Dei, engagé Kath Le Moal et, marchant
dans les traces d'Antoine, elle était parvenue à faire
tourner la boutique et à gagner sa vie. Pourtant, elle
demeurait intimement convaincue que, comparée à son
mari, elle n'était en matière de livres qu'un amateur
besogneux.

Rozenn s'était toujours violemment insurgée
contre cette attitude. Elle jetait feu et flammes lorsque
Julie lui avouait son manque de confiance en soi et le
vide terrible qu'elle ressentait.

— Je ne comprends pas comment tu as pu te laisser dominer ainsi. Ce n'était pas de l'amour mais de
l'hypnose… Une telle dépossession de soi ! Une telle
dépendance ! Il est temps que tu mettes en œuvre ta
propre énergie !

Julie acquiesçait tout en ayant conscience que si elle
recherchait si fort l'amitié de Rozenn, c'est que celle-
ci possédait, comme Antoine, une force, un punch qui
à elle lui faisaient singulièrement défaut.

Après avoir remonté la vallée du Steren sur une
dizaine de kilomètres, la route traversa un pont et, tournant le dos au fleuve, s'enfonça dans un vallon boisé.

La nuit était complètement tombée. Dans le faisceau lumineux des phares, Julie ne voyait plus que le fût des grands châtaigniers et des lambeaux de brume qui passaient sur elle comme une caresse qu'elle ne sentait pas.

Elle dépassa une carrière abandonnée puis engagea sa voiture dans un chemin de terre tout en priant le ciel de ne pas s'être trompée. Mais très vite, la lumière d'un lampadaire et quelques fenêtres éclairées la rassurèrent.

— Comme c'est gentil d'être venue jusqu'à Lan Houarn ! Entrez ! Entrez ! Venez vous réchauffer, il fait frisquet ce soir !

Sur le pas de la porte, Julie serra la main d'André Winter.

— Ma femme nous attend au salon.

Ensemble, ils longèrent un couloir et se trouvèrent bientôt au seuil d'une grande salle au fond de laquelle se dressait une table chargée de cartons ouverts et d'albums empilés. Au centre de la pièce, une femme se tenait debout, immobile. Julie la dévisagea sans mot dire. Alors Caroline Winter sourit et dit simplement : merci d'être venue. Puis, voyant Julie jeter un regard effaré vers la table, elle ajouta comme pour s'excuser :

— Je ne me souvenais pas qu'il y en avait autant… Autrefois, la photographie était une vraie folie pour nous. Nous possédions chacun notre propre appareil. Nous avions même équipé un labo à la cave pour développer les clichés. Ce qui explique la qualité médiocre d'une partie d'entre eux… Venez ! Installons-nous à cette table. Nous y serons à l'aise pour examiner tout ça.

Caroline alluma une puissante lampe de bureau et avança quelques chaises.

Julie la remercia puis commença à feuilleter les albums tandis que les Winter s'efforçaient de classer le contenu des cartons et de mettre un nom sur les visages qui défilaient devant eux.

Vers dix heures, Julie en avait plus qu'assez. Elle soupira :

— J'ai bien peur de n'arriver à rien… La seule personne que j'ai reconnue est Bob Jobic mais c'est normal puisque vous m'avez dit qu'il était employé comme homme de peine chez vous, à l'époque. Pour le reste, je… je me demande s'il est bien utile de continuer…

— Oh ! Je vous en prie, ne me dites pas que vous renoncez ! Pas si vite… Nous n'avons pas le droit de négliger la moindre piste…

— Il n'est pas question d'abandonner, répondit Julie qui s'était reprise.

Puis avisant un superbe portrait de Marie-Léone :

— Votre fille était vraiment très belle…

— Un peu trop belle, fit Caroline d'une voix réticente. La vie m'a appris que la beauté n'est un bienfait ni pour soi, ni pour ceux que l'on côtoie. Croyez-moi, la façon dont Marie-Léone usait de son charme m'a souvent inquiétée.

Elle saisit le portrait et le déposa dans un carton.

— Il ne faut pas que nous nous laissions distraire par Marie-Léone. Elle n'est plus qu'une image dans nos mémoires… Nous devons concentrer toute notre attention sur ceux qui l'entouraient. C'est parmi eux que se cache peut-être celui que nous cherchons.

— En tout cas pour ce soir, c'est terminé ! décréta André Winter en entrant dans le salon les mains chargées d'un plateau. Thérèse nous a préparé un en-cas que nous avons bien mérité. Et j'espère que vous aimez le bordeaux ? dit-il en se tournant vers Julie et en débouchant une bouteille recouverte de poussière. Oui ? A la bonne heure !…

— Une chose m'intrigue à propos des photos, dit celle-ci. Elles n'ont pas été prises à Lan Houarn, je ne reconnais ni la maison, ni le jardin.

— Effectivement. Nous habitions alors une villa face à la mer, au-dessus de Keravel. Nous l'avons vendue après la mort de notre fille. Nous ne supportions plus d'y vivre.

Après s'être restaurés, tous trois décidèrent, vu l'urgence, que Julie emporterait avec elle les cartons et les albums pour pouvoir les passer en revue dès qu'elle aurait un moment de libre.

— C'est plus rationnel ainsi, dit Caroline en raccompagnant son invitée à sa voiture. Mais nous resterons en contact, n'est-ce pas ? Je passerai à Tan Dei un de ces jours. Et vous-même, téléphonez-moi si vous découvrez quelque chose d'intéressant.

Julie promit qu'elle n'y manquerait pas. Puis, après un signe d'adieu, elle démarra et s'enfonça dans l'allée forestière.

Les Winter regardèrent les feux rouges du break disparaître dans la nuit.

— Crois-tu qu'elle soit au courant de l'amitié qui nous liait jadis à son mari ? demanda Caroline à mi-voix.

— Probablement pas, sinon elle y aurait fait allusion. Antoine ne lui a sans doute jamais parlé de nous… Tout cela est si vieux.

— Pour moi c'était hier.

— Bien sûr, bien sûr…

— Ah ! J'aurais tant voulu pouvoir comprendre un jour… Tant voulu savoir pourquoi Antoine a rompu avec nous après le drame, murmura Caroline avec amertume.

André soupira. Puis prenant sa femme par l'épaule :

— Allons, il est tard. Rentrons, tu frissonnes.

•

Il était presque minuit et Julie s'apprêtait à se coucher lorsque le téléphone se mit à sonner. En décrochant, elle sut instantanément qui était au bout du fil.

Une respiration rauque, un imbroglio de sons et enfin son nom. Julie !… Julie Cotten !…

Mais cette fois-ci, elle n'eut pas vraiment peur.

— Ju… Julie, crachota Rémi Boquet. Vous… Vous avez désobéi, hein ? J'vous avais pourtant dit de… de vous t'nir à carreau ! V… vous croyez p't-être que c'est malin d'aller vous prom'ner seule, la nuit, en pleine forêt…

Julie sentit son cœur se mettre à battre plus fort. Ce dingue l'avait suivie et elle ne s'était aperçue de rien… Ah si pourtant ! En passant le pont, elle avait remarqué le phare d'une moto dans son rétroviseur mais elle n'y avait pas attaché d'importance.

— S… sortir seule le soir, c'est pas c… correct. Y a qu'les filles qui font ça, et les putes ! Pas les honnêtes f… femmes. Surtout pas la femme d'Antoine.

La voix vira dans les aigus.

— Va falloir te corriger Julie ! Changer ces… ces mauvaises habitudes parce que moi, j'sais comment on f… fait passer les vilaines ma… manières aux nanas !

Il y eut un bref silence puis le halètement s'accéléra.

— Juliiiii… e ! Qu'est-ce que tu allais faire chez… chez ces rupins de W… Winter ? Ces deux cochons sur le retour ?… Te faire tr… tringler par le mari ? Ou… ou baiser par sa bourgeoise ?

Julie entendit un suçotement graisseux comme si une bouche gluante se collait à son oreille.

— Rémi Boquet, cessez immédiatement vos grossièretés !

— Si j'veux ! aboya l'autre. J'vous répète que si vous continuez à… à me désobéir, moi j'sévirai !… Oubliez pas que vous êtes la femme d'Antoine et que j'vous ai à l'œil !

Ecœurée Julie allait raccrocher mais à nouveau, la conviction que cet homme pouvait lui apprendre quelque chose sur la mort de Rozenn, prédomina.

— Ecoutez, Rémi. Je suis sûre que vous avez des

choses intéressantes à me raconter. Mais ce soir, il est trop tard.

— Non ! Juliii… e ! La nuit n'est pas f… faite pour dormir ! faut rester s… sur ses gardes !

— Ah bon ?… Eh bien moi j'ai sommeil, bonsoir !

Après avoir raccroché, elle traversa la salon obscur, écarta imperceptiblement le grand rideau et observa le bout de la rue où se trouvait une cabine téléphonique. Comme elle l'avait supposé, un homme en sortait. Il passa sous le réverbère et s'enfonça dans l'ombre. Peu après, elle entendit le bruit d'une moto qui s'éloignait.

CHAPITRE V

En quelques gestes précis, il affale et ferle la grand'voile. Elle est visible de loin et il ne veut pas courir le risque d'être repéré. Il met le moteur en marche et le bateau taille sa route rapidement.

Le crachin bleuit, la nuit fait place au jour. Debout à la barre, il consulte ses instruments, modifie légèrement son cap, parcourt encore un demi-mille puis ralentit et actionne son sondeur à ultrasons. Le fond de la mer se profile sur l'écran. Le bateau se trouve exactement à la verticale d'un haut-fond rocheux dont les sommets culminent à moins de cinq mètres de la quille.

Il est arrivé. Il stoppe le moteur et mouille une ancre. La mer est d'un calme absolu et les courants de morte-eau presque inexistants. Il faut que ces deux conditions soient impérativement réunies pour oser tenter l'opération qu'il a en tête car ce lieu devient un chaudron du diable dès que le vent ou la mer se mettent en mouvement.

Il sort sur le pont. L'eau clapote benoîtement. Des vaguelettes mignotent la coque dans la bruine et le silence.

Il faut faire vite ! La durée de plongée serait courte.

L'étale de basse mer emprisonnerait les eaux une vingtaine de minutes. Ensuite il faudrait regagner la surface.

Il enfile rapidement sa combinaison, ajuste un poignard le long de son mollet gauche, endosse les bouteilles d'air, met son masque, saisit une grosse lampe torche et se laisse glisser dans l'eau grise.

Géode, bulles cristallines et résonance de cathédrale... Le crabe a retrouvé l'ombre matricielle des mondes planctoniques. Il s'enfonce dans l'espace déroulé où il n'y a ni haut ni bas, ni jour ni nuit. Et, particule échappant à toute force gravitationnelle, il devient ce point ultime où la conscience éclate et se disperse dans l'infini du non-vécu...

Le thalle d'un immense laminaire effleure le masque.

Battements de palmes.

Le corps propulsé pénètre dans l'enchevêtrement chaotique des algues géantes et des roches torturées par l'érosion.

Point de repère précis : un éperon effilé et une crête dressée comme un rempart baroque. C'est là !

Là que commence le réseau compliqué de voies et de gorges où se terrent les congres agressifs, et noirs comme des jets de sang malade.

Avance, crabe ! Les congres dorment au fond des cavités voilées par les sargasses.

Avance dans les perspectives et les trompe-l'œil jusqu'au vestibule qui mène droit à ton rêve !

Il s'agrippe à une saillie. Se glisse dans une exca-
vation. S'agenouille. Braque sa torche. La lumière erre
un peu parmi les cailloux amoncelés et s'arrête… Sur
ce qui reste d'une main et d'un tronçon de bras. Et
aussi sur un fragment d'étoffe rouge et quelques
mèches de cheveux. De cheveux ou d'algues qui ondu-
lent dans les interstices des cailloux.

Il tend sa pince en avant. Non ! Ne fais pas ça !
C'est défendu.

On ne regarde pas les corps nus quand ils s'ébat-
tent parmi les draps.

On ne regarde pas la chair aux prises avec sa
propre décomposition.

C'est obscène. Et interdit.

Il déglutit et tourne la tête.

Qu'es-tu venu chercher ? Les morts n'ont pas
d'yeux. Au fond des orbites, les actinies ont remplacé
le regard et l'esprit. Tout se mange ici. Tout disparaît
dans des ventres jamais rassasiés. Tes cairns ne pro-
tègent rien. Tes sépultures sont pitoyables, tes tom-
beaux d'un infantilisme imbécile !

Fous le camp ! Dégage ! Tu n'es pas invité au fes-
tin des dieux !

Ses mains se crispent. La lampe lui échappe et roule
sur le sable. Il respire plus vite comme un dormeur qui
s'éveille. Ses jambes battent l'eau. Son corps décolle
et demeure quelques secondes suspendu au-dessus du
fond. Puis il opère un brutal retournement et, les bras
tendus en avant, il s'enfuit par où il est venu.

Dans la grotte à nouveau obscure, des crabes de toutes tailles que la lumière avait effarouchés, surgissent de leurs cachettes. Ils convergent vers les cailloux amoncelés et reprennent leur grande bouffe un instant interrompue.

• • •

Jeudi 22 septembre.

— Le témoin que j'ai convoqué est-il là ? demanda à mi-voix Jean Garec en arrivant à son bureau jeudi matin.

— Ça fait une demi-heure que l'inspecteur Maupet l'interroge, répondit madame Floc'h.

— Dans ce cas, il doit être mûr. Si Maupet s'est montré aussi exaspérant qu'il en a l'habitude, je vais être reçu en libérateur !

La secrétaire eut un sourire de connivence. Garec resserra le nœud de sa cravate et entra en trombe dans le bureau de son adjoint.

— Messieurs bonjour ! Je suis en retard et vous prie de m'en excuser… Ah ! Ah ! Je vois que vous vous êtes mis au travail… Très bien ! Vous avez sans doute eu le temps de faire le tour de la question… Je prends le relais. Maupet, vous pouvez disposer !… Eh bien, monsieur Lafarge, nous allons réexaminer ensemble vos déclarations…

— Quoi ? ! Je croyais qu'il ne me restait plus qu'à signer !

— Oh ! Pas si vite ! Il faut que les choses soient claires et sans la moindre ambiguïté. Récapitulons donc ! Vous êtes bien Lafarge Etienne, né à Rouen le 22 octobre 1939, domicilié 14, rue de la Gare à Saint-Bredan. Et vous exercez la profession de représentant de commerce… Que représentez-vous exactement ?

— Je suis concessionnaire de la marque Evinrude. J'ai déjà précisé ça à votre collègue et je continue d'affirmer que je n'ai jamais eu l'honneur de rencontrer mademoiselle Keruhel.

— Il y a pourtant à bord de son yacht un petit moteur auxiliaire Evinrude…

— Possible mais ce n'est pas moi qui le lui ai vendu ! dit Lafarge en défiant Garec du regard.

— D'accord ! D'accord ! Ne vous énervez pas ! Donnez-moi plutôt votre emploi du temps les 4 et 8 septembre dernier.

— Vous vous foutez de moi ? J'ai déjà raconté tout ça à votre inspecteur. Demandez à Monsieur, il confirmera, dit-il en désignant Marc Lefoll qui assistait à l'entrevue, discrètement assis au fond de la pièce, et qu'il devait prendre pour un secrétaire.

Puis comme Garec se contentait de le dévisager en silence, il serra les poings et poursuivit :

— C'est bon… Puisque ici on prend les gens pour des singes, allons-y ! Le dimanche 4 septembre, je n'ai pas assisté aux régates par contre j'étais à la remise des prix. Normal vu qu'Evinrude sponsorisait cette manifestation… Le jeudi 8, j'ai passé la matinée à mon bureau et l'après-midi j'ai démarché des clients. Je suis rentré chez moi vers vingt heures trente. Ma femme peut confirmer.

Puis il se leva d'un air décidé.

— Rasseyez-vous ! Nous n'en avons pas fini.

— Nom de Dieu, c'est de l'abus de pouvoir ! Je n'ai rien à voir avec l'affaire Keruhel. Ni de près, ni de loin !

— Pas sûr !… Dites-moi donc ce que vous pensez de ça ! fit Garec en lui tendant une carte de visite.

Lafarge l'examina et haussa les épaules.

— Et alors ?… Je suis représentant de commerce et des cartes comme celle-là, j'en distribue à longueur de journée.

— D'accord mais cela ne m'explique pas comment celle-ci ait été trouvée à bord du Diaoul, ni pourquoi votre nom figure sur l'agenda de mademoiselle Keruhel.

— Comment voulez-vous que je le sache ? Mes cartes de visite circulent d'une personne à l'autre comme des dépliants publicitaires. Tenez, par exemple, à la remise des prix dont nous parlions, j'en ai donné à plusieurs personnes.

— Ah bon ! A qui ? dit Garec en saisissant son stylo.

Lafarge poussa un soupir exaspéré.

— J'en sais rien, moi ! J'ai parlé avec beaucoup de gens, j'ai payé à boire. Tout le monde rigolait, ça allait et venait. Il y avait la foule des grands jours. Comment voulez-vous que je me rappelle ?

— Faites un effort !

— C'est l'Inquisition ! explosa à nouveau Lafarge. On tracasse les honnêtes gens alors que la ville est pleine de clodos, de marginaux, de drogués qui se les roulent au soleil !

Vous n'allez pas les emmerder, eux. Ils ont tous les droits ! Alors pourquoi vous vous acharnez contre moi ?

— Parce que j'ai une affaire de tueur en série sur les bras et que vous figurez sur la liste des suspects : on a trouvé votre nom dans l'agenda de la dernière victime ainsi que votre carte de visite à bord de son yacht. De plus, vous êtes incapable de m'indiquer de façon précise où vous étiez le jeudi 8 septembre entre dix-sept heures et vingt et une heures.

— Pour ça, il faudrait que vous me laissiez rentrer chez moi consulter mes carnets de rendez-vous !

— J'allais vous le proposer, dit Garec en se levant. Etablissez-moi votre emploi du temps par écrit, et si quelques détails vous revenaient, notez-les aussi. Faites-moi ça le plus rapidement possible et ensuite revenez me voir.

— Qu'est-ce que c'est que cette histoire de carte de visite ? s'exclama Marc Lefoll lorsque la porte se fut refermée sur Lafarge.

— C'est un certain Eric Jaouen, marin pêcheur, qui l'a trouvée à bord du Diaoul et qui me l'a apportée hier juste avant la fermeture des bureaux. Il m'a expliqué que madame Cotten l'avait chargé du gardiennage du yacht parce qu'elle n'avait aucune confiance en Bob Jobic.

— Pour ça, je lui donne raison !

Garec hocha la tête, enleva ses lunettes et se passa la main sur les yeux. Il avait l'air fatigué.

— Tu le connais toi, ce Jaouen ?

— Bof… Pas vraiment. Il est apparenté aux Méral, c'est chez eux que j'ai eu l'occasion de le rencontrer. Il m'a fait l'effet d'être un honnête homme. Bourru, renfermé… mais les pêcheurs sont souvent comme ça.

— Sais-tu qu'il vit seul avec ses grands-parents très âgés… Qu'il travaille seul à bord de son bateau… Qu'on ne lui connaît ni ami, ni copine, ni maîtresse attitrée ? Ces quelques traits correspondraient assez au profil que nous ont fourni les psychiatres…

— Eh ! Fais gaffe ! Il y a beaucoup de gens comme lui par ici, s'alarma le journaliste.

— Je sais… Je sais… Bon ! Revenons à Bob Jobic. Je l'ai rencontré et voilà ce que j'en ai tiré : Il a soixante ans, a toujours vécu à Saint-Bredan ou dans les environs, a pratiqué trente-six métiers, n'a jamais eu affaire à la police. Rien d'intéressant sauf… sauf qu'il travaillait chez les Winter au moment de la mort de leur fille. Il a été interrogé mais on n'a rien retenu contre lui. D'autre part, Jobic possède un ancien bateau de pêche reconverti à la plaisance. Comme notre homme adore la pêche aux gros, il lui arrive assez souvent de sortir en mer plusieurs jours consécutifs.

— Celui-là aussi correspondrait à l'idée que nous nous faisons de l'assassin !

— Ouais et il n'est pas le seul, grogna Garec...
Comme je te l'avais dit, j'ai fait faire une enquête sur
Rémi Boquet. Les registres de la mairie signalent sa
présence intermittente à Saint-Bredan depuis 1965. Il
a séjourné à plusieurs reprises en hôpital psychiatrique.
Selon son médecin traitant, le docteur Questel, Boquet
est un maniaco-dépressif susceptible de mener une vie
quasi normale s'il se soumet à une médication précise
et régulière. Sa stabilité mentale en dépend. Mais le
médecin est formel, en aucun cas Boquet ne peut devenir dangereux. Si un jour il devait faire preuve de violence, ce serait contre lui-même.

— Ça, c'est la théorie ! Nous savons très bien que
son équilibre psychologique est souvent sujet à caution.
La plupart du temps, il doit oublier de prendre ses
médicaments ou dépasser la dose prescrite.

— C'est aussi ce que pense le docteur Questel. Mais
on ne peut rien faire contre ça.

Le journaliste secoua la tête en fourrageant dans son
abondante chevelure. Puis il fixa le commissaire de ses
yeux marron rendus globuleux par l'épaisseur de ses
verres correcteurs.

— Dis donc, ce ne sont pas les suspects qui man-
quent ! Tu en as encore beaucoup à aligner comme ça ?

— Non, la liste est close. Du moins pour aujourd'
hui... Tu t'en vas ?

— Oui, j'ai besoin de documentation pour une série
d'articles. Je vais passer à Tan Dei. J'y trouverai peut-
être les ouvrages appropriés.

•

— J'aimerais parler à madame Cotten… Elle n'est pas ici ? demanda Marc Lefoll en parcourant la bouquinerie d'un œil appréciateur.

— Elle est absente pour l'instant mais je peux peut-être la remplacer.

— Mmmm… Je présume que vous êtes Kath Le Moal, la collaboratrice dont Julie vante si souvent les mérites… Permettez-moi de me présenter, Marc Lefoll, journaliste à l'Ouest-Eclair.

— Oh ! Mais moi aussi j'ai entendu parler de vous ! s'exclama Kath. En fait, nous nous connaissons sans nous être jamais rencontrés. Marrant, non ?

— Oui… J'ai souvent passé devant Tan Dei… Je n'y suis pas entré parce que je craignais de ne trouver qu'un bric-à-brac poussiéreux. Grossière erreur !… J'ignorais aussi que la libraire était aussi charmante sinon…

Kath sourit en songeant qu'elle ne pourrait pas lui retourner le compliment. Avec sa grosse tête, ses cheveux en bataille et sa tenue débraillée, le journaliste n'avait rien d'un séducteur !

— …Sinon il y a longtemps que j'aurais été un client assidu ! Tout est si calme, si propre, si admirablement classé… Cette bouquinerie est une véritable révélation !

Puis redevenant plus sérieux :

— Le mensuel Pêche-Bateaux-Poissons m'a commandé une série d'articles sur la pêche et les gens de mer au début du siècle. Je manque de documentation. Pourriez-vous collecter pour moi tout ce que vous trouverez à ce sujet ?

— Bien sûr ! J'en parlerai à Julie dès qu'elle rentrera.

— A propos… comment va-t-elle ? Est-ce qu'elle parvient à surmonter son chagrin ? Garec se fait du souci à son sujet.

— Je ne sais pas. Julie est quelqu'un qui extériorise peu ses sentiments. Ce matin, elle m'a dit qu'elle désirait récupérer "Reflets et Vibrations" après la fermeture du Salon Nautique. C'est la dernière œuvre de Rozenn et elle aimerait beaucoup l'accrocher dans la librairie. En ce moment même, elle est chez Christian Masset pour en discuter. J'espère qu'ils trouveront un terrain d'entente.

— Je l'espère aussi.

Le journaliste consulta une grosse Swatch jaune et rose fluo qu'il portait au poignet et fonça vers la porte.

— Holà ! Je suis en retard. Je compte sur vous pour ma documentation. N'oubliez pas !… Je reviendrai bientôt !

•

En pénétrant dans la galerie d'art, Julie fut aussitôt séduite par l'atmosphère raffinée qui y régnait. Musique baroque en sourdine, éclairage bien dosé, murs aux pierres apparentes. Quelques plantes vertes près des vitrines. Des objets de terre cuite disposés çà et là… Masset était invisible mais elle l'entendit qui téléphonait. En attendant qu'il ait fini, elle alla regarder une série d'aquarelles exposées près de l'entrée. Elles représentaient des grèves à marée basse. Rien de très original mais un métier incontestable, se dit-elle en tâchant de déchiffrer la signature.

— Marie Kirov est une artiste de talent déjà très recherchée par les amateurs…

Julie se retourna.

— Oh ! C'est vous, je ne vous avais pas reconnue, s'exclama le marchand.

Julie lui tendit la main.

— Je suis très agréablement surprise. J'avoue que je ne m'attendais pas à des œuvres d'une telle qualité…

— Vous m'en voyez ravi !… Puisque ça vous intéresse, suivez-moi ! Je vais vous montrer le travail d'un autre artiste. Lui aussi peint la mer mais dans un registre tout différent.

Au fond de la galerie, une quinzaine d'huiles étaient accrochées à des cimaises. Julie s'approcha, intriguée. Chaque tableau reproduisait minutieusement la vie grouillante des flaques que la mer laisse en se retirant. C'était un enchevêtrement de crevettes, de coquillages, de mollusques s'escaladant les uns les autres. Un monde de crustacés minuscules que le pinceau du peintre avait mis à la mesure de l'œil humain.

— C'est fascinant.

— N'est-ce pas… Et que pensez-vous de ceux-là ?

Sur la droite, un peu à l'écart, Julie avisa trois tableaux de même facture. Ils représentaient des crabes énormes qui fonçaient vers vous, avec leurs yeux pédonculés, leur rostre pointé en avant, les mandibules cliquetantes et les pinces largement ouvertes. Surgissant du fond des âges, ils ne semblaient être là que pour tenter de s'extirper de la toile et tomber à vos pieds.

— Le peintre est un jeune homme de notre région, pas encore très connu. Si vous êtes amateur, c'est le moment d'acheter.

— Non ! Ce n'est pas du tout le genre de tableaux que j'aimerais avoir chez moi… En revanche, et c'est là l'objet de ma visite, j'ai très envie de posséder "Reflets et Vibrations". Rozenn était une amie, c'est sa dernière création et…

— Je comprends… Seulement je dois vous informer que plusieurs personnes m'ont déjà contacté. Je crains aussi que le prix ne soit…

— Hors de ma portée ?

— Euh… peut-être, en effet. La cote de Rozenn a beaucoup grimpé ces derniers temps et je ne sais si…

— Ecoutez ! l'interrompit Julie brusquement saisie d'une rage froide, "Reflets et Vibrations" fait partie de la succession de Rozenn. Vous ne pouvez pas en disposer à votre guise. Ne prenez donc aucun engagement avec un acheteur éventuel. Maître Guermeur, le notaire vous…

— Bien ! D'accord ! Ne vous énervez pas, fit Masset d'un ton conciliant. Tout sera fait dans les règles, je vous en donne ma parole. Il n'y aura pas d'arnaque…

— Ce n'est pas ce que je voulais dire, répondit Julie

soudain gênée de s'être laissée emporter. De toute manière, je pense que nous aurons l'occasion d'en rediscuter.

Elle sourit au marchand, fit quelques pas dans la galerie, admira une nouvelle fois les petites huiles si originales. Elle allait partir lorsqu'elle aperçut une statue de bois posée sur le sol dans un coin.

— Tiens ! Vous faites aussi le commerce d'antiquités ? On dirait une de ces vieilles statues qu'on voit dans les chapelles.

— C'en est une… Il m'arrive de négocier ce genre d'objets à la demande des propriétaires. Mais c'est très rare et uniquement pour rendre service.

— Ah oui… En tout cas celle-ci est très belle. Bon, je ne vais pas vous retenir plus longtemps. Au revoir et merci de m'avoir reçue.

•

Julie Cotten était convaincue que la collection de photos des Winter n'offrait aucun intérêt. Lundi soir, elle avait perdu son temps. Néanmoins, elle avait donné sa parole à Caroline et il n'était pas dans ses habitudes de revenir sur ses promesses.

Son déjeuner à peine avalé, elle ouvrit donc le premier carton et se mit à passer les instantanés en revue, prête à parier qu'elle ne reconnaîtrait personne. En quoi elle se trompait !

Au bout d'une dizaine de minutes, elle tomba sur une photo qui lui coupa le souffle. Elle se précipita vers la fenêtre. Pas de doute ! C'était bien Paul !… Paul Méral debout à l'arrière d'un grand canot. Plus mince, plus jeune, il riait aux éclats.

Julie retourna à son carton et y découvrit une demi-douzaine de clichés où Paul figurait. Comment était-ce possible ? Que faisait-il parmi ces fils de bourgeois ? Elle réfléchit quelques secondes puis décida que le mieux était d'aller lui poser la question.

Elle trouva Paul Méral seul chez lui, plongé dans sa comptabilité.

— Ah ! Là ! Là ! Ma pauvre Julie ! Patronner un bateau et attraper du poisson, c'est déjà un sacré boulot. Mais ce ne serait rien si, à terre je n'étais pas obligé de me battre avec toute cette paperasserie ! Plus ça va, plus il y a de règlements à la con, de charges et d'emmerdements. Je me demande comment tout ça finira ? Les cours s'effondrent, les crustacés se vendent mal… Je te jure que par moments, il y a de quoi perdre la boule !

Il se leva et passa nerveusement une main dans ses cheveux.

— Et toi, qu'est-ce qui t'amène ?

Elle lui tendit une enveloppe pleine de photos.

— Tiens ! Regarde !

— Oh ! Mais c'est moi, s'écria Paul l'air ravi. Eh ! Dis donc, j'étais joli garçon et plus svelte qu'aujourd'hui !

Il passa d'un cliché à l'autre, visiblement enchanté de ce retour en arrière.

— Là, c'est le Waraok, le canot de mon père… C'est à son bord que j'emmenais les copains dans les îles.

Il sourit comme pour lui-même puis regarda Julie.

— Je ne comprends pas… Tu as l'air tracassée… Pourquoi est-ce que tu m'as apporté ces vieilles photos ?

En quelques mots, elle le mit au courant de ses recherches. Paul éclata de rire.

— Ah ! Ah ! Ah ! Tu as dû faire un drôle de nez tout à l'heure. Tu cherches un suspect et tu tombes sur moi !

— Je ne savais pas que tu fréquentais les Winter.

— Oh ! Juste les deux sœurs. Et encore, je ne les côtoyais qu'à la plage ou à l'occasion de partie de pêche. Jamais je n'ai mis les pieds chez elles.

— Ah bon ! Et pourquoi ?

— Hé ! Différence de classes sociales… Paul Méral se mordilla les lèvres. Je ne sais pas si tu peux comprendre ça. Mon père n'était qu'un simple marin pêcheur, nous vivions modestement dans une petite maison à Locheven alors que les Winter occupaient le haut du pavé à Saint-Bredan… Je préférais me tenir à l'écart. C'était idiot ! Il est très probable qu'ils m'auraient reçu gentiment et que personne ne se serait moqué de moi. Mais c'est ainsi…

Paul se plongea dans ses pensées. Jouant avec son stylo, il griffonna des chiffres qu'il enjoliva de multiples fioritures puis il dévisagea Julie et dit :

— Et maintenant, tu voudrais peut-être que je te raconte ce que je sais de la mort de Marie-Léone…

— Oui, si tu veux bien.

— En 74, je faisais mon service militaire dans la marine. Comme j'étais affecté à une petite unité côtière, je passais mes permissions chez mes parents. Un jour, avec les copains, on a décidé d'aller pique-niquer dans l'archipel d'Enez Glas. Quelques filles nous accompagnaient. Tout se passait bien mais, en fin d'après-midi, il y a eu un gros orage. Un déluge de pluie et de grêle. Ça a été terrible. Tout le monde s'est précipité vers les canots. Et dans la panique, personne n'a remarqué l'absence de Marie-Léone. Dans la soi-rée, les Winter qui ne voyaient pas rentrer leur fille, ont téléphoné un peu partout pour avoir de ses nouvelles. Pas chez moi, nous n'avions pas le téléphone… Ce n'est que le lendemain que j'ai appris le drame. Pour nous les jeunes, ça a été affreux, nous nous sentions tous terriblement responsables. Pendant des semaines la police a enquêté partout. Nous avons tous été cui-sinés. Sans résultat. Peu à peu, l'émotion est retombée, les esprits se sont calmés. Ensuite, la vie nous a épar-pillés… L'énigme n'a jamais été résolue. Jusqu'à la mort de Rozenn, j'ai toujours cru que Marie-Léone avait été la victime d'un fou de passage. Evidemment, les événements récents m'ont fait changer d'avis.

Julie soupira. Elle regarda pensivement les photos puis posa la question qui la poursuivait depuis plusieurs jours.

— Paul, réponds-moi franchement ! Marie-Léone, quel genre de fille était-ce ?

— Une petite garce.

— Oh ? !

— Ça t'étonne, hein ? Pourtant, je te jure que c'est la vérité… Et aujourd'hui, je pense qu'elle était encore plus garce que je ne l'imaginais alors… Une aguicheuse, une allumeuse… Ah ! Je te jure qu'elle en connaissait un bout pour mettre un garçon à ses pieds !

— Même toi ?

— Moi… j'étais comme les autres ! Je n'avais qu'une envie, coucher avec elle. Et c'est certainement ce qui serait arrivé si j'en avais eu le temps… Mais tout ça c'est du passé, des histoires de jeunesse. Je n'en ai même jamais parlé à Linette… Je ne me suis pas rapproché des Winter. Malgré leur deuil, ils sont restés des gens en vue à Saint-Bredan. Même par la suite, je ne les ai jamais fréquentés

Surprise par l'amertume qui perçait dans sa voix, Julie comprit que les années n'avaient effacé ni l'attrait, ni la méfiance qu'il avait éprouvés jadis.

— Mais Paul, tu as fait ton chemin, tu n'as rien à envier à ces gens-là !

— Crois-tu ? fit-il un sourire désabusé aux lèvres. Un pêcheur, même dans les périodes où il gagne convenablement sa vie, reste à la merci des impondérables. Toujours. Rien n'est solide autour de lui. Rien n'est stable. Il ne maîtrise ni le marché, ni la météo, ni le milieu marin, ni le poisson. Tout demeure précaire et aléatoire. Compare cela à la situation de gens comme les Winter.

Une expression traquée passa brièvement dans les yeux de Paul Méral. Julie était stupéfaite. Cet homme qu'elle avait toujours cru d'une fermeté à toute épreuve paraissait vaciller. Jamais elle n'avait deviné ces doutes, cette fragilité sous sa carrure massive.

— Je comprends ce que tu veux dire mais je ne suis pas convaincue… Une dernière chose encore si tu veux bien… Est-ce que tu pourrais me dire le nom des gens qui figurent sur ces photos ?

— Je vais essayer… Ici, cette blonde c'est Christine Winter, elle ne ressemblait pas du tout à sa sœur. Là, à bord de la plate bleue, Lucien Grall, un bon copain qui s'est tué quelques années plus tard dans un accident de moto. Sur le banc de sable, il me semble bien que ce sont les jumelles Melvez… Ce type à cheveux bruns, je ne me souviens pas de lui, ni de celui-là non plus… Cette jeune fille un peu effacée, c'est Hélène… Hélène Vatel qui a épousé par la suite un gars qui venait en vacances à Saint-Bredan. Oh !… Là, c'est mon cousin ! Tu ne reconnais pas Eric Jaouen ? C'est vrai qu'on le distingue assez mal et qu'il a beaucoup changé… Il devait avoir à peu près seize ans à l'époque… Il était vachement balèze pour son âge et d'une timidité incroyable ! Je l'emmenais parfois avec moi pour le dégrossir. Il en avait bien besoin, je te le jure !

— Il connaissait Marie-Léone ?

Paul se rembrunit.

— Ouais… Et ce n'est pas ce qui lui est arrivé de mieux.

— Pourquoi ?

— Parce que ce benêt est tombé passionnément amoureux d'elle.

— Prévisible, non ?

— Oui… Mais lui était naïf et sincère. Et elle se foutait de lui, en vraie garce qu'elle était !

•

En fin d'après-midi, quand Eric Jaouen poussa la porte de Tan Dei, la librairie était pleine de monde. Il aperçut Kath aux prises avec quelques adolescents près des livres de poche, de vieux messieurs plongés dans des atlas, un groupe de clients qui bavardaient à voix basse et, près de la caisse, Julie qui empaquetait des bouquins. Il allait s'esquiver lorsqu'elle leva les yeux et lui fit signe de prendre patience.

— Vous tenez vos promesses, lui dit-elle après avoir raccompagné son client à la porte. Ça me fait plaisir de vous revoir ici.

— Je ne m'attendais pas à trouver tant de monde.

— C'est souvent comme ça à cette heure. Mais ça ne fait rien, je suis contente que vous soyez venu.

— Mmm… J'avais plusieurs choses à vous dire. D'abord à propos du Diaoul…

Les adolescents, les bras chargés de livres, passèrent en les bousculant et allèrent s'agglutiner à côté de la caisse. Puis une cliente s'approcha.

— Madame Cotten, pourriez-vous m'indiquer où se trouvent les livres de cuisine ?

Julie se tourna vers Eric :

— Désolée… Je suis vraiment débordée.

— C'est ma faute, j'ai mal choisi mon moment.

— Est-ce que ça vous ennuierait de revenir vers sept heures, à la fermeture. Nous monterons chez moi boire un verre et nous pourrons parler sans être dérangés.

•

— Cromwell ! Viens ici, Cromwell !

Julie se pencha, attrapa le gros matou qui se frottait contre ses jambes et le percha sur son épaule. Puis se tournant vers Eric Jaouen :

— Vous aimez les chats ?

— Euh… pas vraiment.

— Vous avez l'air de plaire au mien ! C'est plutôt rare. D'habitude, il se sauve quand j'ai des invités… Ah ! Je suis morte de fatigue. Vous avez vu le monde qu'il y avait à la boutique ? Ça ne s'est calmé que vers dix-huit heures trente. Je suis claquée. Je ne sens plus mon dos…

— Laissez-moi faire ! Dites-moi seulement où se trouvent les boissons. Là, dans ce petit placard ?

Julie acquiesça. Elle se laissa tomber dans son fauteuil et observa Eric qui préparait les apéritifs. "Quelle chose étrange que l'apparence, si dérisoire et pourtant si terriblement importante…" Et elle se mit à penser à Antoine…

Quand elle l'avait rencontré pour la première fois, il ne lui avait pas vraiment plu. Il était trop gros, il parlait trop fort, il avait des mains de bûcheron et dans le regard, une sorte d'avidité qui lui avait plutôt fait peur. Ensuite, tout cela s'était estompé derrière les immenses qualités de cet homme.

Pourtant Julie savait que c'était bien la première impression qui avait été la plus proche de la vérité. Antoine était quelqu'un de fondamentalement vorace qui s'appropriait tout ce que la vie lui offrait, sans se soucier le moins du monde de ce que cela pouvait comporter de choquant et d'outrancier. Mais elle savait aussi que si leur union avait été si forte c'était parce que, refusant de sacrifier un plaisir au profit d'un autre, Antoine était allé jusqu'au bout de chacune de ses envies, emmenant Julie avec lui rôder dans des zones d'ombre où l'amour prenait le goût des fruits défendus.

N'avait-il pas été pour elle un maître à penser aussi bien qu'un mari, un amant aussi bien qu'un père ? Il avait joué en virtuose de cette pluralité pour affûter le plaisir des corps mais aussi pour rendre tout à fait unique la relation émotionnelle qui les liait l'un à l'autre.

Et si, pour le suivre dans les chemins épineux où il entendait l'entraîner, Julie avait dû se défaire de ses idées personnelles ou, du moins, tenter de modifier la façon qu'elle avait eue jusqu'alors d'appréhender le monde, elle ne l'avait jamais regretté. Modeler sa pensée sur celle de cet homme lui avait apporté des joies autrement plus intenses que celles qu'elle pouvait espérer éprouver par ses propres moyens. Cette soumission d'un esprit à un autre, d'un être à un autre, l'avait entraînée dans d'extravagantes explorations d'elle-même qui la laissaient perplexe, effarouchée, enrichie… Antoine l'entendait bien ainsi car s'il jouissait en voyeur de ce qu'elle extirpait de son inconscient, il ne voulait pas être seul à y prendre du plaisir.

Avide, oui il l'avait été au-delà de toute expression ! Mais c'était là un trait qu'il revendiquait haut et fort car à ses yeux, seuls les esprits chagrins retranchaient, élaguaient, se privaient, sous le fallacieux prétexte d'honnêteté morale et intellectuelle.

— Vous êtes fatiguée ?

— Oui, et encore davantage que je ne le pensais.

— Je voulais vous proposer d'aller manger quelque part mais je ne sais si…

— Ressortir ? Oh non ! Je ne m'en sens pas le courage. Il fait si mauvais dehors.

Et, ramenant ses jambes sous elle, elle se pelotonna dans son fauteuil.

— Que diriez-vous si nous mangions ici tous les deux, sans façon ?

— Bonne idée ! A condition que ce soit moi qui prépare ! Dites-moi ce que vous avez dans votre frigo et je me charge d'arranger ça.

Et devant l'air étonné de Julie :

— Ne craignez rien, j'ai l'habitude… Je mange souvent seul et je me débrouille sans problème.

Durant le repas, ils bavardèrent à bâtons rompus puis peu à peu, Jaouen se laissa aller à parler de lui-même.

Contrairement à ce que Julie supposait, ses parents étaient toujours en vie. Son père, retraité de la marine marchande, ne lui avait jamais pardonné d'avoir trahi les ambitions qu'il nourrissait à son égard. Il avait rêvé pour son fils d'une carrière de commandant au long

cours dont le prestige lui aurait fait oublier les cou-
leuvres que lui-même avait dû avaler en tant que
simple bosco. Mais Eric avait brutalement interrompu
ses études.

— Ça ne me plaisait pas. Vous n'imaginez pas
l'ambiance dans ce genre d'école ! Ça fayote à mort !
Je n'ai pas supporté…

Il s'était réfugié à Locheven chez ses grands-parents
et avait embarqué comme matelot avec son grand-père.

— Mon père a fait un beau scandale mais je n'ai pas
molli. Le vieux non plus d'ailleurs. Lui savait qu'on ne
pouvait pas m'enfermer comme ça, avec tous ces cols
durs et leurs règlements imbéciles.

— Vous n'avez pas eu de peine à vous adapter ? La
pêche, c'est souvent la galère…

Jaouen s'était mis à rire. Bien sûr que non ! Il savait
exactement à quoi il s'engageait. Depuis tout petit, il
passait ses vacances à Locheven et dès qu'il avait été
assez costaud, il avait aidé son grand-père. A partir de
quinze ans, il avait navigué comme mousse tous les
étés.

— Et vous n'avez jamais regretté votre décision ?

— Non ! Jamais ! fit Jaouen d'un ton si tranchant
que Julie comprit que le sujet était clos.

Comme la conversation languissait, elle songea aux
photos qu'elle avait montrées à Paul Méral et qui
étaient restées dans son sac à main.

— A propos de vacances à Locheven, j'ai là
quelque chose qui devrait vous amuser… Tenez !
Regardez ça !

Intrigué, Eric se pencha sur les clichés.

— Marrant ! On reconnaît bien Paul sur certains d'entre eux… De quand datent-ils ?

— Eté 74.

— Oh !… L'été 74…

Son visage se rembrunit. Il se mordilla la moustache puis, rassemblant les photos, il les rangea dans leur enveloppe qu'il posa sur la table. Puis il s'adossa confortablement au fauteuil et étendit ses jambes devant lui.

"Est-il possible qu'il ne se soit pas reconnu ?" se demanda Julie. Pourtant Paul a été catégorique, son cousin figurait sur deux de ces photos.

— C'est bien cet été-là qu'on a assassiné Marie-Léone Winter ?

— Oui et il semble que le sujet soit à nouveau d'actualité… Vous avez lu les articles dans l'Ouest-Eclair ? Complètement farfelus ! A mon avis, les hypothèses du journaliste n'ont aucun fondement. Cette histoire de psychopathe, c'est du bidon !

— Vous connaissiez cette jeune fille ?

— Qui ?… Marie-Léone Winter ?… Non, pourquoi ?

— Vous ne l'avez jamais rencontrée ?

— Oh !… Ça a dû arriver une fois ou deux, au cours de pique-niques… Mais je n'ai jamais échangé un mot avec elle. Beaucoup trop timide pour ça !

— Et Paul Méral ?

— Lui… Ah ! Ah ! Ah ! C'était autre chose ! Un vrai coq !… Ce que j'ai pu l'envier. Cette désinvolture, ce culot !… Quand une fille lui plaisait, il n'y allait pas par quatre chemins. Il lui faisait la cour sans aucun complexe. Et je peux vous dire que cette technique lui réussissait !

— Et avec Marie-Léone, ça a marché ?

— On les a vus quelque temps ensemble mais ça n'a pas duré. Il se l'est fait souffler par un touriste. Marie-Léone était une belle fille mais aussi une coureuse terrible. Paul est resté sur la touche et il n'a pas aimé ça ! Pendant plusieurs jours, il a été d'une humeur de chien. Puis il s'est calmé.

— Et ce touriste, comment s'appelait-il ?

— Si vous croyez que je m'en souviens !

— Vous ne l'avez jamais revu ?

— Non. Mais j'ai appris par hasard que l'année suivante, il avait épousé une fille du pays, Hélène Vatel… Le couple n'est pas resté dans la région. Il paraît qu'ils sont allés s'établir aux Antilles. Ou peut-être à la Réunion… je ne sais pas exactement. J'ai entendu dire qu'ils étaient revenus il y a quelques années…

— Et vous ?

— Quoi, moi ?

— Le jour de la mort de Marie-Léone…

— Ce jour-là, je n'étais pas avec eux. Mais je me rappelle l'orage… Jamais je n'en ai revu un pareil !

Le silence s'installa. Julie était perplexe.

Hier, Paul n'avait fait aucune allusion à ses déboires amoureux. En revanche, il n'avait pas caché les rebuffades essuyées par son cousin.

Jaouen quant à lui faisait l'impasse sur tout. Il ne

reconnaissait rien. Même pas sa propre image sur les photos !

Insister ne la mènerait à rien. Mieux valait changer de sujet.

— Tout à l'heure, à la librairie, vous vouliez me parler du Diaoul…

— C'est vrai, fit Eric en se frappant le front de la main. Ça m'est complètement sorti de la tête… J'ai trouvé un acheteur pour le yacht. Quelqu'un de sérieux. Un dentiste en retraite. Il m'a chargé de vous demander comment procéder pour acquérir le bateau.

— Il faut qu'il s'adresse à Maître Guermeur, le notaire de Rozenn.

— Je le lui dirai… Ah ! Et puis j'ai viré Bob Jobic.

— Bravo ! Je suis bien contente d'être débarrassée de ce type.

— Il n'était pas de bon poil mais il n'a pas insisté. Le lendemain, je me suis rendu à bord du yacht, histoire de vérifier si tout était en ordre. Et figurez-vous que je suis tombé sur la carte de visite d'un dénommé Etienne Lafarge, coincée entre une couchette et la coque. Ça m'a surpris parce que je savais que la police avait fouillé le yacht de fond en comble.

— Qu'est-ce que vous en avez fait ?

— Je l'ai apportée à Garec. Et j'aurais mieux fait de rester tranquille ! C'est tout juste s'il ne m'a pas accusé d'avoir monté ce coup-là de toute pièce !

Un éclair de colère passa dans son regard.

— En tout cas, on ne me reprendra pas à me mêler de ce qui ne me concerne pas !

Jaouen baissa la tête et se plongea dans la contemplation de ses mains.

Seigneur ! Comme tout devient compliqué, se dit Julie. Qui croire ? Que croire ? Le temps distordait les souvenirs. Les témoignages ne concordaient pas. Les morts n'étaient pas vraiment morts puisque dans la partie qui se jouait, elle se heurtait sans cesse à eux… Elle cherchait à venger Rozenn et c'était Marie-Léone qui se dressait obstinément devant elle. A tel point que ces deux femmes qui ne s'étaient jamais rencontrées, commençaient à se confondre dans son esprit.

Julie soupira.

— Ah ! Comme je voudrais que tout cela s'achève enfin. Comme je le voudrais…

Jaouen se leva et vint s'asseoir sur son accoudoir.

— Allons ! Courage ! Je suis sûr qu'on arrivera bientôt à résoudre cette affaire.

— Je me le demande, fit Julie amère. J'ai l'impression que c'est l'histoire de Marie-Léone qui se répète… On remue ciel et terre mais quand le rideau tombera, ce sera comme autrefois sur un constat d'échec.

— Non ! Non ! Ne vous laissez pas abattre ! Je pense que le dénouement est proche. Peut-être beaucoup plus proche que nous ne l'imaginons…

• • •

Le lendemain matin, en ouvrant la bouquinerie, Julie Cotten se sentait toujours aussi déprimée. Elle considéra tristement le mur où elle avait espéré accrocher "Reflets et Vibrations". Hélas… Il ne fallait pas rêver, jamais elle n'aurait les moyens d'acheter le grand patchwork. Il serait vendu au plus offrant comme tout le reste puisque Rozenn ne s'était jamais souciée de faire de testament.

De toute façon, Julie le savait depuis longtemps, le monde appartenait aux arrivistes, aux profiteurs, aux nantis. Pas aux gens comme elle !… Les gens comme elle avaient beau s'acharner, lutter avec obstination, ils ne parvenaient jamais à rien. La preuve ?… Cette enquête qu'elle tentait de mener à partir de l'agenda de Rozenn. De tous les hommes qu'elle avait contactés, aucun n'avait le bon profil. Soit ils ne possédaient pas de bateau, soit ils bénéficiaient d'un solide alibi…

Heureusement comme cela arrivait souvent, son humeur morose s'estompa au cours de la matinée et à midi, elle avait retrouvé tout son allant. Après déjeuner, bien décidée à poursuivre son enquête, elle ouvrit l'agenda et choisit d'appeler Alain Bécam, un moniteur de voile.

Lorsqu'elle l'eut en ligne, elle se fit passer pour l'exécuteur testamentaire de Rozenn Keruhel. L'une de ses tâches consistait à régler toute dette ou obligation que la testatrice aurait pu contracter.

— Une dette ? fit le moniteur visiblement surpris. Heu… Non, je ne vois pas…

— Elle n'a pas pris des cours de voile qu'elle n'aurait pas acquittés ?

— Des leçons ! s'esclaffa Bécam. Ah ! Ah ! Ah ! C'est elle qui aurait pu m'en donner !

— Mais alors… Savez-vous pourquoi votre nom figure dans son agenda ?

— Peut-être simplement parce que nous sommes sortis ensemble un soir, il n'y a pas très longtemps.

— Oh ! Vous étiez un de ses amis ?

— Pas vraiment. Je n'ai passé que quelques heures avec elle.

— Quand ?

— Début septembre, le samedi soir des régates. Je l'ai rencontrée au Yacht Club. Elle sirotait un whisky au bar. Je la connaissais de vue et j'ai engagé la conversation… On a bavardé tous les deux. Sympa, quoi ! Puis on a décidé d'aller finir la soirée au "Chat Perché". Vous connaissez ? Une boîte disco qui a ouvert en début de saison. Bon… Une fois là-bas, j'ai commencé à la draguer sérieusement. Ça marchait au poil…

— Oui… Et alors ?

— La soirée avançait. On flirtait dur… Moi, je me disais qu'on n'allait pas tarder à se tirer quand un type est venu l'inviter à danser. Dans ce genre de boîtes, ça se fait couramment. Moi, je n'y ai pas vu d'inconvénients… Eh bien, j'avais tort ! Parce qu'il ne l'a plus lâchée d'une semelle. J'étais comme un con mais qu'est-ce que je pouvais y faire ?… J'allais quand même pas me battre pour cette gonzesse ! Bref… Il me l'a soufflée en beauté ! Mais le plus drôle, c'est qu'au moment de partir, ce type est venu près de moi. Il m'a tapoté l'épaule et vous ne devinerez jamais ce qu'il a eu le toupet de me dire ?...

— Quoi ?

— "T'en fais pas mon vieux, on rattrapera le coup ! Appelle-moi un de ces quatre, on ira tirer une bordée ensemble, tu le regretteras pas ! J'te dois bien ça…"

— Oh ! ?... Il était ivre ?

— Probablement mais ça ne se voyait pas… Le plus beau c'est qu'il m'a refilé un bout de papier avec son numéro de téléphone écrit dessus !

— Incroyable !… Et qu'est-ce que vous avez fait ensuite ?

— Ce soir-là, ça chassait dur au "Chat Perché" et des nénettes, c'est pas ce qui manquait ! Je ne suis pas resté longtemps seul. N'empêche que sur le coup, j'étais pas content.

— Je comprends ça… Et le numéro de téléphone de ce type, vous l'avez gardé ?

— Hum… J'en sais rien. Il faudrait que j'aille voir dans mon portefeuille.

— Vous ne voudriez pas le faire, s'il vous plaît ?

— Si… Mais avant, je dois vous dire que vous n'êtes pas la première à m'interroger. La semaine dernière, deux inspecteurs sont venus chez moi… Comme j'ai pu prouver que je n'étais pas dans le coin le jour de la mort de Rozenn, ils m'ont laissé tranquille.

— Vous leur avez raconté votre soirée au "Chat Perché" ?

— Non ! Avec les flics, moins on en dit, mieux on

se porte. Bon… Attendez une seconde, j'vais essayer de retrouver ce numéro.

La ligne grésilla. Julie se mit à crayonner sur son bloc-notes. Ça devenait intéressant ! Elle venait de découvrir quelqu'un dans l'entourage de Rozenn, qui n'avait laissé de traces nulle part !

— Vous êtes là ?… J'ai mon bout de papier !

— Bravo ! s'exclama Julie en notant le numéro qu'il lui donnait. Il ne me reste qu'à vous remercier…

— Attendez ! Il y a encore une chose que je voulais vous dire !… A mon avis, ce type, il n'est pas net ! Je ne comprends pas comment Rozenn a pu se laisser embarquer par un mec pareil. Moi, à sa place, j'aurais eu la trouille !

— Oh ?… Qu'est-ce qui vous fait dire ça ?

— Il avait un drôle de genre, assez indéfinissable. Un peu voyou, un peu maquereau… en tout cas, une sale gueule. Alors, faites gaffe si vous le rencontrez !

Julie promit qu'elle n'y manquerait pas et raccrocha. Puis, sans prendre le temps de réfléchir, elle composa le numéro qu'il venait de lui communiquer.

La sonnerie résonna plusieurs fois et enfin la voix d'une jeune fille résonna dans le récepteur :

— Allô !… Qui est à l'appareil ?

Un instant décontenancée, Julie répondit d'un ton ferme :

— Puis-je parler à… monsieur Legrand, je vous prie.

— Legrand ?… Vous devez faire erreur, Madame. Vous êtes ici chez monsieur et madame Thomas Féraux.

•

Il était près de dix-sept heures lorsqu'une Renault 4 blanche de type camionnette, longea le port de pêche, se faufila dans la circulation assez dense et bifurqua en direction de la vieille ville. Elle louvoya sans hésiter parmi les sens interdits et les rues piétonnes, s'engagea dans la rue des Potiers, passa devant la galerie C. Masset, ralentit et enfila la venelle qui débouchait sur la droite quelques dizaines de mètres plus loin. Elle s'arrêta devant un portail dont les deux battants étaient largement ouverts, et pénétra en marche arrière jusqu'au fond de la cour. Dès qu'elle fut stoppée, le chauffeur courut refermer le portail. Entre temps, la porte de la maison s'était entrebâillée.

— Ça s'est bien passé ? demanda Masset.

— Ouais, sans problème. On n'a plus qu'à décharger.

— Attends une minute ! Je vais boucler l'entrée du magasin.

Après avoir transporté trois lourdes caisses à l'intérieur, les hommes s'arrêtèrent pour souffler.

— J'espère que c'est de la belle camelote, fit Masset en s'épongeant le front.

— J'suis sûr que tu seras content.

Ils s'enfermèrent dans l'arrière-boutique et Masset décloua les deux premières caisses. Les statues qu'elles contenaient étaient de belles pièces du XVe siècle facilement négociables. Leur dégradation relativement minime ne nécessiterait pas une véritable restauration.

Par contre, des strates de crasse s'aggloméraient dans le drapé des vêtements. La poussière s'incrustait dans les moindres détails. Les yeux et les visages étaient comme fardés de gris. Mais Masset en viendrait facilement à bout. C'était d'ailleurs un travail qu'il aimait beaucoup.

— J'comprends pas comment des gens peuvent acheter des trucs pareils ! fit Léon Kerpons en fronçant le nez de dégoût. Regarde ce Saint Eloi, il a tellement l'air débile qu'on dirait le patron des gogols ! Et puis celle-ci avec ses cheveux qui rebiquent et ses dents cassées... Et l'autre là, c'te bonne femme sans bras...

— C'est Sainte Berthe... Heureusement que mes clients n'ont pas les mêmes goûts que toi ! dit Masset en ouvrant la troisième caisse.

Il écarta les fibres de polystyrène blanc et poussa une exclamation de surprise. Devant lui gisait une Sainte Anne d'une éclatante beauté.

Contrairement aux statues qui passaient habituellement dans ses mains, celle-ci ne devait rien à la ferveur populaire. Elle n'était pas le fruit d'un art naïf, traditionnel et anonyme, mais l'œuvre pensée et achevée d'un sculpteur de talent

— Elle est drôlement plus chouette que les autres, hein ? fit Léon Kerpons, la mine réjouie.

— Oui, c'est le niveau au-dessus.... Vous n'avez pas eu de difficultés pour pénétrer dans les chapelles ?

— Pas plus que d'habitude. En partant, on a tout refermé soigneusement.

— Bien ! Tu sais comme moi que s'il n'y a pas

trace d'effraction, les gens ne se rendront compte de rien avant un bon bout de temps. Et pour nous, le plus tard est toujours le mieux… Et cette Sainte Anne, d'où provient-elle ?

— De la chapelle du château de Tramézan… Une toute petite chapelle perdue au fond du parc.

Masset sursauta.

— Une chapelle privée ! Je n'aime pas ça ! Les propriétaires sont beaucoup plus acharnés à récupérer leur bien que les fidèles d'une paroisse pauvre.

— Te casse pas la tête ! Avec Yves, on s'est renseignés. Le château n'est occupé qu'à Noël et aux vacances d'été. Alors, on s'est dit qu'on pouvait tenter l'coup.

— Mmm… De toute façon, j'attendrai un bon moment avant de la mettre sur le marché… Maintenant, montons chez moi, je t'offre une bière.

Les deux hommes s'attablèrent dans la cuisine et Masset sortit des canettes du réfrigérateur.

— Pas besoin de verre pour moi, j'aime autant boire au goulot, fit Léon. Puis regardant autour de lui : T'es drôlement bien installé. C'est nickel ici… C'est toi qui t'occupes de tout ?

— Hum…

— La bouffe, le ménage, la galerie… et puis remettre les statues en état, les écouler. Ça fait beaucoup de boulot ! Avec Yves, on s'est souvent demandé comment tu pouvais te démerder tout seul… T'as jamais eu envie de te marier ?

— Ça ne s'est pas donné.

— Moi, tu vois, j'pourrais pas m'passer d'une femme. Pour le plumard et pour tout le reste. J'arrive même pas à imaginer comment on peut vivre sans quand on n'est pas pédé !

— Ne t'en fais pas pour moi, fit Masset sèchement.

Puis quittant la table, il ajouta :

— Je ne voudrais pas te chasser mais tu l'as dit toi-même, j'ai beaucoup de travail… Ah ! J'allais oublier ! Voici vos enveloppes à Yves et à toi. Vérifie si le compte y est… C'est bien ce que nous avions convenu au téléphone ? Oui ?… Dans ce cas, tout est en ordre, nous sommes quittes.

Les deux hommes regagnèrent la cour et se séparèrent sur une poignée de mains.

Au premier étage de la maison d'en face, dissimulée par le voilage de sa fenêtre, madame Créach hocha la tête avec satisfaction. Elle avait juste eu le temps de relever le numéro d'immatriculation de la Renault, au moment où celle-ci sortait de la cour.

Elle pourrait le communiquer au jeune inspecteur si aimable qui était venu la voir avant-hier. A titre tout à fait personnel, il lui avait demandé de lui rendre un petit service. Il s'agissait simplement de surveiller l'arrière-cour sur laquelle donnait la galerie C. Masset, et de lui signaler tout mouvement lui paraissant un tant soit peu inhabituel.

Ce jeune homme s'était montré si charmant et avait présenté sa requête avec tant de courtoisie, que la vieille dame s'était vue dans l'impossibilité de refuser. Cela d'autant plus qu'elle n'avait rien d'autre à faire.

•

Chouette ! se dit Charlotte Méral en découvrant sur le présentoir des bandes dessinées, quelques Barbarella des années soixante, et les deux seuls Astérix qu'elle n'avait pas encore lus. Un vrai coup de pot ! Elle attrapa un tabouret et, ses livres sous le bras, gagna l'un des nombreux recoins de Tan Dei. Ici, personne ne la dérangerait ou lui reprocherait le choix de ses lectures…

Il lui arrivait souvent de venir à la librairie une fois ses devoirs terminés. L'appartement vide était lugubre même quand elle allumait la TV ou mettait de la musique à fond. Julie l'accueillait toujours à bras ouverts et lui fichait une paix royale.

Charlotte jeta un coup d'œil à sa montre, il lui restait trois bons quarts d'heure de tranquillité ! Elle allait se plonger dans la lecture lorsqu'elle aperçut Kath qui enfilait son manteau et s'apprêtait à rentrer chez elle. Elle aimait bien Kath, avec sa figure ronde et rose pleine de fossettes, ses cheveux courts et surtout sa bonne humeur inaltérable. Ça la changeait des faces de carême qu'elle croisait chez elle ! Sa mère, toujours à flipper pour un oui ou pour un non. Quant à son père… Punaise ! Quel caractère de cochon ! Il avait toujours été grognon mais depuis quelque temps, il dépassait vraiment les bornes. Plus moyen d'ouvrir la bouche sans se faire moucher ! Sa mère prétendait qu'il avait des soucis et cela passerait. Eh bien ! Ça n'en prenait pas le chemin ! Charlotte soupira. Heureusement qu'elle avait ses copines, son club de voile et Tan Dei pour se changer les idées !

Tous les soirs après six heures et demie, la librairie se vidait. Julie en profitait pour mettre ses répertoires à jour. Elle tenait une liste très précise de son stock ce qui lui permettait de pouvoir toujours répondre aux demandes des clients.

En pénétrant dans l'arrière-boutique, elle aperçut sur son bureau quelques ouvrages empilés et une fiche explicative "Monsieur Lefoll / Pêche dans notre région / Début 20ᵉ siècle". Elle ignorait que le journaliste avait demandé une compilation à Kath. Elle regarda les bouquins.

— Je suis sûre que nous en avons encore d'autres… Ils ont peut-être été classés sous la rubrique ethnologie… Voyons ça !

Penchée sur ses fichiers, elle entendit la porte s'ouvrir sur un client tardif. Elle poursuivit ses recherches quelques minutes puis regagna la boutique.

— Oh ! C'est vous ! s'écria-t-elle en reconnaissant la mince silhouette de Serge Deville.

— Vous pensiez peut-être que je vous avais

oubliée ? dit-il en lui serrant la main. En fait, j'ai dû m'absenter en début de semaine… Un laboratoire pharmaceutique qui avait besoin… de nos services… Je suis parti précipitamment… C'est pourquoi je n'ai pas eu le temps de vous appeler… Je ne suis rentré que… très tard hier soir. Et aujourd'hui je n'ai pas eu… un instant pour souffler !

Il parlait d'une voix hachée et rauque comme s'il souffrait de la gorge.

— Je déteste que mon emploi du temps soit ainsi… perturbé. Et puis je… je supporte de plus en plus mal que l'on interfère dans… mon programme ! Les recherches que je mène actuellement exigent… un suivi attentif si l'on veut aboutir à des résultats fiables. Mais personne ne paraît en être… conscient. On m'envoie à l'autre bout du pays… résoudre des problèmes qui ne sont pas les miens. C'est intolérable !

Julie remarqua alors son teint cireux et ses yeux cernés. Il avait l'air épuisé.

— Vous n'avez pas de collaborateurs sur qui vous appuyer ?

— Des collaborateurs ? Parlons-en ! Je n'ai confiance ni dans leur niveau de compétence, ni dans leur conscience professionnelle.

Il pinça les lèvres et soupira bruyamment.

— Enfin, c'est ainsi ! Il faut en prendre son parti… Mais aujourd'hui, j'ai mis les bouchées doubles et je suis parvenu… à combler mon retard. C'est pourquoi j'ai pensé… que nous… pourrions peut-être aller boire un verre ensemble… histoire de se détendre un peu…

— Oh ! Je suis désolée mais ce soir je ne suis pas libre, mentit Julie qui n'avait aucune envie de ressortir.

Deville lui jeta un bref regard étincelant puis haussa les épaules avec raideur.

— Tant pis… Un autre jour peut-être…

— Oui, volontiers !

Il se dirigea vers la porte, s'arrêta, réfléchit quelques secondes puis revint sur ses pas.

— J'ai une proposition à vous faire. Mmm… Telle que je crois vous connaître, vous ne devez pas être absolument fermée au domaine scientifique ?…

— Très ignorante mais toujours prête à combler mes lacunes.

— C'est bien ce que je pensais. Dans ce cas, je vous invite à venir visiter mes labos un soir de la semaine prochaine.

— Au CRAM ? fit Julie éberluée.

— Pourquoi pas ?…Je voudrais vous montrer sur quoi je travaille. Je suis persuadé que cela vous intéressera… et je vous garantis que vous ne vous ennuierez pas.

— Eh bien, c'est d'accord ! Cela me changera de la littérature, répondit-elle avec bonne humeur. Appelez-moi durant le week-end, nous fixerons un jour.

Le biologiste lui tendit la main.

— C'est ça… Je… je vous téléphonerai dès que possible… A bientôt.

"Qu'est-ce qui lui est arrivé ?" se demanda Julie

décontenancée. Il a l'air complètement à bout. Elle se souvint alors que le CRAM fonctionnait en grande partie grâce à des fonds privés. Le financement des programmes de recherches dépendait donc directement des résultats obtenus. Cela devait causer un stress et des tensions parfois difficilement supportables. Voilà qui expliquait sans doute la nervosité de Deville…

Elle s'apprêtait à verrouiller la porte lorsqu'elle pensa soudain à Charlotte.

— Tu es encore là ma chérie… Je t'avais complètement oubliée !

— Oh ! J'ai laissé passer l'heure, s'exclama la jeune fille en quittant son recoin. Il faut que je me grouille ! Tu connais maman et sa manie de la ponctualité ! Je vais encore me faire attraper…

•

Assise dans son fauteuil, une puissante lampe allumée à côté d'elle, Julie était bien décidée d'en finir dès ce soir avec la collection des photos Winter. Ces cartons la rendaient nerveuse depuis qu'elle avait découvert que les incursions dans le passé n'étaient pas aussi anodines qu'elle l'avait imaginé. Il fallait ouvrir ça, regarder et s'en débarrasser au plus vite.

Dans le premier carton, elle trouva d'abord toute une série de clichés vraisemblablement tirés au moment des résultats du bac. On reconnaissait à l'arrière-plan le lycée Voltaire de Saint-Bredan. Les élèves avaient été photographiés par classes mais aussi par groupes de cinq ou six. Au dos, toujours la même date, le 30 juin 1974. Agrafée à l'une des photos, il y avait une liste de noms et de prénoms dont certains lui étaient familiers. Venaient ensuite les photos de classe traditionnelles, rangées en ordre chronologique de la maternelle à la terminale, ainsi que des instantanés pris au cours de fêtes enfantines. D'emblée on remarquait que, toute petite déjà, Marie-Léone était beaucoup plus jolie que ses camarades.

Le carton suivant était uniquement consacré aux photos de famille. Mariages, baptêmes, banquets, anniversaires… Aucun intérêt, soupira Julie, je perds mon temps.

Elle s'étira et alla se verser un jus de fruit avant de s'attaquer au dernier. Lorsqu'elle eut enlevé les larges bandes d'adhésif qui en fermait le couvercle, elle se trouva devant un amoncellement disparate de clichés de qualité médiocre. C'étaient encore les vacances, les pique-niques, la plage, les bateaux, les jardins, le ciel bleu, les corps dénudés… Au fur et à mesure que le carton se vidait, les adolescents furent peu à peu remplacés par des adultes. Probablement leurs parents ou des amis des Winter. En petite tenue eux aussi mais nettement moins esthétiques que leur progéniture…

Julie parcourait les clichés d'un œil de plus en plus distrait lorsqu'une silhouette attira brusquement son attention. Antoine ?… Une coïncidence sans doute. Un peu plus tard, elle crut à nouveau reconnaître son mari mais la photo était trop floue pour en être sûre. Déroutée, elle poursuivit ses recherches et soudain…

Assis sur un muret de pierre, un verre à la main, Antoine bavardait avec André Winter.

Fébrilement, Julie se mit à trier les photos. Ici… Là… Là encore… Il lui semblait tout à coup qu'Antoine était partout. Devant la maison. A la plage. Discutant avec d'autres hommes. Adossé à l'encadrement d'une porte-fenêtre. Là au milieu d'un groupe d'adolescents à qui il paraissait expliquer quelque chose de très compliqué. Ici, entouré de jeunes filles hilares. Antoine enfin, debout à côté de Marie-Léone.

Julie sentit sa gorge se nouer. Elle eut envie de tout remballer et de refermer ce carton avant que le passé ne se mette à vomir des infamies.

Elle saisit pourtant les photos suivantes.

Elles avaient été tirées à l'intérieur. Le flash mettait un éclat rouge dans le regard des gens. Ils étaient nombreux. Une partie d'entre eux dansaient. Que fêtaient-ils donc ?…

Sur la terrasse se dressait un barbecue auprès duquel s'activait André Winter. Il avait un soufflet à la main. On voyait aussi Caroline qui distribuait des assiettes et des brochettes de viande. Marie-Léone dansait avec un beau garçon de son âge. A l'arrière-plan, Antoine les regardait l'air rêveur.

Julie prit la photo suivante et la plaça en pleine lumière. Plusieurs personnes étaient debout, alignées contre un mur. Parmi elles, Antoine qui tenait Marie-Léone par la taille. Sa main, dissimulée dans les plis de la robe, était pratiquement invisible. Saisissant une loupe, Julie regarda mieux. Aucun doute… Le corps de

la jeune fille s'appuyait à celui d'Antoine avec un laisser-aller, une sensualité…

Julie se mordit les lèvres. Le salaud ! Comment
avait-il osé ?… La fille de ses amis… Au vu et au su
de tout le monde…

Tout au fond du carton, Julie trouva une enveloppe
blanche de format classique, elle l'ouvrit et la secoua.
Deux instantanés tombèrent sur ses genoux.

Sur le premier, Antoine se tenait debout à côté de
Marie-Léone, une main posée sur son épaule. La jeune
fille, l'air malicieux, tendait l'index comme pour le
mettre en garde. Tous deux riaient.

A quel jeu jouaient-ils donc ainsi, au grand jour ?
se demanda Julie la rage au cœur. Et les autres, la
famille, les amis… étaient-ils complices ou d'une
incroyable naïveté ? Car cela sautait aux yeux ! Ces
deux-là étaient amants ou sur le point de le devenir.

La dernière photo était un portrait d'Antoine.

Les mâchoires serrées. Sans tendresse. Les yeux bri-
dés, pleins d'une faim dévorante… C'était le visage
d'Antoine quand il faisait l'amour.

— Comment a-t-il osé se laisser surprendre ainsi ?
murmura Julie la gorge nouée.

Elle retourna l'instantané et découvrit au verso
quelques mots tracés d'une écriture ronde et enfantine.
"A Antoine, pour que tu te souviennes. 15 août 1974".
Et c'était signé : Marie-Léone.

C'était donc elle qu'Antoine regardait avec tant de
passion ! Elle qui avait pris cette photo.

Elle… Cette petite garce !

Des larmes coulant sur ses joues, Julie rangea machinalement les clichés dans leur carton.

Elle songeait que le temps développait d'étonnantes volutes. Que les années s'enroulaient sur elles-mêmes en se superposant et que les événements, comme un motif musical, se répétaient inlassablement. Que le désir était toujours semblable à lui-même et que seul l'objet du désir changeait. "Et encore !… Un homme ne recherche-t-il pas la même femme, toujours et en dépit de tout ?" se dit-elle en refermant le carton.

Toutes les photos s'y trouvaient. Sauf la dernière. Celle-là, elle ne la rendrait pas.

• • •

En page 4 de l'Ouest-Eclair, les mots se tortillent comme des asticots sur du papier sale.

Il ricane. Les plaques de son blindage grincent et crissent. Un peu d'écume mousse à l'interstice de ses pièces buccales. Péniblement, il soulève son thorax écrasé par la pesanteur. Son visage minuscule, comme posé en bordure de la carapace, s'approche du journal. Ses antennes frémissent tandis que ses yeux pédonculés déchiffrent les phrases imprimées. « Meurtrier aux impulsions irrépressibles… Champ de

la conscience envahi par un délire flou… Hallucina-
tions… Personnalité éclatée… Fixation obsessionnelle
sur la mer et les femmes… »

Sale con de journaliste ! Que cherche-t-il au juste,
avec ses phrases bien tournées et ses termes pseudo-
scientifiques ? Expliquer, mettre en garde, rassurer ?…
Oui ! C'est ça, rassurer ! Une psychose collective
demeure toujours possible. Un assassin qui rôde… et
la peur primitive cesse d'être irrationnelle. La violence
acquiert soudain droit de cité. Et l'angoisse, et les
soupçons, et les fantasmes… Qui est le dément ?
Derrière quel visage se cache le cerveau monstrueux ?

Hé ! Hé ! Vous aimeriez bien le savoir !

Ses pattes se contractent et froissent le papier journal. Il se soulève et se déplace lentement, actionnant
par à-coups ses membres pris dans une gangue de rage
et de haine. Au centre de son abdomen, il sent grandir
une bulle d'énergie. Lourde et lumineuse. Implacable
et spontanée.

Y céder ! Là, maintenant, tout de suite !…

Se laisser broyer par la roue du moulin. Mourir
pour renaître ensuite, fluide et lisse comme une eau
apaisée.

Non ! C'est trop tôt !…

Il faut d'abord trouver le lieu et le moment propices.
Calculer, préparer, organiser. Sinon tout foirera lamen-
tablement.

Mais comment réfléchir avec cette masse domina-
trice qu'il trimbale en lui ? Remonte dans sa gorge.
Pèse sur ses couilles. Tétanise ses muscles. Contracte

ses mâchoires et tournoie comme une scie circulaire au fond de son crâne.

Agrippé au rebord de la table, il s'efforce de se détendre. Il se laisse aller en arrière, appuie sa tête contre la cloison, ferme les yeux...

Peu à peu, la roue ralentit. Les vrombissements s'atténuent.

Il attend...

Imperceptiblement, des formes se mettent en place... Sur le champ de bataille jonché de bruits cassés et d'images chiffonnées, il croit voir quelque chose remuer. Quelque chose de fade et gris qui frémit doucement. Une forme indistincte bouge sur l'étendue d'une vasière. Une forme qui ressemble à un rouleau de goémon mort roulé par la marée. Il gémit. Qu'est-ce encore ?... Un cocon de soie grège rampe et ondule. Se bosselle par intermittence. Bouillonne comme une lave volcanique... Quelque chose s'organise. Quelque chose qui tente de se faire connaître.

Il recule peureusement. Mais le cocon palpite. Développe un voile léger qui est comme une consolation grise et floue, une peau diaphane, un geste apaisant.

Il se rassure. Derrière ses paupières fermées, son errance d'enfant molesté se fait moins craintive. Il a envie d'avancer sur l'étendue crépusculaire pour distinguer et reconnaître.

Le sifflement bleuté d'une scie musicale plane au-dessus de l'horizon. Doux appel. Les souvenirs cassés s'enfoncent dans la vase. Jouets, vieux jouets hors *d'usage… Le voile de soie s'entrouvre. Viens, petit garçon ! Viens voir !… Il cligne des yeux et regarde. Une gorge de lune, un cou nervuré, des os polis comme du bois flotté. Et des paupières, coquilles échouées sur un visage vide…*

Envie ! Envie !

Il tend la main.

Mais l'image effarouchée recule en feulant. Le cocon se referme sur lui-même puis comme un nuage, va se fondre parmi les roseaux bruissants du rivage.

Et lui, il reste là, souche morte plantée dans la vasière.

Mais il ne pleure pas.

Il ne crie pas.

Il est content car il a entrevu qui se cachait derrière les voiles. C'est un regard de brume après la pluie. Des mains aux longues veines bleutées. Un visage attentif. Un front haut. Et un crâne plein de livres, de contes et de poèmes…

Des poèmes qui couleront en larmes désespérées sur les belles joues ivoire quand le moment sera venu…

Un tremblement l'agite.

Quand le moment sera venu de crocher dans le cocon. D'extirper l'être vivant qui s'y cache. D'en mastiquer la chair blanche et molle.

Cette chair qui apaisera sa faim.

CHAPITRE VI

Samedi 24 septembre.

La tempête qui depuis plusieurs jours devait tourner sur elle-même au-dessus de l'Atlantique, avait fini par fondre sur le continent.

Les bateaux de pêche côtière, après avoir tenté une sortie à l'aube, avaient fait demi-tour. Garec debout à la fenêtre de son bureau, les apercevait qui arrivaient les uns après les autres et mouillaient en rade de Saint-Bredan.

— Sacré métier ! dit-il à Marc Lefoll. Tous les risques et paraît-il, pas grand'chose au bout… Nous, au moins, on est à l'abri. Et sûrs d'être payés même quand on ne ramène rien dans nos filets.

— L'enquête Keruhel ne progresse pas ?

— Non ! explosa Garec. Non ! Je tourne en rond. Les rares pistes foirent les unes après les autres. On n'a rien pu tirer des "messages", celui qui les a envoyés a pris un maximum de précautions… La seule chose qui me rassure pour l'instant c'est qu'avec le mauvais temps, les risques de voir une femme se faire agresser sont pratiquement réduits à zéro.

— Pas sûr ! Regarde un peu là-bas, sur la rade !

— Merde ! tonna le commissaire en découvrant une

planche à voile qui fonçait comme un trait sur l'eau moutonnante. Il y en a vraiment que rien n'arrête !

Le vent parut s'accroître encore. Un grain monta de la mer et la petite voile jaune disparut aux yeux des deux hommes.

La porte du bureau s'entrouvrit sans bruit.

— Commissaire, fit madame Floc'h, il y a là une dame qui voudrait vous parler. Pouvez-vous la recevoir ?

— Qui est-ce ?

— Madame Cotten.

— Bien sûr !… Entrez, chère Madame ! Prenez place et dites-nous ce qui vous amène…

— Eh bien, voilà… Hier, un peu par hasard, j'ai découvert que Rozenn avait rencontré, le week-end avant sa mort, un homme dont le nom ne figure pas dans son agenda. De ce fait, il a probablement échappé à vos services…

En quelques mots, Julie leur relata sa conversation avec le moniteur de voile puis elle leur parla du coup de téléphone qui avait suivi.

— J'ignore qui est ce Thomas Féraux. A première vue, un honorable père de famille. L'adolescente qui m'a répondu était vraisemblablement sa fille. Je pense qu'il y a eu erreur de numéro mais comme je n'ai aucun moyen de le savoir…

— Vous jugez bon de vous en remettre à la police, l'interrompit sèchement Garec. Eh bien, soyez rassurée, nous ferons le nécessaire.

Puis la regardant bien en face, il poursuivit d'une voix qui ne plaisantait pas :

— Madame Cotten, je constate que vous ne tenez aucun compte de mes avertissements et que vous jouez au détective amateur ! Qu'espérez-vous donc ? Réveiller le chat qui dort ? Empêcher le meurtrier de récidiver ?…Vous semblez oublier que nous avons affaire à un malade dangereux qui lorsqu'il est en crise, ne parvient pas à dominer ses pulsions homicides.

— Le commissaire a raison. Vos investigations sont risquées et ne mènent à rien, renchérit Marc Lefoll.

— Je viens pourtant de vous révéler l'existence d'un personnage peu recommandable et qui pourrait très bien être le suspect que vous cherchez !

— La question n'est pas là ! la coupa Garec. Madame Cotten ! Je veux que vous preniez conscience que votre conduite est extrêmement téméraire. Le meurtrier nous est décrit comme intelligent et rusé. Le jour où il passera à l'acte, vous ne ferez pas le poids !

— Mais, Commissaire ! Vous ne m'avez pas comprise !… Mon projet n'est pas de l'empêcher d'agir… Ce que je veux, c'est être à sa portée quand il aura envie de tuer, et le démasquer. Si son besoin est aussi irrésistible qu'on le dit, il ira au plus court. J'essaie de faire en sorte que ce plus court soit moi. Voilà pourquoi je m'agite, je noue des contacts, je me fais voir…

— Vous êtes complètement dingue ! explosa Garec. Et suicidaire !… S'il s'en prend à vous, vous ne verrez même pas le coup venir !

— Les choses n'iront pas jusque là. Je suis très vigilante, ne vous inquiétez pas !

Le commissaire leva les bras au ciel.

— Marc, essaie de la raisonner ! Moi, je renonce…
Mais déjà Julie s'apprêtait à s'en aller.

— Ne vous faites pas de soucis pour moi ! Je suis
moins vulnérable que je n'en ai l'air… De toute façon,
j'agis selon ma conscience et rien ne m'arrêtera.

— Sa conscience, marmonna Garec alors que les pas
de Julie s'éloignaient dans le couloir. Sa conscience…
Qu'est-ce qu'on peut ajouter à ça ?

Puis appelant l'inspecteur Maupet :

— Je veux tout savoir sur un dénommé Thomas
Féraux. Absolument tout ! Situation familiale, professionnelle, financière… Son passé, son état de santé,
ses antécédents, ses loisirs. Débrouillez-vous aussi pour
apprendre où il se trouvait les 3, 4 et 8 septembre dernier. Et en vitesse, Maupet, ça commence à sentir le
brûlé !

•

Julie rentra chez elle, bien décidée à poursuivre ses
recherches comme elle l'entendait. Garec exagérait les
risques et Marc voulait sans doute garder pour lui seul
la primeur des informations !

En premier lieu, elle allait rappeler ce Féraux. Et
rapidement, avant que les flics ne fourrent leur nez chez
ces gens ! Le tout était de trouver un prétexte plausible.
Toute la matinée elle se creusa la tête et ce fut au cours
du déjeuner qu'une idée lui vint à l'esprit. Elle la peau-
fina en buvant son café puis décrocha le combiné.

— Allô ! Féraux, j'écoute…

Julie se présenta brièvement :

— J'étais l'amie intime de Rozenn Keruhel dont vous avez peut-être appris la mort tragique par les journaux…

— Euh… Oui, j'en ai entendu parler…

— En triant ses affaires, je suis tombée sur un très bel étui de cuir contenant une paire de lunettes de soleil. Il y a sur cet étui un monogramme composé des lettres T et F. D'autre part, comme vos coordonnées figurent dans l'agenda de mademoiselle Keruhel, j'en ai déduit que ces objets vous appartenaient et que vous aimeriez sans doute rentrer en leur possession.

— Un étui à lunettes, avec mes initiales ?… A l'autre bout du fil, la voix semblait perplexe.

— Il n'est peut-être pas à vous…

— Euh si… Quoique je trouve cela curieux… Vous êtes tout à fait sûre d'avoir trouvé mon nom dans un agenda ?

Julie avala péniblement sa salive. Quelque chose lui échappait… Mais déjà Féraux reprenait :

— C'est vraiment très aimable de m'avoir appelé. Je porte rarement des lunettes de soleil et je ne m'étais pas aperçu de leur perte… Maintenant, il s'agit de les récupérer !… Voyons !… La semaine prochaine je dois me rendre à Saint-Bredan pour mon travail… Je passerai vous voir. Où puis-je vous rencontrer ?

— Je suis tous les jours à ma bouquinerie, rue de la Forge.

— Parfait ! A bientôt donc, chère Madame. Et merci encore !

Féraux raccrocha. Que diable signifiait cette comédie ?... D'abord il ne possédait pas de lunettes de soleil. Ensuite et surtout, comment cette libraire avait-elle pu trouver son nom dans l'agenda de Rozenn puisqu'il ne révélait jamais sa véritable identité à une femme de rencontre ! Tom Fergusson, voilà comment il se faisait appeler. Toujours !

Et il n'avait pas fait d'exception pour Rozenn.

Féraux se mordit les lèvres. La seule chose qu'il s'était permise avait été de prolonger la rencontre au-delà du petit déjeuner. Ce n'était pas dans ses habitudes. Mais il avait été tout bonnement incapable de résister à l'envie de revoir la mer et le ciel autour d'Enez Glas. Il avait donc embarqué à bord du Diaoul avec Rozenn, le dimanche des régates, sûr qu'après tant d'années, personne ne le reconnaîtrait...

Apparemment il s'était trompé !

Il fallait tirer cela au clair sans tarder, aller à Saint-Bredan et faire parler cette libraire. Ensuite, il aviserait...

•

— Tiens ! Vise un peu ces deux-là, fit l'agent de police Mével à son collègue. M'est avis que ce que l'homme porte sous le bras n'est pas un tableau !...

Le matin même, l'inspecteur avait donné la consigne aux agents de la voie publique de surveiller discrètement la galerie d'art C. Masset, et d'observer les clients qui en sortaient.

— Tu as raison ! Je crois qu'on devrait procéder à

une vérification. Mais attention ! Tu sais ce qu'a dit le patron… Pas de vagues ! On va suivre ces gens de loin et dès qu'on ne sera plus en vue de la galerie, on les abordera en douceur.

A une centaine de mètres, le couple de personnes âgées qui avaient attiré l'attention des agents, descendaient tranquillement la rue pavée. Mével et son collègue leur emboîtèrent le pas et les rattrapèrent au moment où ils allaient embarquer dans leur voiture.

— Puis-je vous demander ce que contient le paquet que vous transportez là ?

— Le paquet ? fit l'homme interloqué. Je ne comprends pas…

— Nous aimerions simplement savoir ce qu'il contient.

— Je n'ai pas à répondre à une telle question !

— Maurice, nous n'avons rien à cacher, intervint sa femme plus conciliante.

— Justement ! Et c'est la raison pour laquelle je refuse d'obtempérer !

— Dans ce cas, vous voudrez bien nous suivre. Le commissariat est à deux pas.

— Oh ! C'est un comble !

— Monsieur, je vous en prie, dit Mével calmement. Ne faites pas d'hisoires. Un scandale sur la voie publique n'avancerait ni vos affaires, ni les nôtres.

— Et vous persistez à m'affirmer monsieur Loubet, fit Garec, que vous avez cru Christian Masset lorsqu'il vous a dit que la statue que vous vous apprêtiez à acheter provenait d'une vente autorisée… L'idée ne vous a pas effleuré que cette transaction pouvait être entachée d'illégalité ?

— Pas le moins du monde ! Vous avez ma parole d'officier, répondit le vieil homme en se redressant.

— Et vous, Madame ? Que pensez-vous de tout ça ?

— Le marchand nous a assuré que la statue provenait d'une chapelle privée dont les propriétaires étaient dans l'obligation de réaliser rapidement leurs biens. Nous avons acheté cette Sainte Marguerite en toute bonne foi, je vous le jure.

— Dans ce cas, vous allez porter plainte car moi je vous affirme que c'est le produit d'un vol.

— Porter plainte, jamais ! tonna l'ancien officier en se levant. Je retourne de ce pas chez ce gredin afin de lui demander réparation. J'ai toujours réglé mes affaires moi-même et ce n'est pas à mon âge que je changerai d'habitude !

— Calmez-vous et rasseyez-vous, dit Garec en s'efforçant de demeurer impassible. Je crois que vous n'avez pas bien saisi la portée de l'incident. Notre région est mise à sac depuis des mois, voire des années, par des bandes très bien organisées qui pillent sans vergogne les édifices religieux et en tirent de substantiels bénéfices. Depuis un certain temps, je soupçonne Masset de s'adonner à cette activité mais n'ai encore jamais pu le prendre sur le fait. Grâce à vous et à cette Sainte Marguerite, je vais enfin pouvoir agir.

— Vous n'avez aucune preuve de ce que vous avancez !

— Un antiquaire honnête vous aurait précisé sur facture l'origine exacte de cette pièce. Et je vous signale que vous l'auriez payée dix fois plus cher !… Maintenant, monsieur Loubet, pour moi les choses sont claires. Ou vous déposez plainte pour escroquerie et je vous considère comme une victime. Ou vous refusez, et moi je vous inculpe sur le champ pour complicité de vol et recel d'objets d'art. A vous de décider !

— Vous ne me laissez pas le choix ! marmonna le vieil homme. Je porte plainte bien entendu.

— Dans ce cas, veuillez suivre l'inspecteur Maupet dans son bureau. Il vous indiquera comment procéder. Quant à moi, j'entame dès aujourd'hui une enquête sur l'origine de la statue et je vous donnerai des nouvelles aussitôt que possible.

Une fois la porte refermée, Garec examina plus attentivement la belle statue de chêne polychrome qui lui rappelait l'église de son enfance. C'était donc bien à ce trafic-là que se livrait Masset ! Travaillait-il en indépendant ou appartenait-il à une filière qui écoulait la marchandise à l'étranger ? Il avait entendu dire qu'aux Etats-Unis, on s'arrachait ces statues à prix d'or. Etait-il possible que Rozenn ait découvert le pot aux roses et qu'on l'ait éliminée pour la faire taire ? Peu probable mais l'hypothèse n'était pourtant pas à écarter d'office.

"Avant de démarrer quoi que ce soit, il me faut l'avis d'un expert", se dit Garec en décrochant le télé-phone pour appeler son collègue et ami Charles

Le Duff, chargé au niveau régional de tout ce qui avait trait au trafic d'objets d'art et d'antiquités.

Mais à l'autre bout du fil, on lui répondit que l'inspecteur assistait à un congrès et ne serait de retour que deux jours plus tard.

— Dommage !… Je vais toujours vous envoyer des photos et un descriptif de la statue en question, fit Garec. Cela permettra à Le Duff de cerner le problème. Mais j'insiste !… Il faut qu'il me contacte dès que possible. L'homme que j'ai à l'œil est habile, prudent et peut-être même dangereux.

•

La gorge serrée, Hélène Féraux regardait son appareil téléphonique.

Elle avait peur. Peur du geste qu'elle allait faire… ou qu'elle ne ferait pas. Elle avait le choix. Mais d'une façon comme d'une autre, la décision qu'elle prendrait serait grave.

Quand les deux inspecteurs s'étaient présentés chez elle, une heure auparavant, elle avait répondu à leurs questions sans vraiment réfléchir.

— Les 3 et 4 septembre ?… J'étais en vacances dans les Pyrénées avec ma fille… Quant au jeudi 8, je suis totalement incapable de vous renseigner. La profession de mon mari implique tant de déplacements que je n'y prête plus attention…

Les inspecteurs avaient pourtant insisté.

— Selon les informations fournies par la Compagnie,

le cargo Aramis a contacté l'armement le jeudi 8 septembre à onze heures du matin. Comme son avarie ne compromettait pas la sécurité du navire et que la météo était favorable, il a été décidé qu'il rallierait à vitesse réduite le port de Saint-Bredan. Il prévoyait d'y arriver vers minuit… Le journal de bord indique que monsieur Féraux a embarqué à huit heures du matin, le vendredi 9 septembre. Avec l'aide du chef mécanicien, il a entrepris une réparation provisoire permettant au navire de rallier son port d'attache. Le travail a duré toute la journée et le cargo a pu repartir en début de soirée… Ce que nous voulons savoir c'est à quel moment votre mari a quitté son domicile pour se rendre à Saint-Bredan ?

— Je suis désolée mais je suis incapable de m'en souvenir… sans doute le vendredi 9, de très bonne heure.

Le plus vieux des inspecteurs lui avait alors tendu une convocation.

— Remettez-la à monsieur Féraux dès qu'il rentrera… Il faudra qu'il prenne contact avec le commissaire Garec sans attendre. C'est très important.

— Je n'y manquerai pas. J'aimerais maintenant que vous me disiez ce que signifie tout ça !

— Rien de grave. Le commissaire Garec désire entendre votre mari dans le cadre de l'affaire Keruhel.

— Oh ? ! En quoi peut-il être concerné ?

Les deux policiers avaient prétendu qu'ils l'ignoraient et s'étaient retirés, la laissant seule face à son téléphone.

Que faire ? Mon Dieu, que faire ?   .

Alors que la plupart du temps, elle était sincèrement incapable de se remémorer les allées et venues de Thomas, pour le jeudi 8 septembre, elle possédait un point de repère indiscutable : le concert de Florence auquel il n'avait pas assisté.

Et cela la mettait du même coup dans une situation impossible !

Que faire ?… Appeler Garec et lui révéler la vérité l'amènerait à devoir dévoiler ses déboires conjugaux, à avouer qu'en faisant filer son mari, elle avait découvert sa double vie… Si à cause de son témoignage, Thomas était retenu comme suspect et placé en garde à vue, le tort porté à Florence serait incalculable ! Garec aurait beau garantir la plus grande discrétion, elle en serait éclaboussée… Il fallait la protéger, à n'importe quel prix !

Posant ses bras sur la table, Hélène y enfouit son visage et se mit à pleurer sans retenue tandis qu'au fond d'elle-même une petite voix lui soufflait que si elle était obligée de couvrir Thomas aujourd'hui, c'est parce qu'elle l'avait fait une fois déjà vingt ans auparavant, à Saint-Bredan. Et la petite voix ajoutait aussi que se taire maintenant ne serait pas plus difficile qu'autrefois.

Il faut toujours payer le prix de ce que l'on désire… Jadis, c'était l'amour d'un homme. Aujourd'hui, l'honneur et la tranquillité de sa fille.

Hélène essuya ses yeux et décida que pour le moment, la police se passerait de sa collaboration.

• • •

Mardi 27 septembre.

Jean Garec revenait de déjeuner. Il gravissait le perron du commissariat quand il aperçut une femme sur le trottoir d'en face. Elle portait un immense cabas de toile grise et agitait désespérément la main comme pour héler un taxi.

Mais la rue était parfaitement vide.

La bouche ouverte, elle continuait cependant à faire de grands gestes et Garec eut l'impression que de l'autre côté de la rue se jouait un film muet plein de frénésie, de silence et de drame.

A cet instant précis, la femme traversa la chaussée et fonça sur lui. Elle grimpa les marches comme un automate et, les yeux exorbités, elle leva les bras vers lui. Il s'attendit à une explosion de cris et de pleurs. Mais rien ne vint.

— Je suis le commissaire Garec. Puis-je faire quelque chose pour vous ?

Happant l'air avec effort, la femme le fixa et ses yeux se remplirent de larmes qui ne coulèrent pas.

— Allons, suivez-moi à l'intérieur, vous m'expliquerez ce qui se passe…

Quand Garec l'eut fait asseoir dans son bureau, elle s'agrippa à son cabas et demeura pétrifiée.

— Madame, s'il vous plaît, faites un effort… Quelqu'un a eu un accident ?… Quelque chose de grave est arrivé à l'un de vos proches ?

Les yeux clignotèrent.

— A l'un de vos enfants ?

Elle hoqueta. Garec eut une brusque intuition.

— C'est à votre fille qu'il est arrivé malheur ?

La femme regarda autour d'elle, semblant soudain prendre conscience du lieu où elle se trouvait. Elle plongea la main dans son cabas et en sortit une enveloppe qu'elle jeta sur le bureau comme un objet immonde.

Garec l'ouvrit. Il en retira une photo et une paire de boucles d'oreilles. Les bijoux roulèrent dans sa paume avec un léger cliquetis métallique. Alors la femme renversa la tête en arrière et poussa un long cri âpre et rauque. Désemparé, le commissaire se pencha en avant et, dans le flux de hoquets et de râles, il distingua quelques mots charriés comme des épaves par un torrent en crue.

— Ma fille… Sandrine… canoë kayak… partie loin… pas de nouvelles… jamais…

Puis tout fut à nouveau noyé dans un maelström de sanglots et de sons inarticulés.

Garec se leva et se précipita vers elle.

— Madame, dites-moi votre nom… s'il vous plaît…

Mais elle semblait s'être vidée de son énergie. Elle se tassa sur elle-même, la tête touchant ses genoux, et ne prononça plus un mot.

—… Je veux qu'on m'envoie une équipe ! Oui… en fin d'après-midi ou demain très tôt. Il faut que tout soit prêt pour les informations de mercredi treize heures. Qui présente le journal ? Marec ?… Très bien, passez-le moi !

Le récepteur téléphonique coincé entre l'oreille et l'épaule, Garec attendit en griffonnant quelques notes. Il connaissait bien Edouard Marec, responsable du journal télévisé de la chaîne régionale et savait qu'il était toujours possible de s'entendre avec lui.

— Alors mon vieux, il paraît que tu t'es enfin décidé ! s'exclama le journaliste. On peut dire que tu y as mis le temps ! Ce que vous pouvez être rétro, vous autres dans la police… Cette manie du secret, il y a longtemps que c'est dépassé ! La transparence, il n'y a que ça de vrai et d'efficace tout compte fait. Alors quoi de neuf ? Le pervers a encore frappé ?

— Tout juste ! Je viens de recevoir la mère d'une victime. La pauvre femme est dans un triste état. Il a fallu appeler le SAMU et l'emmener d'urgence à l'hôpital. Heureusement qu'elle avait ses papiers sur elle. Nous avons pu téléphoner à son mari qui a confirmé ce que j'avais deviné… Il s'agit cette fois d'une famille de Saint-Bredan, les Guirec. Leur fille Sandrine a disparu en avril 93 au large de Locheven alors qu'elle faisait du canoë kayak… La situation n'est plus tenable ! Il faut en sortir d'une façon ou d'une autre ! C'est pourquoi je fais appel à toi.

— Très bien, nous sommes à ta disposition.

— Merci… Seulement tu vas sans doute être déçu

parce que j'ai une idée très précise sur la façon dont j'entends mener cette émission télévisée…

— Dis toujours !

— D'abord j'aimerais qu'elle passe demain aux infos de treize heures. Il faut aussi que tu l'annonces dès ce soir et demain matin… comme un flash spécial.

— Pas d'objection, tu veux un maximum d'audience…

— L'audience, je m'en fous ! Ce qui importe c'est que le psychopathe soit devant son petit écran et qu'il réagisse à ce que nous allons dire. C'est uniquement pour lui que je monte tout ce cirque.

— Pourtant, un large public…

— Je m'en balance ! Il n'est pas question de reality show !… Voici donc ce que je te propose…

En quelques phrases Garec expliqua à son interlocuteur la manière dont il voulait procéder et sous quel angle le sujet devait être abordé.

— Ouais… je comprends, fit le journaliste d'un ton morose. Mais tu bousilles un sujet en or !

— J'en suis conscient mais les circonstances sont telles que je ne peux pas faire autrement… Encore une précision : j'apparaîtrai personnellement à l'écran accompagné uniquement de Marc Lefoll. Tu le connais ? Oui, très compétent… Il suit cette affaire de près depuis le début. J'ai besoin de son concours pour maximaliser mes chances d'atteindre ma cible.

•

Lorsque Julie Cotten parvint sur l'esplanade du CRAM, il faisait presque nuit. A l'exception de quelques rares fenêtres encore éclairées, l'équipe d'entretien sans doute, les bâtiments étaient plongés dans le noir.

Un peu déconcertée, elle éteignit ses phares et quitta sa voiture en claquant violemment la portière. Sans succès. Personne n'apparut à la porte d'entrée.

Le parking en terrasse qui surplombait l'estuaire du Steren était désert. Julie alla s'accouder au muret qui servait de garde-fou. Dans le crépuscule, les ajoncs diffusaient leur odeur de gingembre. Le long de la côte, les pointes et les caps se succédaient à perte de vue, les plus éloignés se fondant dans le mauve de la nuit. En contrebas, la mer étranglait en douceur des îlots rocheux et les vagues tendaient vers la plage leurs lèvres innocentes.

Le matin même, Serge Deville avait téléphoné :

— Vous êtes toujours d'accord pour venir visiter mon domaine ? Dans ce cas, rendez-vous ce soir dix-neuf heures trente, sur le parking du CRAM.

Julie consulta sa montre. Presque huit heures moins le quart… Au pied de la falaise, le fleuve était bleu comme un vitrail mais à l'intérieur des terres, il faisait nuit noire. Il était temps de regagner Saint-Bredan, le rendez-vous était manqué.

Elle allait remonter en voiture lorsqu'elle entendit des pas précipités.

— Eh bien ! Qu'est-ce que vous faites là ? Il y a plus d'un quart d'heure que je vous attends devant l'entrée principale. C'est une femme de ménage qui m'a prévenu…

— Ne devions-nous pas nous retrouver sur le parking ?

— Ah ! Je comprends ! Il y a eu confusion. Ici, c'est un parking annexe, l'autre se trouve de l'autre côté !… J'aurais dû vous donner des indications plus précises. Venez ! Entrons !

Ce contretemps semblait l'avoir contrarié. Il se tourna cependant vers sa visiteuse :

— La cafétéria est fermée à cette heure-ci mais si vous avez envie d'une boisson chaude, il y a le distributeur automatique.

Julie refusa en souriant.

— Dans ce cas, assez de temps perdu ! Que la visite commence !… Je vous ferai grâce des étages supérieurs où il n'y a que des bureaux, ainsi que de l'aile nord consacrée à la recherche appliquée. Inutile de vous ennuyer avec des questions d'élevage, de vaccins et de reproduction. C'est du tout venant. Ce que je veux vous montrer est beaucoup plus passionnant… Par ici ! Et attention à ne pas vous égarer ! Ce temple de la science est un vrai labyrinthe.

D'un pas nerveux, Deville enfila un couloir brillamment éclairé, tourna à gauche, traversa un hall bourré de plantes vertes d'où partaient plusieurs couloirs obscurs comme des tunnels. Puis il prit un passage vitré qui donnait sur un patio, dévala une volée d'escaliers, longea au pas de gymnastique de nouveaux couloirs où se succédaient des portes fermées. Toujours sans mot dire, il tourna à gauche, puis à droite, descendit quelques marches… Julie était complètement désorientée. Elle avait l'impression de se trouver à bord d'un immense paquebot abandonné par son équipage.

— Je vais trop vite ? s'enquit soudain Deville en se retournant. Excusez-moi, c'est presque une seconde nature chez moi… Je travaille trop vite, je mange trop vite, je réfléchis trop vite. J'épuise tous mes collaborateurs. Apparemment, même mon invitée a du mal à me suivre !

— Vos labos sont encore loin ? J'ai l'impression qu'on tourne en rond.

— C'est presque la vérité ! L'intérieur de ces bâtiment a été mal conçu ce qui oblige le personnel à parcourir journellement des distances affolantes. Mais rassurez-vous, nous sommes pratiquement arrivés.

Puis accordant son pas au sien, il poursuivit :

— Lorsque nous nous sommes promenés ensemble dans les bois de Coatnoz, je vous ai expliqué que mes recherches portaient sur une partie de la génétique dont l'idée de base est la suivante : il est en tout point préférable de rendre une espèce résistante aux maladies, plutôt que d'avoir à en soigner les individus…

— Oui ! Bien sûr ! J'ai même trouvé ça si intéressant que j'ai lu plusieurs articles de vulgarisation à ce propos.

— Parfait ! Ainsi vous ne serez pas trop choquée par ce que vous allez voir. Je vous avoue que j'ai horreur des manifestations inopportunes de dégoût ou de pitié… Voilà, c'est par ici. Attendez une seconde !

Il emprunta un couloir obscur et quelques instants plus tard, une faible lumière s'alluma. Julie cligna des yeux. Devant elle, un étroit escalier plongeait vers le sous-sol. Elle eut un brusque mouvement de recul. Elle n'avait aucune envie de descendre là au fond !

— Alors, vous venez ?

— Heu… Est-ce que vos labos se trouvent à la cave ?

— Mes recherches exigent une température et un taux hygrométrique constants. De plus la lumière solaire risquant d'interférer sur certaines expériences, j'ai jugé préférable de m'installer au sous-sol.

— Ah ! Je comprends…

— Bon ! Alors, vous venez ?

Le cœur battant, Julie jeta un coup d'œil derrière elle. Personne… Rien qu'un couloir désert, glacé et silencieux. Soudain, les mises en garde du commissaire Garec lui revinrent en mémoire. Comment avait-elle pu se laisser entraîner dans cette immense baraque vide par un homme qu'elle connaissait à peine ? Il fallait tourner les talons et filer d'ici en vitesse ! Mais à cet instant précis, elle réalisa qu'elle était totalement incapable de retrouver son chemin dans ce labyrinthe.

Alors elle posa une main sur la rampe de métal et à son tour s'enfonça dans le sous-sol.

•

— Venez voir ce que j'ai trouvé pour vous ! dit Kath Le Moal en faisant signe à Marc Lefoll de la suivre dans l'arrière-boutique. Voilà… ce sont tous des ouvrages consacrés à la pêche. Il y a aussi une série de photos anciennes.

— Magnifique ! s'exclama le journaliste. J'ai là largement de quoi écrire mes articles. Vous m'avez mâché le travail !

Kath sourit, l'air moqueur.

— Ma patronne exige que nous soyons aux petits soins avec nos clients.

— Il va de soi que j'achète tous ces bouquins ! Vous me facturerez aussi vos heures de compilation.

— Elles sont comprises dans le prix des livres.

Marc Lefoll haussa les sourcils.

— Ah bon ! C'est toujours ainsi que ça se passe ?

— Oui… Pour les amis.

— A propos, comment se fait-il que Julie ne soit pas là ce soir ?

— Je l'ignore. Elle m'a demandé de fermer la boutique. J'ai cru deviner qu'elle avait rendez-vous avec quelqu'un. Un peu avant six heures, elle est montée prendre une douche et se changer. Ensuite elle a passé me dire bonsoir et est partie avec sa voiture.

— Vous a-t-elle dit qui elle comptait rencontrer ?

— Non… Pourquoi ?

Le journaliste passa une main dans ses cheveux, il avait l'air préoccupé.

— Mmm… Le commissaire Garec a mis plusieurs fois Julie en garde. Elle prend trop de risques…

— Je ne saisis pas.

— Vous n'ignorez pas qu'elle espère démasquer l'assassin de Rozenn…

— On m'a parlé de son serment à la morgue, devant le corps… Mais elle était sous le coup de l'émotion, il ne faut pas en tenir compte.

— Détrompez-vous ! Elle tient parole.

Kath le dévisagea, médusée.

— Elle s'est mis dans l'idée de jouer le rôle de la chèvre. Vous savez, l'appât qui doit faire sortir le tigre du bois… Concrètement, elle essaie de rencontrer tous les hommes qui ont été en contact avec Rozenn les semaines avant sa mort. Elle trouve leur nom dans un agenda…

— Elle doit avoir perdu la tête ! Ça peut être extrê-mement dangereux !

— Evidemment ! Avec Garec, nous avons tenté de la dissuader mais elle ne veut rien entendre !

Kath soupira et dit d'une voix songeuse :

— Dans le fond, ça ne m'étonne pas. Julie a été très affectée par la mort de Rozenn. Beaucoup plus qu'on ne le croit. Elles étaient amies d'enfance et sont tou-jours restées très liées. Le mariage de Julie semblait avoir relégué cette amitié au second plan. Mais après le décès d'Antoine Cotten, Rozenn a en quelque sorte repris la place qu'elle occupait précédemment. Avec sa personnalité très forte, très possessive, elle exerçait un fort ascendant sur Julie. Sa mort a plongé celle-ci dans un désarroi dont elle n'est pas remise. Qu'elle veuille venger son amie même au péril de sa vie, ne me sur-prend pas vraiment.

Marc Lefoll enleva ses lunettes, sortit un mouchoir de sa poche et se mit à les nettoyer. Sans les verres correcteurs, ses yeux perdaient leur expression de curiosité étonnée. Ils devenaient plus expressifs, plus pénétrants. Plus humains, pensa Kath.

— Ouais… je comprends, dit-il en rechaussant ses lunettes. Mais cela ne me rassure pas pour autant. Espérons seulement qu'elle ne commettra pas d'imprudences… De toute façon, pour l'instant, nous ne pouvons rien pour elle. Alors, voilà ce que je vous propose : vous fermez la boutique et nous allons manger ensemble quelque part. Vous êtes, si je ne me trompe, célibataire et libre comme l'air…

Kath se mit à rire.

— Tout juste ! Divorcée, sans enfant, quadragénaire, bien dans ma tête, bien dans ma peau !…

— Exactement mon cas ! A une nuance près… J'ai un fils que je vois un week-end par mois. Ceci étant dit, moi j'ai vraiment la dent ! Je vous emmène. Vous avez une préférence ?

— Non, du moment que je ne suis pas obligée de manger des fruits de mer ! J'ai horreur de ça !

— C'est noté, dit-il en la prenant amicalement par le bras. J'en profiterai pour vous montrer quelque chose qui ne manquera pas de vous intéresser. Une découverte que j'ai faite cet après-midi…

•

— C'était très bon, vous pouvez débarrasser, dit Marc Lefoll au garçon. Maintenant, apportez-nous deux espresso s'il vous plaît !

Puis se tournant vers Kath :

— Pour en revenir à toute cette affaire, dit-il, reprenant le fil de la conversation qui les avait occupés durant tout le repas, j'en conclus qu'elle vous fascine autant que moi…

Kath opina en silence. Elle mit deux sucres dans le café que le garçon déposait devant elle et remua avec sa petite cuillère.

— Ce qui m'échappe c'est la raison pour laquelle cet homme qui opérait en toute impunité, s'est subitement mis à revendiquer la mort de ces femmes.

— Démence évolutive.

— Une autre question que je n'arrête pas de me poser et qui apparemment ne tracasse personne : comment expliquer la longue interruption entre 1974 et 1992. Dix-huit ans, c'est un bail !

— Il n'y a peut-être pas eu d'interruption. Le meurtrier pouvait opérer ailleurs.

— Dans ce cas, ne suffirait-il pas de répertorier les allées et venues des gens ? Avec l'informatique, cela devrait être assez facile…

Le journaliste secoua la tête.

— Ça ne donnerait pas de résultats significatifs. La population bouge trop. Tout le monde déménage à tout bout de champ. Moi, par exemple, je n'habite Saint-Bredan que depuis quatre ans.

— Oui… Et c'est valable même pour les catégories professionnelles traditionnellement ancrées au même endroit, dit Kath. Je pense aux Méral. Paul a acheté le Protée en 88. Avant, il naviguait à bord d'un chalutier sur les bancs de Terre-Neuve. Et sa famille n'habitait pas ici.

Kath but son café et reprit :

— Vous ne m'avez pas encore parlé de la découverte que vous avez faite cet après-midi…

— J'allais y venir ! Comme j'étais inoccupé, j'ai été mettre mon nez dans les archives de l'Ouest-Eclair. J'ai laissé de côté les articles couvrant l'enquête de 74, je savais qu'ils ne m'apprendraient rien de nouveau. Mais j'ai parcouru les microfilms des journaux parus en juillet, août et septembre 74. Comme ça, sans idée préconçue… Et regardez ce que j'ai trouvé !

Le journaliste sortit de sa serviette la photocopie d'une page du quotidien et la tendit à Kath.

— C'est daté du 29 juillet 74. Lisez, vous comprendrez !

« Découverte de jeunes talents. - Ils étaient une trentaine de jeunes gens et jeunes filles à participer la semaine dernière, dans l'île de Crucken, à un cours organisé par l'Office Régional de la Culture. Ce stage regroupait des étudiants des Beaux-Arts mais aussi quelques bacheliers attirés par les arts plastiques et la décoration. Sous la houlette d'éminents professeurs, ils ont pu s'initier à diverses techniques telles que l'aquarelle, l'huile, la gouache, la plume ou le fusain. Au terme du séjour, les stagiaires ont exposé le fruit de leurs travaux. Un public nombreux et quelques artistes professionnels ont honoré de leur présence cette manifestation à l'issue de laquelle un prix a couronné les œuvres jugées les plus intéressantes. Les lauréats sont mademoiselle Marie-Léone Winter et monsieur Christian Masset. Le jury ainsi que la rédaction du journal leur adressent leurs plus vives félicitations. »

— Oh ! Oh ! Vous levez là un drôle de lièvre ! Masset connaissait donc Marie-Léone…

— Oui, et apparemment personne ne le savait. Son nom ne figure nulle part dans le dossier, on peut donc en déduire que la police ne l'a jamais interrogé et qu'elle ignorait jusqu'à son existence.

— Garec est au courant ?

— Pas encore. Je l'appellerai dès que je serai rentré chez moi.

•

Julie toussa.

Il faisait froid. Vraiment froid.

Autour d'elle, il y avait cette lumière impitoyable qui s'insinuait partout. Blanche et glacée.

Elle frissonna. Cet endroit était affreux.

Elle détestait ces tables de dissection, cette verrerie, ces incubateurs, ces instruments chirurgicaux alignés sur des plateaux.

Elle toussa à nouveau.

Elle avait l'impression que le froid polaire des frigos passait à travers l'épaisseur des portes et s'infiltrait jusqu'à ses os. Ce froid qu'elle avait vu se répandre comme un brouillard visqueux quand Deville avait entrouvert les conteneurs où il conservait les embryons.

La lumière, le froid, l'odeur des antiseptiques et la voix du biologiste qui débitait des mots et des concepts qu'elle ne comprenait pas. Ces diagrammes, ces calculs, ces statistiques… C'était trop compliqué pour elle.

Elle se moucha et essuya ses yeux qui larmoyaient.

— Cette odeur de formaldéhyde est assez insupportable quand on n'en a pas l'habitude, marmonna Deville penché sur un classeur. Je cherche le cliché d'une bactérie dans laquelle nous sommes parvenus à introduire un gène thérapeutique. Ah ! Voilà ! Regardez, c'est saisissant n'est-ce pas ?

Julie hocha la tête.

— Ce que vous voyez là, poursuivit le biologiste, est ce que nous appelons un rétrovirus. Vous comprenez maintenant de quoi il s'agit, je pense avoir été assez clair dans mes explications !… C'est toujours difficile pour les scientifiques de se passer de leur jargon et traduire leurs concepts en langage courant. J'espère y avoir réussi…

Julie ne le détrompa pas.

— Bien ! Assez de théorie ! Il est temps que je vous fasse voir le matériel vivant sur lequel nous travaillons. Suivez-moi, l'animalerie est à côté.

A nouveau, la même lumière blanche et le carrelage étincelant… Mais Julie poussa un soupir de soulagement. Cette pièce était remplie d'aquariums. Elle fit quelques pas. Des ombres s'agitèrent derrière les vitres.

Dans l'aquarium le plus proche, elle aperçut un amas de poissons minuscules agglutinés près de l'arrivée de l'oxygène. Elle s'approcha, il y eut un spasme et tout le banc se trouva comme projeté à l'autre bout du récipient.

— Curieux, n'est-ce pas ? Le même mouvement, dans la même direction, à la même fraction de seconde… et sans la moindre percussion entre les individus. Cela ouvre un vaste champ de réflexion sur la communication entre les êtres vivants ! Nous avons ici un modèle réduit des grands bancs de poissons : harengs, maquereaux, cabillauds…

Deville tapota la vitre. Il y eut un nouveau soubresaut et le nuage argenté se propulsa à la surface de l'eau.

— Ce sont des alevins de saumons… Pour moi, ils n'ont d'autre intérêt que de me fournir un matériel génétique abondant et de tout premier ordre… Venez plutôt voir ceci !

Julie traversa la pièce, se pencha sur un vivier et se rejeta en arrière en trébuchant.

— Ah ! Ah ! Ah ! Absolument répugnant, n'est-ce pas ? s'exclama le biologiste en riant.

Julie acquiesça, le cœur au bord des lèvres. Sous ses yeux, des formes indistinctes flottaient entre deux eaux. Des poissons ? Non… Des agglomérats d'écume blanchâtre, de longs crachats mousseux.

— Est-ce que ça se s… soigne ?

— En bassin fermé, très facilement.

— Alors p… pourquoi ne le faites-vous p… pas ? chevrota-t-elle en désignant les poissons encoconnés dans leur moisissure.

Deville haussa les épaules.

— Aucun intérêt ! Cette épizootie se nomme la

saprolegna ou plus communément, la mousse des poissons. Son traitement est connu depuis longtemps. Ici, je vous l'ai dit, nos recherches ne portent pas sur la guérison des individus mais sur la résistance de l'espèce… Suivez-moi ! Et regardez dans ce vivier-ci ! Vous voyez ces truites, elles sont atteintes de septicémie-hémorragique-virale. Une véritable cochonnerie très difficile à traiter et pour laquelle la thérapie génique pourrait s'avérer extrêmement intéressante. Observez leurs yeux gonflés… Et si vous voyiez leur foie !… Epouvantable ! Je vais vous ouvrir une de ces bestioles afin que vous vous en rendiez compte…

Julie eut un mouvement de recul. Deville lui jeta un coup d'œil sardonique.

— Ça ne vous dit rien ? Vous avez peut-être raison, ce serait trop long… J'ai gardé le meilleur pour la fin. Venez !… Voici mon domaine réservé. Regardez !

Elle s'approcha avec circonspection d'un grand bassin et distingua des silhouettes oblongues réfugiées au fond. Au bout de quelques instants, l'une d'elles monta lentement vers la surface. Julie plissa les yeux, les reflets l'empêchaient de voir nettement l'animal. Celui-ci demeura immobile puis se renversa sur le côté. Elle put alors discerner les plaies purulentes qui parsemaient son flanc. Ce n'étaient pas des blessures accidentelles mais des pustules malsaines, rondes comme des cratères, des crevasses vineuses, les abcès, les ulcères d'une chair en décomposition.

— Quelle horreur ! Il n'y a donc que des animaux malades ici ?

— Pas malades… Vieux ! Tout simplement vieux ! Ces poissons sont des saumons de dévalaison, des bécards.

— Ah oui ! Et que font-ils dans ce vivier ?

— Des pêcheurs nous les ont apportés il y a quelques jours. Ils ont été capturés dans l'estuaire du Steren… Depuis de nombreux mois, mes recherches portent sur le processus de vieillissement des saumons. Il intervient de façon brutale et spectaculaire aussitôt après le frai. Nous pensons que le syndrome de vieillissement est un processus génétique réglé essentiellement par des facteurs neuroendocriniens… Dans les années 70, il a été possible d'isoler l'hormone de croissance à partir de l'hypophyse prélevée sur des cadavres. De la même façon, ce que mon équipe et moi tentons actuellement, est d'isoler une hormone de vieillissement en partant de l'encéphale des saumons.

— Ah… je vois, dit Julie d'une voix blanche.

— Vous avez des questions ?

Elle secoua la tête et lui tourna le dos. Ce qu'elle souhaitait c'était quitter au plus vite cet endroit plein d'animaux tourmentés et voués à la dissection.

— J'ai bien peur de ne pas avoir soulevé votre enthousiasme, fit Deville l'air mortifié.

Il soupira bruyamment et reprit d'une voix plus aiguë :

— C'est toujours pareil ! A partir d'un certain niveau, toute communication devient impossible avec l'extérieur. Les scientifiques sont bouclés dans leur univers. Chaque spécialité est une cellule dont on ne s'évade pas !...

Il eut un rire amer et haussa les épaules.

— Puisque c'est ainsi, allons-nous-en ! La visite est terminée !

Il la fit passer devant lui, claqua violemment la porte et remonta l'escalier.

Parvenu au rez-de-chaussée, il s'étira, fit quelques mouvements pour détendre ses épaules et sa nuque puis se retourna, un large sourire aux lèvres.

— Tout compte fait, chère amie, je trouve que vous avez montré beaucoup de patience à mon égard ! Mes explications ont dû vous paraître ardues et mes bestioles carrément rebutantes !

Julie n'en croyait pas ses yeux. Il y a quelques minutes, il la terrorisait avec ses airs de savant fou, et le voilà qui était redevenu tout sucre tout miel !

— Afin de me faire pardonner, poursuivit-il, j'ai réservé une table pour nous, dans une excellente auberge, à une quinzaine de kilomètres. Vous n'aurez qu'à suivre ma Lancia, je conduirai lentement.

L'Auberge des Trois Feux était le type même de restaurant dont raffolait la classe aisée de Saint-Bredan. Il convenait aussi bien à une sortie entre amis qu'à un dîner intime. La cuisine était raffinée et le décor donnait dans le rustique élégant.

Jetant un rapide coup d'œil à la salle à manger, Julie regretta un instant de ne pas s'être habillée avec plus de recherche. Si son corsage de soie noire pouvait convenir, son pantalon et ses mocassins détonnaient. Mais Deville ne parut pas y prêter attention. Très à l'aise, un sourire aux lèvres, il la conduisit jusqu'à une table près de la cheminée.

— J'ai découvert ce restaurant il n'y a pas très long-temps. J'y ai amené ma tante Alice et figurez-vous qu'en dehors du Chablis qu'elle a jugé un brin trop tiède, elle n'a rien trouvé à redire !

— Et j'imagine que votre tante doit faire autorité en la matière, répondit Julie en riant.

— Elle a décrété la bisque de homard succulente, fit Deville en tendant la carte à Julie.

— Eh bien, je vais lui faire confiance. C'est par ça que je commencerai. Ensuite je prendrai… Pas de pois-son ! Pas ce soir… Une côte d'agneau fera l'affaire.

Deville transmit leur commande au garçon puis, les coudes sur la table et le menton dans ses mains, il pen-cha la tête de côté, l'air gamin.

— J'espère qu'un bon repas vous fera oublier la visite de mon labo. Je suis obligé de constater que la biologie moléculaire ne vous séduit pas plus que le maquettisme… Mais je ne me décourage pas. Je fini-rai bien par nous trouver des goûts communs !

"Quel homme étrange et déconcertant, songea Julie. Si changeant, si imprévisible… comme habité par des courants profonds et contraires qui attirent, repoussent, attirent de nouveau… Son travail doit l'épuiser. Et puis, quel univers déprimant ! Si c'est ça le monde scienti-fique, je préfère mille fois la poussière de ma bouqui-nerie !"

— Votre tante avait parfaitement raison. Tout ce que je viens de manger était délicieux ! fit Julie en terminant son dessert.

— Il fallait bien que je me fasse pardonner !

— Ne pensez pas ça !… Disons plutôt que c'est un repas d'anniversaire. J'aurai trente-deux ans vendredi. Et vous serez probablement le seul avec qui j'aurai fêté l'événement.

Le biologiste haussa les sourcils.

— Mes parents habitent le Midi, poursuivit-elle. Ils me téléphoneront sans doute. Mais à part eux, je ne vois pas qui pourrait y songer. Mon mari n'oubliait jamais. Rozenn non plus. Mais hélas…

Deville posa sa main sur celle de la jeune femme à qui elle parut chaude et bienfaisante.

— Je comprends, dit-il, n'ajoutez rien…

Puis levant son verre :

— Que pourrais-je vous souhaiter, nous nous connaissons encore si peu ?… Disons que je bois à notre rencontre et à votre courage. J'aimerais aussi vous répéter, chère Julie, que vous n'êtes pas seule. Je suis là, près de vous. Je vous en prie, ne l'oubliez pas.

Elle le remercia et se rappela soudain que quelques soirs auparavant un autre homme, Eric Jaouen, avait exprimé à son égard, la même sollicitude. Curieux comme les choses semblaient s'accélérer tout à coup ! Durant des années, sa vie avait été une rivière calme et tranquille, sans heurt, sans rencontre notoire. Et subitement, il lui semblait être arrivée à un goulot d'étranglement. Les événements se percutaient, les gens se cognaient les uns contre les autres…

— Ainsi, vous êtes née sous le signe de la balance, dit Deville comme pour relancer la conversation.

— Oh ? Un scientifique qui a des notions d'astrologie ! Un peu inattendu, non ?

— Ma chère Julie, vous ignorez encore énormément de choses à mon sujet ! Sachez que mes activités ne se limitent pas à la génétique et aux modèles réduits !

Il la regardait fixement. Il avait les yeux très clairs, très limpides comme ceux de sa tante. Bleus, gris, verts… La lumière des lampes ne permettait pas de le savoir précisément.

— Vous êtes balance et moi cancer… Je crois me souvenir que ces deux signes s'accordent généralement assez bien. Peut-être sommes-nous faits pour nous entendre après tout…

Et prenant sa main, il la porta à ses lèvres.

— Je le voudrais, dit-il doucement. Je le voudrais vraiment…

Puis, comme s'il cédait à une impulsion, il quitta sa place et vint s'asseoir à côté d'elle, sur la banquette.

— Julie, chère Julie, murmura-t-il la bouche près de son cou. Vous êtes si belle, si troublante…

Elle le laissa faire. C'était agréable et il y avait tellement longtemps qu'elle n'avait pas flirté… Elle se sentait un peu étourdie. A cause du vin ? A cause du corps de cet homme près du sien ?… Des images s'épanouissaient en elle. Des images d'îlots verts et lumineux. D'endroits chauds et protégés… protégés du bruit, écartés du monde... Des images de solitude à deux, de soleil, d'escapade, d'insouciance.

— Julie !

Une main tapotait gentiment la sienne. Elle se redressa un peu confuse.

— Je suis absolument désolé mais... comment dire ?... Il va falloir que je vous quitte... Je ne peux malheureusement pas prolonger cette charmante soirée.

Elle le regarda sans comprendre.

— Je dois me rendre à Coatnoz. J'ai promis à ma tante de passer la voir ce soir. Elle m'attend et... euh... c'est une personne très âgée... Je ne voudrais pas qu'elle s'inquiète.

— Oui, bien sûr, fit Julie en songeant qu'un simple coup de téléphone rassurerait la vieille dame. Mais elle n'en dit rien. En fait, elle préférait que la soirée se termine ainsi. Elle ne se sentait pas vraiment prête à avoir une liaison avec Deville. Celui-ci retourna s'asseoir en face d'elle et ils bavardèrent une dizaine de minutes. Puis, comme ils allaient quitter la table, il l'informa qu'il serait absent à partir du lendemain et jusqu'en fin de semaine. Un congrès prévu de longue date et auquel il devait assister.

Sur le parking de l'auberge, au moment de se séparer, Deville prit Julie par l'épaule et l'attira contre lui.

— Je suis obligé de m'en aller mais nous nous reverrons bientôt, je vous le promets.

Puis s'arrachant à elle, il gagna sa voiture et démarra en trombe.

Les mains enfoncées dans ses poches, Julie regarda les feux arrière de la Lancia disparaître dans l'obscurité. Elle aspira alors à grandes goulées la fraîcheur de la nuit. L'air humide coula en elle. Elle respira, encore et encore… Et la nuit glacée balaya le goût du baiser. Le parfum de l'after shave et celui du tabac blond, l'âcre relent du formol et, plus ténue presque imperceptible, l'odeur douceâtre de la chair putréfiée.

CHAPITRE VII

Comme prévu, l'intervention télévisée du commissaire Garec avait été annoncée à tous les flashes d'information. Aussi, lorsque mercredi à treize heures, le visage d'Edouard Marec parut sur le petit écran, le taux d'audience grimpa en flèche dans la région de Saint-Bredan.

On avait fait un rapide montage des événements récents sans rien ajouter à ce que le public savait déjà. On enchaîna sur les interviews des parents de la jeune Sandrine Guirec et de Vanessa Merrien. On put voir des visages massacrés par le chagrin et la douleur des familles qui criaient vengeance.

Puis Marc Lefoll parut à l'image.

Adoptant le style concis du journaliste d'investigation, il résuma brièvement l'affaire. Prit une certaine distance par rapport aux faits. Relégua l'envoi des "messages" à un rang quasi anecdotique. Et démontra que la corrélation qui semblait rattacher les drames entre eux était superficielle, peut-être même purement fortuite.

Argumentant de manière à éclairer les événements sous un jour nouveau, Lefoll expliqua que l'existence d'un psychopathe, maître d'œuvre machiavélique, n'était ni certaine, ni probable. Tout portait à croire, au contraire, que plusieurs tragédies se trouvaient imbriquées les unes dans les autres par pure coïncidence… Accident, noyade, présence d'un corbeau. Crime de maniaque dans le cas Winter, peut-être crime crapuleux dans celui de Rozenn Keruhel.

Le journaliste termina son exposé en soulignant que si l'on prenait la peine de l'étudier avec soin et objectivité, rien dans toute cette affaire n'était étayé de preuves solides. La vérité se cachait sans doute sous de trompeuses apparences. Aussi fallait-il conserver son calme et se garder de toute conclusion hâtive.

Edouard Marec abonda dans son sens et, après l'avoir remercié, se tourna vers son deuxième invité.

— Et vous, Commissaire, quelle est votre opinion ? Ce que nous prenons pour une affaire à multiples facettes, serait en réalité plusieurs drames sans relation entre eux ?

Garec acquiesça.

Selon lui, la thèse la plus plausible était celle d'un mythomane qui, profitant des circonstances, s'attribuait la paternité d'actes qu'il était totalement incapable de commettre. S'appuyant sur les rapports des psychiatres et usant largement de leur jargon, Garec dressa un portrait peu flatteur de celui qui se prétendait l'assassin d'une demi-douzaine de femmes : Il s'agissait d'un homme d'âge moyen, d'aspect insignifiant, peu porté sur le sexe, vivant seul ou avec ses parents. Introverti, peu actif, il compensait sa passivité en élaborant toutes sortes de fantasmes, se dotant d'une perversité qu'il possédait peut-être mais qu'il était incapable d'extérioriser.

Ensuite, et tout en y mettant les formes, le commissaire éleva des doutes sur la fiabilité des divers témoignages. Les familles déjà traumatisées par la disparition d'un être cher, voyaient leur douleur ravivée par le réception des "messages" et la révélation de mort violente qu'ils sous-entendaient. Comment garder son sang-froid devant de pareilles abominations ?

Quant aux preuves matérielles… Les objets ayant, paraît-il, appartenu aux jeunes femmes et reconnus comme tels, étaient eux aussi sujets à caution. Il s'agissait de bijoux sans grande valeur que l'on trouve en vente un peu partout. Comment être certain qu'ils avaient réellement été la propriété des victimes ? Dans le cas de Solène Hutin ; c'était un peu différent, on avait une mèche de cheveux. Mais là aussi une explication banale devait certainement exister…

L'émission s'acheva sur quelques conseils de prudence aux femmes amateurs de sports nautiques, et sur l'assurance que l'enquête progressait de façon satisfaisante et qu'elle serait menée à son terme.

•

Vers cinq heures et demie, Linette Méral raccompagna un groupe de touristes hollandais jusqu'à la porte de l'agence.

— Je suis sûre que l'Hôtel du Port vous conviendra. Les clients y sont toujours bien accueillis. Pour le reste, revenez me voir demain. Nous établirons ensemble un programme d'excursions et de visites.

Elle leur fit un petit signe de la main et retourna s'asseoir à son bureau.

Tout l'après-midi, elle n'avait cessé de penser au flash télévisé de treize heures et au choc qu'il lui avait causé. Heureusement que Paul était là et qu'il avait tout de suite compris le but de la manœuvre.

— Tu ne vois pas que tout ça, c'est du cinéma ? Garec et Lefoll ne croyaient pas un mot de ce qu'ils racontaient !

— Quoi ? !… Et pourquoi cette comédie ?

— Manipulation… Provocation… Ils doivent essayer de pousser le meurtrier à bout.

— Dans quel but ?

— Lui faire perdre les pédales et commettre l'erreur qui le fera prendre.

— En le poussant à tuer encore ? Non ! Ils n'oseraient pas courir un tel risque !

— J'imagine que Garec a pris toutes les précautions possibles. De toute façon, on ne peut pas continuer à rester les bras croisés. C'est le moment de prendre ce genre d'initiative… L'état mental du psychopathe a évolué. La machine s'emballe. De cohérente, sa folie semble devenir incohérente. On peut donc espérer avoir maintenant barre sur lui.

Linette était plongée dans ses réflexions lorsque la porte s'ouvrit sur le coursier de la mairie qui déposa devant elle une grosse enveloppe de papier kraft.

— Voilà les photos. Ils ont dit qu'il fallait que vous donniez votre avis le plus vite possible.

Linette le remercia et ouvrit l'enveloppe. Elle contenait tous les clichés pris par les professionnels lors des régates de l'été. Les meilleurs serviraient à illustrer des prospectus ou deviendraient des affiches publicitaires dans la campagne promotionnelle que la municipalité avait décidé d'entreprendre pour contrer avec le tourisme le manque à gagner causé par la crise de la pêche.

Linette en avait trié quelques-uns quand elle tomba sur une photo de Rozenn à la barre du Diaoul. Le yacht en pleine course s'apprêtait à virer une bouée. Il gîtait si fort que seule une infime partie de la coque se trouvait encore en contact avec l'eau.

C'était l'image même d'un équilibre sur le point de se rompre. L'instant fugitif où toutes les forces en présence se conjuguent et s'accordent. Vent, mer, voiles, volonté humaine… Quelle formidable affiche cela ferait ! songea Linette, les yeux rivés sur le visage de Rozenn qui, les cheveux au vent et la bouche ouverte, semblait déjà crier victoire.

Puis elle se ravisa. Non, impossible ! On ne pouvait faire figurer sur une affiche aussi emblématique l'image d'une jeune femme odieusement assassinée. C'était inconciliable.

Et pourtant, une photo si belle, si parfaite…

Ne sachant quel parti prendre, Linette décida qu'en rentrant chez elle, elle ferait un crochet par Tan Dei pour en discuter avec Julie.

La nuit était tombée. Il faisait froid et humide à cause de la brume qui montait de la mer. La circulation était encore dense dans les rues principales mais au cœur de la vieille ville, les commerçants commençaient à fermer les rideaux de fer.

Frileusement, Linette remonta le col de son manteau et enfonça les mains dans ses poches. Un vent glacé soufflait du nord. Les enseignes lumineuses se reflétaient sur les pavés mouillés mais sous les porches et à l'angle des murs, il faisait nuit noire. Quand elle quitta la Place du Marché, elle aperçut au bout de la rue de la Forge les vitrines de Tan Dei encore éclairées. A ce moment-là, elle entendit un chat miauler à côté d'elle et reconnut le matou de Julie.

— Cromwell ! Viens Cromwell !…

Alors qu'elle caressait l'animal qui ronronnait en se frottant contre ses jambes, elle prit soudain conscience que quelqu'un se tenait debout, tout près, dans l'encoignure d'une porte.

Elle se redressa d'un bond tandis qu'une silhouette massive surgissait de l'ombre.

— Oh ! C'est toi, Rémi ! Tu m'as fait peur, s'écria Linette qui, comme tous les usagers du port, connaissait Boquet. Qu'est-ce que tu fais là ? Tu te caches ?

— Non ! J'fais l'quart, marmonna l'homme en se dandinant d'un pied sur l'autre.

— Le quart ? Mais tu n'es pas sur un bateau ! Réponds, qu'est-ce que tu fais là ?

Boquet agita les mains au-dessus de sa tête comme si les mots étaient d'invisibles insectes volant autour de lui.

— Euh… J'veille sur elle, finit-il par dire en montrant la librairie.

— Mais enfin, Rémi, s'exclama Linette éberluée, tu n'as pas à t'occuper de Julie Cotten !

— Bien sûr que si ! Puisque y a plus personne avec elle. Antoine est m… mort, vous l'saviez pas ?

— Ça fait presque trois ans !

— Si… S'il était encore là, je m'ferais pas d'soucis. Il prenait soin d'elle. Mais maintenant, elle… elle est orpheline.

— Veuve.

— Hein ? Quoi ?

— Antoine était son mari, pas son père.

Boquet cligna des paupières. Ses mains s'ouvrirent et se refermèrent convulsivement.

— Sa femme… sa fille… tout ça c'est pareil ! Je dois la surveiller, un point c'est tout ! Et si elle continue à m'désobéir, moi j'prendrai des sanctions ! Ouais… C'est ça, des sanctions ! Et elle v… va les s… sentir passer !

— Pour l'instant, Rémi, tu vas rentrer chez toi. Je te répète que tu n'as rien à faire ici, répondit Linette de plus en plus troublée.

Boquet souffla bruyamment. Il émanait de lui une odeur de tabac froid et de linge mal lavé. Elle eut un frisson de dégoût. Pourquoi ne pas le laisser là ? S'il voulait continuer à se geler dans la rue, grand bien lui fasse ! Mais le visage hagard, tourmenté par les tics, lui fit pitié.

— Ecoute, si tu es aussi inquiet, va en parler à la police.

Il secoua la tête.

— Alors, parles-en à Paul… Tu connais Paul Méral, le patron du Protée ? Demain matin, va le voir à bord, il te dira quoi faire… De toute façon, tu ne peux pas passer la nuit ici !

Les yeux de Boquet papillotèrent et soudain, ses épaules se voûtèrent.

— C'est vrai, geignit-il. J'suis crevé moi ! F… faudra qu'elle c… comprenne. De gré ou de force ! Parce que… parce que j'veux pas que ça finisse comme l'autre fois !

— Quelle autre fois ? fit Linette d'une voix blanche.

— Ils me disaient tous, t'es grand, t'es bête… mais ça, même un couillon comme toi peut l'faire !… T'as qu'à la surveiller, on te demande pas autre chose… Ouais… mais elle, c'était une rapide ! Toujours à courir d'un coin à l'autre. Toute la journée. Sans arrêt…

Boquet roulait des yeux effarés puis il se mit à scruter l'obscurité.

— Où qu'elle est ? Où qu'elle s'cache ?… L'autre, elle se cachait tout le temps. Je l'appelais. Elle répondait pas. J'la cherchais, j'avais peur… Elle finissait toujours par s'montrer… Alors j'étais en rage. J'avais envie d'lui taper dessus pour lui apprendre… Sale gamine ! Charogne de môme !…

— Rémi ! De qui parles-tu ?

— Ben… d'la gosse !

— Quelle gosse ?

— D'la Suzanne… Ma p'tite sœur. La garder toute

la journée, j'avais qu'ça à faire… Mais ça a quand même fini par arriver !

— Qu'est-ce qui est arrivé ?

— Elle s'est foutue à l'eau, pardi ! Pas étonnant quand on habite au bord d'un canal… Le soir quand on l'a ressortie, on aurait dit un chat crevé. Ah ! Ah ! Ah ! Avec ses tifs sur la figure et ses p'tits doigts tout repliés comme des griffes… Bien fait pour elle ! Bon débarras !… C'est tout ce qu'elle avait mérité !… Ouais, mais la mère, elle a pas pu l'supporter. C'est lui la faute qu'elle gueulait, il l'a poussée j'en suis sûre… Fous l'camp ! Dégage !… Moi, j'savais pas où aller. Pour finir c'est l'oncle Jules qui m'a pris chez lui… Ah ! Il m'a fait trimer, le salaud ! Comme une bête. Gagne ton pain et ton héritage, t'auras rien pour rien ! C'est ça qu'il disait toujours.

Les bras ballants, Boquet haletait bruyamment, il paraissait complètement épuisé. Il reprit néanmoins d'une voix sifflante :

— C'est pour ça que j'veux pas que ça r'commence ! Les yeux sur elle, jour et nuit… Et si c'est pas suffisant, on prendra des sanctions ! On serrera la vis ! Et crac ! Et crac !…

Le regard fou, il fit pivoter son poing sous le nez de Linette comme un geôlier bouclant une porte.

— Vous… vous pouvez aller lui f… faire la commission, éructa-t-il, peut-être que vous, elle vous écoutera !… Moi ce soir, j'vais m'coucher. J'tiens plus debout. Mais demain, je s'rai là, à mon poste. J'ai que ça à faire, garce de vie…

Muette de stupeur, Linette le regarda s'éloigner et disparaître à l'angle d'une ruelle. Puis elle entendit le ronflement d'une moto qui démarrait. Elle s'aperçut alors que la lumière était éteinte à Tan Dei et décida de rentrer chez elle.

• • •

Décevante, très décevante ta prestation télévisuelle, mon vieux Garec ! Piètre performance en vérité… J'attendais mieux d'un homme comme toi.

Quel spectacle entendais-tu donner ?

Celui de ton incompétence, de ton intelligence atrophiée, de ton intuition inexistante ? Si c'est le cas, bravo ! Tu as réussi !

Ou alors quoi ?… Rassurer la populace ? Pour ça, il était inutile de venir te ridiculiser à l'écran. La presse a versé suffisamment de baume sur les esprits, pas besoin d'en rajouter !

A moins que… Non, impossible, je rêve !… Ne me dis pas que tu as cru pouvoir me piéger de cette façon-là ? Ta naïveté aurait-elle atteint un tel niveau de débilité ?

Ah ! Garec, tu vieillis ! Et la racaille que tu côtoies ne t'a pas affûté l'esprit… Imaginais-tu vraiment me manipuler en inventant ce personnage grotesque, falot et impuissant ? Croyais-tu que j'allais marcher dans ta combine, me précipiter dans la rue et sauter sur la première nana venue ?

Ah ! Ah ! Ah ! Ton intellect n'est pas à la hauteur de tes ambitions. La provocation est un art subtil, tout à fait inaccessible à un fonctionnaire de police et au scribouillard qui t'accompagnait !

Vous faisiez une belle paire de crétins tous les deux ! Avec de tout petits moyens, de toutes petites idées. Et de grosses, grosses ficelles !...

Echec !
Echec sur toute la ligne.
Hors sujet !
Recalés !
Allez ouste ! Dehors ! De l'air ! Dégagez !... Vous m'encombrez l'esprit.

J'ai trop de questions à triturer, trop de problèmes à mastiquer, pour perdre mon temps avec vous !

La date est retenue
le projet conçu
mon dévolu jeté.
Mais tout reste à planifier.

D'abord avoir l'esprit clair et disponible. Le corps au repos. Les pinces sagement posées devant soi.

Ensuite, renouer l'histoire là où elle s'était interrompue... Retourner sur la vasière. Retrouver les roseaux où s'était fondu le cocon qui feulait doucement.

Et inventer la suite.

Vite.

Car la roue s'est remise à tourner. La scie circulaire pleure. Les chaînes cliquettent. Les charnières grincent. L'être articulé tressaille et vibre d'impatience.

Une certitude, cela se passera comme d'habitude. Loin des hommes. Entre ciel et mer…

Pour en arriver là, il faut monter un scénario crédible.

Utiliser les forces en présence. Les déstabiliser en truquant la réalité. Faire souffler un vent de panique qui déclenche l'action sans laisser de temps à la réflexion.

Et pendant que tout le monde regarde ailleurs… Pfuit ! Prendre le large, ni vu ni connu.

Il sourit, satisfait. Tout s'est mis en place sans effort. Il lève la tête et regarde la cabine aux hublots masqués de velours noir.

La prochaine fois, il ne sera pas seul ici.

Il a bien travaillé. Maintenant il peut s'allonger sur la couchette et se reposer.

De l'autre côté de la coque, il entend l'eau clapoter. Des milliers de bouches avides tètent son bateau.

Manger, toujours manger. Ingurgiter, avaler, absorber, consommer, digérer… Oui, c'est comme ça ! Ses yeux se ferment et tout son être coule dans le ventre insondable du rêve.

• • •

Vendredi 30 septembre.

Christian Masset buvait son café tout en se faisant griller des toasts. La radio diffusait de la musique légère entrecoupée de flashes d'information. Dehors, le ciel était bouché et brumeux. Le marchand songeait aux œuvres de terre cuite qu'il allait mettre en vente à partir du lendemain et à la façon dont il les exposerait lorsque le téléphone se mit à sonner. Quel ennui ! Il détestait être dérangé si tôt le matin… Comme la sonnerie continuait, il se leva, noua la ceinture de sa robe de chambre et alla décrocher.

— Enfin ! Tu y as mis le temps ! Tu dormais ou quoi ?

Masset eut un soupir exaspéré en reconnaissant la voix de Léon Kerpons, le brocanteur.

— Je t'écoute. Qu'est-ce qui se passe ?

— Ce qui se passe… C'est que le vol a été découvert, celui de la chapelle de Tramézan.

— Quoi ? Tu m'avais certifié que le château resterait inhabité d'ici la Noël !

— Ouais… C'est comme ça tous les ans. Seulement la fille du châtelain a eu un môme. Et ce chiard, elle a voulu qu'il soit baptisé dans la chapelle familiale. Toute la tribu s'est radinée hier. Le vol a été découvert aussitôt. Tu parles d'un scandale ! Les poulets ont été prévenus et ce matin, je les avais sur le dos. Bon… Ils ont fait coup nul et sont repartis en s'excusant. Seulement, avec ça, toutes les associations qui s'occupent de patrimoine vont aller dare dare faire le tour des chapelles. Et là… ça va allumer ! Ah ! Ah ! Ah ! T'imagines leur tronche à tous ces emmerdeurs quand ils verront que leurs totems ont disparu !

— Ça va ! J'ai compris, coupa Masset. Tu as bien fait de me prévenir. La seule mesure qui s'impose pour l'instant est de se tenir pénard. Black-out total. Pas de visite, pas de coup de téléphone. On ne se connaît plus. Si on fait gaffe, il n'y a pas de raison qu'on nous soupçonne.

— Et les statues ?

— T'occupe pas ! Elles sont en lieu sûr.

•

— Téléphone pour vous, Commissaire ! dit madame Floc'h. Inspecteur Le Duff, service des antiquités…

— Passez-le moi !… Allô, vieux, comment va ? Et ces vacances aux frais de la princesse, pas trop éprouvantes ?

— Tu plaisantes ?…Le recyclage, la nouvelle réglementation européenne en matière de police, as-tu une vague idée du casse-tête que ça peut être ? Non ? Tu ne perds rien pour attendre. Ton tour viendra !

— A Dieu ne plaise… Alors que penses-tu de ma Sainte Marguerite ?

— Tu as mis dans le mille ! Il s'agit d'une pièce du XVe dérobée en mai dernier dans la chapelle de Zant Erwan en Kermanac'h. Le conseil paroissial a porté plainte et fourni quelques photos. Aucun doute possible, c'est bien celle que tu as interceptée. Ça tombe à pic parce qu'on vient de m'informer de la mise à sac

de plusieurs chapelles situées dans la région de Tramézan avec, pour couronner le tout, le vol d'une
superbe pièce dans la chapelle du château. Les propriétaires font un foin de tous les diables et comme ils
ont des accointances en haut lieu, je vais peut-être enfin
avoir les moyens d'intervenir efficacement. Il va falloir frapper vite et fort. Ton marchand pourrait bien être
dans le coup c'est pourquoi j'ai obtenu pour toi du juge
d'instruction un mandat de perquisition qui te par-
viendra dans la journée.

— Parfait ! Nous ferons une descente chez Masset
et nous verrons ce que cela donnera.

Après avoir bavardé quelques minutes avec son collègue, Garec raccrocha. Il était songeur. Depuis
quelque temps, où qu'il se tournât, il ne cessait de buter
contre le marchand de tableaux. En dehors du trafic
auquel il s'adonnait, celui-ci avait été en relation et
avec Rozenn Keruhel, et avec Marie-Léone Winter !
Troublant, très troublant…

Qui était exactement Christian Masset ? Un petit
escroc ? Un truand de haut vol ? Ou pis encore ?…

•

Depuis qu'elle avait vu le commissaire Garec à la
télé, Hélène Féraux ne vivait plus.

Les visages ravagés par le chagrin et l'incroyable
interprétation que la police donnait des événements
avaient ravivé son angoisse et son sentiment de culpabilité. Malgré les paroles rassurantes prodiguées

durant l'émission, elle restait persuadée que le danger n'était pas écarté et qu'une menace terrible continuait à planer.

Hélène regarda autour d'elle comme si c'était la dernière fois. Les meubles, les tapis, les bibelots précieux… tous ces objets accumulés au cours des ans et qui étaient devenus peu à peu une sorte de coquille qui la protégeait du monde. Un seul mot de sa part et tout risquait de voler en éclats.

Il fallait pourtant se décider !

On ne lui demandait pas de dénoncer son mari, ni de l'accuser de quoi que ce soit, seulement de préciser son emploi du temps. Garec serait ensuite seul juge pour décider de la valeur de son témoignage… Tant mieux s'il la prenait pour une hystérique ! Thomas serait alors hors de cause et elle-même y gagnerait la paix de l'esprit.

Hélène respira à fond puis d'un geste décidé, elle décrocha le combiné téléphonique.

A Saint-Bredan, le commissaire Garec nota la rectification qu'elle apportait à sa déclaration antérieure sans paraître y attacher grande importance.

— Vous affirmez donc que votre mari a quitté son domicile le jeudi 8 septembre vers quatorze heures et non le vendredi 9 très tôt le matin ? Vous êtes sûre de ne pas vous tromper ?

Hélène confirma d'une voix ferme tout en s'excusant de son erreur avec les deux inspecteurs. Garec la rassura d'un ton bienveillant puis suggéra qu'elle avait peut-être encore un ou deux détails à lui apprendre.

— Je me permets d'insister, madame Féraux. Si quelque chose vous tracasse à propos de votre mari, il faut me le dire. Soyez certaine que je n'en ferai pas mauvais usage et que je préserverai votre vie privée dans toute la mesure de mes moyens.

Hélène déglutit péniblement et soudain, ce fut comme si une digue se rompait. Elle se mit à raconter ce qui lui était arrivé ces dernières semaines. Les infidélités de son mari, son intention de divorcer, la filature et enfin l'étrange manie de Thomas.

— Il se déguise, comprenez-vous Commissaire ! Il se travestit… Il paraît que… que c'est difficile de le reconnaître. Ça ressemble… Ça ressemble beaucoup à… à un dédoublement de la personnalité !

Puis sa voix monta dans les aigus :

— C'est ça qui… C'est pour ça que je me demande s'il se pourrait que… que ce soit lui le… le tueur que vous recherchez…

Cette révélation ne parut pas impressionner Garec.

— Tout le monde a ses manies, surtout dans le domaine sexuel. Il y a gros à parier que votre mari n'a rien à voir dans l'affaire qui nous occupe. Qu'il se travestisse et vous trompe sont une chose. Qu'il tue en est une autre… Alors, ne vous mettez pas martel en tête !

— Que… Que dois-je faire de la convocation que m'ont remise vos inspecteurs pour lui ?

— Où se trouve monsieur Féraux en ce moment ?

— A Dunkerque. Mais il doit rentrer dans le courant de l'après-midi.

— Bon… Alors voilà les consignes que vous allez suivre : détruisez la convocation, ne lui parlez ni de la visite des inspecteurs, ni de cette conversation… S'il devait s'absenter ces prochains jours, je veux que vous m'en informiez immédiatement, quelle que soit l'heure ! C'est d'une extrême importance ! Vous m'avez bien compris ? Téléphonez-moi immédiatement !

•

— Comme c'est aimable d'être venue ce soir ! s'exclama Caroline Winter en descendant l'escalier de la terrasse à la rencontre de Julie. Si vous le voulez bien, nous allons transporter tout ça à l'intérieur. A nous deux, ce sera vite fait.

Julie acquiesça.

Une heure auparavant, elle avait appelé Caroline pour l'informer qu'elle avait examiné toutes les photos, sans résultat, et qu'elle désirait les lui rapporter dès que possible.

Un carton sous chaque bras, les deux femmes traversèrent la pelouse plongée dans l'ombre et pénétrèrent dans la maison.

— Chéri ! Voici madame Cotten, dit Caroline en introduisant Julie dans une pièce aux murs recouverts de livres.

André Winter était assis devant un feu de bois, un verre à la main. Il cligna des paupières et esquissa un geste de bienvenue.

— Déposons ces cartons sur la table… Oui là, ça ira

très bien. Et maintenant, dites-moi ce que je peux vous offrir à boire !

Le visage démaquillé de Caroline était pâle et tiré.

— Je ne voudrais pas vous déranger. J'arrive chez vous presque à l'improviste...

— Ne vous tracassez pas pour ça, grommela André. Nous allions passer une soirée en tête-à-tête comme deux vieux...

Caroline lui jeta un coup d'œil où il n'y avait ni reproche, ni agacement, seulement un peu de tendresse éteinte. Puis elle se tourna vers Julie.

— Vous ne m'avez pas répondu. Vous boirez bien quelque chose ?...

— Volontiers. Un café...

— Asseyez-vous, je reviens dans quelques minutes.

— Alors, vous n'avez rien trouvé, hein ? marmonna André Winter. Ma femme misait beaucoup sur vous. Elle est déçue, une fois de plus... Je ne vois d'ailleurs pas ce que vous auriez pu découvrir. Quand notre fille est morte, la police n'a négligé aucune piste. Elle a fouillé nos vies de fond en comble. Pour rien...

Il poussa un ricanement amer, saisit la bouteille de scotch et s'en versa une rasade qu'il avala d'un trait. Julie se rendit compte alors qu'il était à demi ivre et ne prit pas la peine de lui répondre. Elle s'adossa au canapé et laissa le feu lui réchauffer les jambes

Quelques instants plus tard, Caroline revint chargée d'un plateau. Elle le déposa sur la table et ajouta du bois dans le foyer.

— Ainsi, il n'y avait rien d'intéressant dans mes photos. Dommage, j'avais espéré…

Le regard rivé sur le dessin compliqué du tapis persan étalé devant elle, Julie ne dit mot.

Soudain, les bûches posées sur les chenets s'enflammèrent, projetant des éclats de lumière jusqu'au fond de la pièce. Les rouges somptueux du tapis déferlèrent sur le sol.

Julie but une gorgée de café et tout à coup, alors qu'elle s'était promis de ne pas en parler, elle articula lentement :

— Il y a pourtant une chose que j'ai découverte… Une chose à laquelle je ne m'attendais pas du tout… Au fond d'un des cartons, j'ai trouvé des photos d'Antoine, mon mari…

Caroline étouffa une exclamation. Affalé dans son fauteuil, André ne bougea pas. Seul le pétillement du feu troubla le silence.

— J'ignorais qu'Antoine figurait parmi vos relations. Vous auriez pu m'avertir…

— C'est vrai, fit Caroline à mi-voix. Mais… je croyais que vous étiez au courant. Antoine était un ami de la famille. Après le drame, il a rompu avec nous. Je… Je n'ai jamais su pourquoi…

— Oh ! Mais si que tu le sais ! dit André Winter d'une voix rauque. Et madame Cotten en a bien une petite idée, elle aussi ! Sinon, pourquoi serait-elle ici ce soir ?

Il se leva, remplit une nouvelle fois son verre puis se laissa retomber dans son fauteuil.

— Mon mari veut dire, reprit précipitamment Caroline, qu'après la mort de Marie-Léone, Antoine n'a pas supporté de partager notre chagrin.

— Oui, ça c'est ce que tout le monde a cru, fit-il en poussant un ricanement amer. Mais il existe une autre explication, la vraie, que madame Cotten est en droit de connaître.

— André ! Je t'en prie…

— Quoi ? Qu'est-ce que tu veux, s'écria-t-il soudain agressif.

Puis s'adressant à Julie :

— Et vous, qu'est-ce que vous attendez ? Dites-nous donc un peu ce qu'elles ont de si terrible les photos d'Antoine ?

Les flammes avaient cessé d'éclairer la pièce. Le fouillis écarlate du tapis se fanait. Les braises miroitaient sournoisement.

— André ! supplia encore sa femme.

— Hé oui ! C'est comme ça… Ce que madame Cotten a découvert est si moche qu'elle ne peut le digérer. Si elle est ici, c'est pour qu'on lui dise qu'elle se trompe. Mais…

Caroline Winter se leva, contourna le canapé et quitta précipitamment la bibliothèque. Julie entendit ses talons marteler le dallage du couloir puis lui parvint une plainte étouffée. Peut-être celle du vent dans la cheminée…

André haussa les épaules et poursuivit :

— Caroline ne l'a jamais admis et pourtant c'est vrai ! Mon meilleur ami couchait avec ma fille… C'est pas joli, joli mais c'est ainsi ! Antoine aimait les fruits verts aussi n'a-t-il pas résisté longtemps quand Marie-Léone a commencé ses simagrées avec lui… C'était plus fort qu'elle, il fallait qu'elle séduise les hommes. Pourtant, avant qu'Antoine n'entre en scène, je croyais qu'elle était tombée amoureuse d'un garçon de son âge. Il n'était pas de la région mais il me plaisait bien. Je me disais que si elle s'attachait à lui, elle s'assagirait peut-être. Mais il y a eu Antoine. Et ensuite le drame qui a tout balayé, les histoires de cul et le reste…

Il fit un geste du bras comme pour repousser les images vers ce recoin de la mémoire où s'entassent et se compriment sans jamais se détruire tous les écœurements qu'apporte la vie.

— Jamais je n'en ai reparlé. Mais je n'ai rien oublié ! Rien !… Parce que quand je les ai surpris ensemble, mon ami de toujours et ma propre fille, ça a été… insoutenable ! Cet… accouplement avait quelque chose d'immoral comme… comme un inceste. Oui, c'est ça, un inceste… Je suis tombé sur eux par hasard. C'était loin, tout au bout de la plage, là où les rochers forment de petites criques. Je ramassais des moules et j'ai failli passer à côté d'eux sans les voir. Ça aurait mieux valu ! Cent fois mieux…

Il soupira, remplit son verre et aussi la tasse vide de Julie.

— Elle poussait de petits cris. Elle avait les yeux fermés et la tête rejetée en arrière. Une de ses mains était agrippée au dos d'Antoine, l'autre griffait le sable et les cailloux… Ah ! Comme je les ai détestés tous les deux ! Comme j'ai détesté les voir ainsi…

Le feu craqua et des étincelles s'éparpillèrent dans la cheminée. Julie se demanda si Caroline se trouvait dans le couloir et si elle écoutait ce que racontait son mari. Elle espéra que non.

— Je ne me souviens plus comment je suis rentré à Keravel. Mais le soir, à l'apéritif, ils étaient là. Lui, jovial comme toujours. Et elle, les joues roses, le regard clair, le rire… innocent et enfantin. J'ai tout fait pour me dominer. Mais j'éprouvais trop de rage, trop de haine… Alors j'ai préféré partir. J'ai été au magasin. Je me disais que ça passerait. Mais ça ne se calmait pas, aussi j'ai dormi dans mon bureau. Et ça a duré ainsi quelques jours, sans que je remette les pieds à la maison. Caroline n'y comprenait rien. C'était affreux car je ne pouvais pas lui raconter. Je ne le pouvais pas… Je passais le plus clair de mon temps au magasin ou à bord de mon bateau. Caroline était aux cent coups. Marie-Léone… Je n'en sais rien, je pense qu'elle s'en foutait. Elle était bien trop occupée à se pavaner au milieu des jeunes crétins qui lui tournaient autour. Tout ce carnaval s'est arrêté le 3 septembre. Ce qui s'est passé ce jour-là nous a tous projetés dans un monde où les valeurs n'étaient plus les mêmes.

André Winter se tut.

Les coudes sur les genoux, il secouait lentement la tête de gauche à droite comme pour démentir ce qu'il venait de raconter. Le feu mourait en chuintant. Julie se leva et alla se planter devant la porte-fenêtre.

Dehors, sous la lune, la nuit géométrique était un chaos d'angles droits et de plans inclinés. Des portes s'ouvraient sur nulle part et d'innombrables escaliers plongeaient dans le vide. C'était une nuit glacée où des formules mathématiques lancées comme des millions de confettis s'éparpillaient parmi les étoiles. Où, fouaillant le vide de leurs théorèmes, des Pythagore et des Euclide bondissaient d'un niveau à l'autre, reliaient les points entre eux et créaient d'immenses surfaces livides où patinaient les ondes lancinantes crachées par un passé geignard.

Julie revint lentement vers le canapé. André Winter leva sur elle un regard larmoyant.

— Je regrette, j'aurais mieux fait de me taire… Toute cette histoire s'est passée il y a si longtemps. Plus la peine d'essayer de justifier quoi que ce soit…

Il but une gorgée et passa une main tremblante sur son visage.

— Il faut laisser les morts reposer en paix, c'est ce que je me dis souvent. Et pourtant…

CHAPITRE VIII

Samedi 1ᵉʳ octobre.

Il était un peu plus de neuf heures, samedi matin, quand Hélène Féraux appela le commissariat de Saint-Bredan et demanda à parler à Jean Garec.

— Allô, Commissaire ! Je vous téléphone comme promis pour… pour vous dire que mon mari vient de quitter la maison… Oui, il y a dix minutes à peine. Avec sa voiture, une Peugeot vert foncé. Il m'a prévenue à mon bureau par téléphone. Il avait l'air pressé et ne m'a pas donné beaucoup de détails… La Compagnie pour laquelle il travaille lui aurait demandé de se rendre à Saint-Bredan dans les plus brefs délais. Un navire y serait en panne. Rien de grave, paraît-il. Thomas m'a dit qu'il serait de retour ce soir.

— Bien Madame, je vous remercie, c'est noté… Puis-je tout de même vous demander s'il s'est passé récemment un événement, un incident qui aurait pu perturber votre mari ?

— Oui, effectivement. Hier soir, après son retour de Dunkerque, je lui ai fait part de mon intention de divorcer.

— Comment a-t-il réagi ?

— Plutôt mal… D'abord il ne m'a pas prise au

sérieux. Puis quand il a compris que ma décision était mûrement réfléchie, il est entré dans une violente colère et a catégoriquement refusé d'en discuter. Alors… Alors…

— Eh bien, Madame ?

— Alors je lui ai dit que j'étais au courant de ses infidélités, de sa manie de se déguiser, et que je n'hésiterais pas à me servir de cela contre lui. Il est devenu très pâle et a quitté la pièce sans mot dire. Ce matin quand je suis partie à mon travail, il dormait encore. Ensuite, j'ai reçu le coup de fil dont je viens de vous parler. C'est tout.

•

Lorsque l'inspecteur Maupet, muni d'un mandat de perquisition et accompagné d'un collègue, arriva à la galerie Christian Masset, il trouva porte close et une pancarte. « Fermeture pour congés annuels du 1er au 8 octobre. »

— Il doit être chez lui, dit-il en désignant les fenêtres du premier étage. Faisons le tour de l'immeuble, nous entrerons par derrière.

Le portail était ouvert mais il n'y avait ni voiture, ni camionnette dans la cour.

— Tu crois qu'il a eu vent de notre visite ?

— Impossible ! Rien n'a pu filtrer. Sonnons, on verra bien !

Les deux hommes patientèrent quelques minutes, sans succès. Ils s'apprêtaient à regagner leur voiture quand une porte s'ouvrit de l'autre côté de la ruelle.

— Vous cherchez monsieur Masset ? leur demanda une femme âgée. Si c'est le cas, je peux peut-être vous aider…

Maupet poussa discrètement son collègue du coude.

— C'est madame Créach, la vieille dame qui nous a déjà renseignés, murmura-t-il entre ses dents.

Puis à haute voix :

— Nous désirons rencontrer le propriétaire de la galerie…

— Oh ! Vous jouez de malchance ! Il est parti voici bientôt une demi-heure.

— Quel dommage ! Et vous ne savez pas, par hasard, quand il rentrera ?

— Hélas non ! Par contre, j'ai une petite idée de l'endroit où il est allé !… Il a embarqué tout son matériel de pêche à l'arrière de sa camionnette.

— De pêche en mer ?

— Evidemment ! Vous devriez savoir, jeune homme, que la pêche en rivière est fermée depuis plus d'un mois !

Maupet baissa la tête l'air contrit puis reprit :

— Qu'a-t-il emporté exactement ?

— Mmm… Voyons que je me souvienne. Un ciré, des bottes, une canne à pêche, une épuisette et… un grand sac de toile beige. Vous constatez, jeune homme, qu'à quatre-vingt-quatre ans, j'ai une vue et une mémoire encore excellentes !

— En effet ! Félicitations… Une dernière question, pourriez-vous nous dire si votre voisin possède un bateau ?

— Comment voulez-vous que je le sache ? Je n'entretiens aucun rapport avec monsieur Masset… Tout ce que je peux vous affirmer, c'est que je l'ai vu ce matin qui s'en allait muni de son attirail de pêche en mer. Pour le reste, interrogez les Affaires Maritimes !

•

Quand André Winter arriva au magasin, les clients étaient encore rares et le personnel occupé autour des vitrines et des présentoirs. Il inspecta les rayons puis gagna son bureau vitré du premier étage. Il avait mal à la tête et la bouche pâteuse. Il buvait trop et trop souvent, il le savait. Comme il savait que l'ivresse l'incitait à se répandre en confessions imbéciles. Plus il ingurgitait d'alcool, plus il régurgitait son âme !

C'était encore ce qui avait dû arriver hier soir… Bon Dieu ! Ne pouvait-il laisser Antoine et Marie-Léone reposer en paix ? Tous deux étaient morts comme on expie. L'une noyée, l'autre rongé par un cancer. Que voulait-il de plus ?

André ouvrit la porte d'un petit placard. Il prit un cachet d'aspirine qu'il fit fondre dans un verre d'eau. Le pire, c'est qu'il ne parvenait pas à se rappeler jusqu'où il était allé dans ses confidences. Avait-il su s'arrêter à temps ?

Il sentit une suée d'angoisse lui mouiller le dos. Il se leva et jeta un coup d'œil par la fenêtre. Un petit vent de nord agitait les banderoles publicitaires. Le ciel était d'un bleu laiteux. André hocha la tête et alla consulter l'horaire des marées. Puis il appela sa secrétaire.

— Mademoiselle Bizien ! Je m'accorde un jour de congé. Je vais faire un tour en mer avec mon bateau. J'ai besoin de prendre l'air…

— Bien Monsieur. Pas de problème. Dois-je prévenir madame Winter ?

— Inutile ! Je serai de retour en fin d'après-midi.

•

Le vent avait un peu forci depuis le lever du jour. Il venait du large, poussant devant lui des bancs de brume épars. Au loin, une mer hachée commençait à bouillonner contre les rochers des Men Du.

D'un geste régulier et puissant, Eric Jaouen halait l'orin qui amenait un à un les casiers à homards sur le pont.

Les navires de grande pêche, le Protée de Paul et les autres, avaient pris la mer en fin de nuit pour une marée de huit jours au large de l'Irlande. Pendant quelques heures, Jaouen avait entendu les patrons parler entre eux à la radio mais maintenant, ils étaient trop loin et il ne les captait plus.

Tirant sur l'orin, le pêcheur amena en soufflant le dernier casier de la filière. Le vireur donnait des signes de faiblesse, c'était évident. Il faudrait le faire vérifier par le mécanicien… Jaouen essuya la sueur de son front et regarda autour de lui. Le temps noircissait. Au-dessus du Pen ar Bed, le ciel continuait à être bleu mais des lambeaux de brume passaient sur la mer comme des fumées chassées par le vent. Il gagna la cabine de barre et jeta un coup d'œil à sa montre.

— Mmmm… Midi passé… C'est le moment de mettre les bouts, grogna-t-il entre ses dents. Si j'attends encore, il sera trop tard.

Il actionna la manette des gaz et fit vrombir les deux cents chevaux de son moteur Baudouin. Le bateau parut se ramasser sur lui-même puis son étrave laboura l'eau verte. Dans son sillage, les bouées repères orange des casiers mouillés tôt le matin, bondirent sur les vagues comme des jouets d'enfant.

•

Le samedi matin, les moments de répit étaient rares à Tan Dei. Les clients plus nombreux se montraient aussi plus enclins à s'attarder et à bavarder avec les deux libraires.

Après onze heures trente pourtant, la bouquinerie finit par se vider. Julie commençait à dépouiller son courrier dans l'arrière-boutique lorsqu'elle entendit la porte grincer. Jetant un coup d'œil par-dessus son épaule, elle aperçut un motard planté près de la caisse. Elle soupira avec impatience.

— Celui-là s'est sûrement trompé d'endroit… Ou il croit que je vends aussi des disques d'occasion. Laissons Kath se charger de lui.

Mais visiblement, celle-ci devait être occupée ailleurs.

— Que puis-je pour vous ? fit Julie en s'approchant. L'homme pivota, ses bottes crissèrent.

— Je collectionne des parutions qui datent de la seconde guerre mondiale, dit-il en glissant ses pouces

dans la ceinture cloutée qui lui bardait les hanches.
Mais attention ! Pas de fac-similés ! Seulement des
documents authentiques.

— Le sujet est vaste. Y a-t-il un domaine auquel
vous vous attachiez plus particulièrement ?

Le motard considéra les rayons sans répondre. Il
portait un bonnet de laine enfoncé jusqu'aux sourcils,
un blouson de cuir et des lunettes noires à verres réflé-
chissants.

— Ma collection porte sur les camps d'extermina-
tion nazis. Photos, rapports médicaux, comptes rendus
d'expériences… Tout ce qui a paru dans la presse alliée
à ce sujet après la reddition de l'Allemagne m'intéresse
aussi…

— Ah ! Je vois, l'interrompit Julie glaciale. Je
regrette mais je ne fais pas commerce de ce genre de
choses.

— Pourquoi ? Ça fait partie de l'histoire ! rétorqua-
t-il d'un ton sarcastique.

— Peut-être, mais c'est ainsi !

— Je n'insiste pas ! Toutefois, si vous tombiez sur
des documents de cette sorte, vous pourriez éventuellement les acheter et me les mettre de côté. Il va de soi
que votre prix sera le mien.

L'expérience avait appris à Julie que la meilleure
façon de se débarrasser d'un client importun était de
prendre sa commande, elle saisit un stylo et son bloc-
notes.

— Je vais voir ce que je peux faire… Voulez-vous
me donner votre nom s'il vous plaît !

L'homme la dévisagea un instant puis lâcha :
— Fergusson… Tom Fergusson.

•

Thomas Féraux s'essuya la bouche et déposa sa serviette à côté de son assiette. Puis il fit signe au garçon.
— J'aimerais téléphoner !

L'homme hocha la tête et lui désigna une cabine au fond du restaurant.

— Allô, madame Cotten !… Ici Thomas Féraux. Vous souvenez-vous de moi ? Vous m'avez appelé lundi dernier à mon domicile. Oui, c'est ça !… Voilà, je suis de passage à Saint-Bredan pour quelques heures et j'aimerais beaucoup récupérer mes lunettes et leur étui. Je me trouve en ce moment au restaurant "La Barre Franche" où j'ai rendez-vous avec des clients. Le hic c'est que je ne sais pas exactement quand ils vont arriver… Je ne peux donc pas bouger d'ici, je risquerais de les manquer. En outre, je dois reprendre la route aussitôt notre entrevue terminée car il faut que je sois de retour chez moi impérativement en début de soirée… Vous serait-il possible de me rejoindre ici ? Oui, maintenant… Ça me gêne de vous demander cela mais je ne vois pas d'autre solution… Vraiment ? C'est très gentil… Oui, au restaurant "La Barre Franche"… Vous voyez où il se trouve ? Tout au bout du port de pêche, à proximité des chantiers navals. Ma voiture, une Peugeot vert foncé, est garée juste devant, vous ne pourrez pas vous tromper… Oui, c'est ça… Eh bien, à tout de suite chère Madame et merci encore.

Féraux raccrocha en se frottant les mains. Comme il avait eu raison de faire une reconnaissance des lieux avant d'intervenir ! Dire qu'il avait cru trouver un bric-à-brac tenu par une excentrique prête à le faire chanter !... Heureusement qu'il avait pu se rendre compte à temps de son erreur. Maintenant, il allait pouvoir jouer sa partie sans la moindre fausse note ! La libraire n'y verrait que du feu. Il écouterait ce qu'elle avait à lui dire. Ensuite, il obtiendrait d'elle tout ce qu'il voudrait sans qu'elle réalise quoi que ce soit.

•

Julie qui avait terminé son déjeuner, débarrassa la table et rangea la cuisine. Après avoir entrouvert la fenêtre à Cromwell, elle enfila une veste de cuir sur son pantalon de serge bleu, passa des mocassins, saisit son sac à bandoulière et sortit de chez elle.

Il était deux heures moins dix. Kath ouvrirait la boutique. Elle avait l'habitude et ne se poserait pas de questions.

La circulation était dense et Julie jugea qu'elle irait plus vite à pied. En coupant par les petites rues du centre, elle serait à "La Barre Franche" en une vingtaine de minutes.

Que dirait-elle au juste à Thomas Féraux ? Comment lui expliquerait-elle que les lunettes et l'étui étaient un pur produit de son imagination ?... Elle n'en avait pas la moindre idée. Bah ! Elle improviserait. L'essentiel était de rencontrer cet homme. Elle était persuadée qu'il lui fournirait des renseignements qui la mettraient enfin sur la piste du meurtrier de Rozenn.

Après avoir traversé en diagonale la Place de la Justice, Julie enfila la rue du Bac qui descendait vers le port. Elle la suivait depuis quelques minutes lorsqu'elle prit conscience d'une voiture roulant lentement à sa hauteur. Elle dépassa un gros marronnier. La voiture était toujours là. Elle ralentit le pas, regarda mieux et aperçut, à l'intérieur, quelqu'un qui lui faisait signe. Intriguée, elle s'approcha.

— Oh ! C'est vous ! s'exclama-t-elle un sourire surpris aux lèvres. Qu'est-ce que vous faites ici ? Je croyais que nous…

— Montez ! Je vais vous expliquer…

•

En ouvrant l'Office Touristique, un peu avant quatorze heures, Linette Méral marcha sur une enveloppe que quelqu'un avait glissée sous la porte. Dès qu'elle eut pris connaissance de son contenu, elle se précipita au Commissariat Central.

— Nom de Dieu ! Où et quand avez-vous trouvé ça ? tonna Garec.

— A mon bureau, il y a cinq minutes… Vous pensez que c'est sérieux ? C'est peut-être un mauvais plaisant qui… qui…

— Ça m'étonnerait ! Même graphisme… même rédaction…

— Alors Julie est réellement en danger ?

— C'est en tout cas ce qu'on veut nous faire croire,

dit Garec en relisant à haute voix le texte qu'il avait sous les yeux : "En mémoire de Julie Cotten décédée le 1er octobre 1994".

— Le 1er octobre, c'est aujourd'hui ! s'exclama madame Floc'h, le visage décomposé.

— Et comme un fait exprès, ça arrive un samedi après-midi alors que les effectifs sont réduits, ajouta Maupet qui venait de les rejoindre.

— Oh ! Soyez sûrs que tout ça n'a rien d'improvisé, répondit Garec. Mais notre homme se trompe s'il pense nous prendre au dépourvu !… Maupet ! Alertez immédiatement la gendarmerie maritime et la vedette des douanes. Mettez-les au courant. Qu'ils se tiennent prêts à exécuter le plan d'action que nous avons arrêté la semaine dernière ! Ensuite, convoquez tout le personnel de piquet et envoyez sur-le-champ des agents patrouiller sur le port. Qu'ils interviennent sans hésiter si quoi que ce soit leur paraît suspect… Madame Floc'h, appelez Tan Dei et dites à Julie Cotten de ne bouger de chez elle sous aucun prétexte ! Insistez bien là-dessus. Les événements se précipitent. Il ne faut pas qu'elle mette le nez dehors !

— Commissaire ! J'ai la librairie en ligne. C'est mademoiselle Le Moal, elle dit que madame Cotten est sortie.

— Fichtre ! Voilà qui complique les choses ! Demandez-lui si elle sait où elle se trouve ?

— Non, elle l'ignore.

— Dans ce cas, prévenez-la que j'arrive tout de

suite, fit Garec en enfilant une grosse veste imperméable. Vous, Maupet, contactez Marc Lefoll à son journal et dites-lui de me rejoindre immédiatement à Tan Dei !

Puis se tournant vers Linette Méral :

— Vous pouvez m'accompagner si vous voulez.

•

— Est-ce que madame Cotten s'absente souvent pendant la pause de midi ? demanda Garec à Kath après l'avoir mise au courant.

— Oui, assez. Elle déjeune parfois avec des clients. Ou bien elle va faire ses courses au supermarché, il y a moins de monde à cette heure-là que le soir.

— Voilà qui me paraît plutôt rassurant… Maintenant, dites-moi s'il s'est passé quelque chose de particulier ce matin à la boutique… un incident même minime ?

— Tout a été normal. Il y a eu beaucoup de monde, surtout des habitués… Un des derniers clients par contre, n'avait pas du tout le genre de la maison ! Un motard qui cherchait des ouvrages sur les camps de concentration nazis. Julie lui a dit que nous ne faisions pas ce genre d'articles. Comme il insistait, elle a noté son nom dans le cahier de commandes. Tenez ! Le voici !…

— Tom Fergusson… Ça vous dit quelque chose ? demanda Garec l'air soucieux.

Kath et Linette secouèrent la tête.

— A moi non plus. Pourtant l'irruption de ce

motard m'inquiète, fit le commissaire qui pensait au coup de téléphone d'Hélène Féraux le matin même. Espérons que votre amie n'est pas allée se jeter dans la gueule du loup ! Bon… Il est temps que j'appelle le commissariat pour voir où ils en sont.

Quelques minutes plus tard, il revint vers les deux femmes, la mine préoccupée.

— La vedette des douanes est en patrouille. Quant à celle de la gendarmerie, elle se trouve à quai mais l'équipage est en conférence aux Affaires Maritimes. Ils vont faire leur possible pour être opérationnels au plus vite… Moi, je ne vais pas moisir ici. Dès que Lefoll arrivera, nous rejoindrons Maupet sur le port.

Rongée d'inquiétude, Kath ne pouvait prononcer un mot. Elle avait soudain la certitude que le dénouement était proche et que Julie allait payer. Payer très cher son imprudence et le défi qu'elle avait naïvement lancé à un dément. Elle allumait une cigarette lorsqu'elle aperçut le journaliste qui traversait la rue en courant.

•

— Et maintenant, expliquez-moi par quel hasard je vous rencontre en ville, dit Julie assise dans la voiture qui se dirigeait vers le port. Je pensais que…

— Oh ! Simple concours de circonstances imprévu… J'arrive de Tan Dei où je croyais vous trouver. Qu'est-ce qui se passe là-bas ??? C'est la panique générale !… L'arrière-boutique était pleine de gens complètement affolés… Personne n'a fait attention à moi. J'ai patienté quelques minutes et forcément je… j'ai entendu ce qui se disait, tout le monde criait tellement… Ça m'a paru très effrayant. J'aimerais me tromper mais…

— Quoi ? Quoi ? Qu'est-ce qu'il y a ?

— Eh bien… J'ai cru comprendre qu'il s'agissait du psychopathe… celui qui fait la une des journaux.

— Oui ! Et alors ?

— Apparemment, il aurait enlevé quelqu'un !

— Oh ! Comment ?

— A Tan Dei, ils parlaient d'un bateau… Ça me semble complètement incohérent. J'ai peut-être mal saisi…

— Mon Dieu ! C'est affreux ! Et vous n'avez rien entendu d'autre ?

— Si… Il s'en serait pris cette fois à une très jeune fille. Mais je n'en suis pas très sûr. Je vous le répète, tous ces gens criaient et parlaient en même temps. Il y avait aussi une femme qui pleurait…

— Une femme qui pleurait ?

Julie sentit son sang se glacer dans ses veines.

— Elle paraissait en pleine crise de nerfs…

— Vous êtes certain qu'ils parlaient d'une très jeune fille ?

— Oui.

— Oh !… Alors ça ne peut être que Charlotte ! Tous les samedis après-midi, elle va en mer faire de la voile.

— Heu… Je n'ai pas entendu de nom et…

— Mon Dieu ! Quelle horreur ! Charlotte enlevée par ce détraqué ! Et Linette qui… qui…

— Rien ne prouve que…

— Mais si ! Voyons ! C'est pourtant clair ! cria Julie d'une voix aiguë.

— Allons ! Du calme ! Même si c'est le cas, la police doit être alertée. Depuis le temps qu'on en parle, un plan d'intervention est certainement prévu.

— Comme si ça pouvait empêcher quoi que ce soit !

— Voyons ! Reprenez-vous ! Tenez, nous arrivons au port. Regardez là-bas, c'est bien la vedette de la gendarmerie maritime. Je suis sûr qu'elle est prête à appareiller.

— Pas du tout ! Elle est encore amarrée, je vois sa chaîne d'ici !

— Et là, sur le quai, ces agents qui courent... Et plus loin, cette fourgonnette bleue ! Vous voyez bien que la police est en alerte !

— Peut-être... Mais tout sera fait trop tard. Charlotte sera morte avant que ces messieurs ne se décident à lever l'ancre.

— Allons ! Allons ! N'exagérez pas !

— Je suis sûre que le tueur est déjà en mer avec Charlotte. Et nous, on est bloqués sur ce quai sans rien pouvoir faire !

— On peut toujours essayer de se lancer à leur poursuite !...

— Comment ? A la nage ?

— Mais non voyons ! Avec mon bateau !

— Votre... Votre bateau ?

— Il est amarré là, dans le port...

Julie regarda autour d'elle décontenancée. Puis ses yeux se mirent à briller.

— C'est vrai ? Vous feriez ça ?... Alors vite ! Vite... Avec un peu de chance, nous arriverons peut-être à temps pour tirer Charlotte des griffes de ce monstre.

•

— Maintenant que je t'ai mis au courant, il n'y a plus de raison de s'attarder ici, dit Garec à Marc Lefoll. Au port ! Et dare dare !

— Je ferme la boutique et nous vous accompagnons, décréta Kath Le Moal.

— Si vous y tenez ! Marc, tu emmèneras ces dames dans ta voiture...

Kath saisit un vieux fourre-tout et y jeta rapidement deux coupe-vent, des bonnets de laine, ses cigarettes, des kleenex et une tablette de chocolat. Si une sortie en mer était décidée, elle ne voulait pas être prise de court. Elle fermait son sac lorsqu'elle entendit s'ouvrir la porte du magasin et Marc qui tentait de renvoyer un client.

— Madame Cotten est absente pour le moment.

— J'avais rendez-vous avec elle. Il faut que...

— Je ne peux rien faire pour vous.

— Mais je...

"Qu'il le foute dehors et qu'on n'en parle plus, grogna Kath. Garec ne nous attendra pas..." Mais déjà celui-ci revenait sur ses pas.

— Vous aviez rendez-vous avec madame Cotten ? Ici, à la librairie ?

— Non, dans un restaurant de la ville.

— Et alors ?

— Alors… Elle n'est pas venue.

L'homme jeta un coup d'œil autour de lui et parut soudain pressé de quitter les lieux.

— Tant pis ! Ce n'est pas grave, je reviendrai…

— Holà ! Pas si vite ! fit Garec en lui barrant le passage. Dites-moi d'abord votre nom !

— Quoi ? Ça ne vous regarde pas !

— Vos papiers !

L'homme se raidit :

— Qu'est-ce qui vous prend ? Laissez-moi passer !

Alors, devant les deux femmes médusées, Garec l'empoigna par les revers de son pardessus, l'attira violemment à lui et répéta sa question.

— Arrêtez ! cria l'autre. Vous êtes dingue ou quoi ?…

Puis comme le commissaire ne le lâchait pas, il dit d'une voix sifflante :

— Oh ! Et puis je m'en fous ! Je n'ai rien à cacher. Je m'appelle Féraux. Thomas Féraux… Et maintenant, vous allez m'expliquer ce qui se passe ici !

•

— Aidez-moi ! Nous irons plus vite… Tenez, attrapez l'aussière ! Maintenant, lovez-la à l'avant pendant que je mets le moteur en route.

Lentement, le bateau quitta son poste de mouillage puis avançant sans à-coup, il traversa le bassin et longea le môle en direction de l'avant-port.

Julie gagna la poupe et s'assit sur le rebord de la

lisse. Déjà elle sentait le vent jouer dans ses cheveux. Elle remonta la fermeture éclair de sa veste et releva le col.

— Alors, ça va mieux ? Bon !... Regardez là-bas, sur le quai ! On dirait que ça s'active ! La vedette de gendarmerie ne va pas tarder à se mettre en route elle aussi.

Julie se retourna. Il avait raison. Des silhouettes en uniforme couraient vers la grande vedette bleue. Elle soupira de soulagement. Ils ne seraient pas seuls à se lancer au secours de Charlotte !

— Vous ne voulez pas descendre dans le poste ? Vous risquez de prendre froid sur le pont.

— Non ! Non ! Pas question !

Il haussa les épaules et lui tendit un grand sac de toile beige.

— Alors enfilez un bonnet et un ciré. Ils vous protégeront du vent. Vous verrez, dès que nous aurons dépassé le môle, ça va commencer à danser. Vous n'avez pas le mal de mer au moins ?

Julie secoua la tête avec impatience. Bon Dieu ! Quelle importance qu'elle soit giclée, bousculée ou malade... Qu'il mette donc des gaz et fonce bout dedans ! Gagner du temps, cela seul comptait ! Elle serra les poings dans ses poches sans rien dire et regarda l'horizon.

A quelques encablures, là où la digue ne cassait plus la mer, on voyait l'eau verte sculptée par le vent du nord, et les jets d'écume qui se mêlaient en sifflant aux ricanements des mouettes.

— Attention ! Cramponnez-vous !

Le bateau pris dans le bouillonnement des vagues se mit à donner de furieux coups de tête. Julie regarda derrière elle. Le sillage serpentait comme la queue d'un cerf-volant. La digue rapetissait et la côte s'éloignait rapidement.

•

En débouchant sur le port, Marc Lefoll et les deux femmes aperçurent la voiture de Garec garée le long du quai, et le commissaire qui fonçait vers les agents en uniforme. Il paraissait furieux et inquiet.

— Pourquoi a-t-il laissé repartir Féraux ? D'après ce que vous venez de nous raconter, il n'est pas net ce type !

— Peut-être… Mais une chose est certaine, ce n'est pas avec lui que Julie se trouve en ce moment !

— Pourtant, tout collait si bien ! Un tel faisceau de présomptions…

— C'est vrai. Je suis d'ailleurs persuadé que Garec pensait tenir le coupable.

— Et maintenant, qu'est-ce qu'on fait ?

— Je n'en sais rien. Il n'y a plus qu'à attendre.

Kath alluma une cigarette. Sur les quais tout était calme. Les gendarmes avaient embarqué à bord de la vedette. Quelques pêcheurs amateurs tâchaient d'attraper des mulets à la ligne. Plus loin, une femme se promenait en poussant un landau. Un groupe de retraités en excursion sortaient d'un restaurant, la mine épanouie.

— Regardez qui arrive là-bas, s'écria Linette. C'est Rémi Boquet.

— Seigneur ! Il a l'air d'avoir complètement perdu la boule !

— Je crois plutôt qu'il a bu un coup de trop, fit Marc Lefoll.

— Non ! Ce n'est pas ça, dit Linette. Il me connaît, je vais essayer de lui parler. Rémi ! Qu'est-ce qui t'arrive ?

L'homme ouvrit la bouche comme s'il étouffait puis tendit un bras. Ses doigts tremblaient violemment.

— La… la… gosse à An… Antoine… bredouilla-t-il en désignant les bateaux. Elle a d'nouveau fi… filé !

— Julie Cotten ?

— Ouais… Pour une… une fois que je m'occupais d'mes affaires, elle a p… profité de s'tailler, la garce !

— Explique-moi ça !

— Je… j'étais à bord de mon b… bateau en train de bricoler. J… je l'ai vu passer. Même qu'elle avait l'air d… drôlement pressée.

— Elle était seule ?

— Non ! A… avec un mec… Ils ont longé le… quai jusqu'au port de p… pêche, enfin presque. Puis ils sont d… descendus sur… sur un ponton. Après, j'ai en… entendu un moteur qui s'mettait en route. Alors… ni une ni deux, j'ai décidé d'les suivre. Ouais… mais mon foutu moulin, il a jamais voulu dé… démarrer ! Il m'a craché sa b… bougie à la gueule, bordel de merde ! Y a eu une s… sacrée détonation… La bougie, elle était pleine de c… cala… calamine !

— Et alors ?

— Ben quand j'ai eu fini d'la nettoyer, l'autre b…
bateau, il était plus là.

Boquet baissa la tête et se mit à renifler bruyamment.

— Ça va faire comme l'autre fois, j'en suis s… sûr.
Comme avec la Suzanne ! Elle va s'foutre à l'eau… et
qu'est-ce qu'il me dira Antoine quand on la r'pêchera
et qu'elle sera c… comme un chat crevé ?

— Et vous croyez sincèrement qu'on peut se fier
aux élucubrations d'un dingo pareil ? fit Garec scep-
tique.

— En l'occurrence oui, répondit Linette. Il devait
éprouver une véritable dévotion pour Antoine Cotten
et maintenant, il se croit chargé de protéger Julie.

— Et vous faites confiance à un maboul comme lui ?

— Je vous répète que oui ! Il a vu Julie embarquer
avec un inconnu et il est au désespoir de ne pas avoir
pu les suivre. Regardez-le !

Garec considéra d'un air pensif Boquet qui, les bras
ballants, scrutait l'entrée du port en remuant les lèvres
comme pour une prière.

— Bon ! Allons-y ! décida-t-il soudain.

Puis se tournant vers Marc Lefoll :

— Et vous trois, qu'est-ce que vous comptez
faire ?… Vous n'espérez pas nous accompagner tout de
même !

— Ça va Jean ! Arrête ton cinéma ! Nous ne te
lâcherons pas. Alors, garde ta mauvaise humeur pour
tes sous-fifres !

Le commissaire esquissa un sourire furtif puis se dirigea vers la passerelle en leur faisant signe de le suivre.

Debout à l'arrière de la vedette, Kath et Linette regardaient le port défiler devant elles.

— Tu as prévenu Charlotte ? demanda Kath.

— Charlotte ? Pas de problème. Elle est à la maison avec une copine. Il y a colle de math lundi et elles ont décidé de réviser ensemble.

— Elle ne fait plus de voile le samedi ?

— Non, heureusement ! Les cours sont terminés jusqu'au printemps.

— Et Paul ?

— Lui, à l'heure qu'il est, il doit se trouver au large de la Cornouaille. Il est parti cette nuit avec les autres chalutiers

Et tandis que la vedette longeait lentement le port de pêche, elle ajouta :

— Ceux de la pêche côtière, par contre, sont tous rentrés… Ah non ! Je me trompe. Eric Jaouen est encore en mer. Son poste d'amarrage est vide.

— C'est normal ?

— Quoi ? Qu'il soit en retard ?… Il a probablement levé plus de casiers que les autres. Comme il est seul, il lui faut plus de temps.

Les deux femmes se turent. La vedette passait maintenant le long de la grande digue de pierre.

— Tu crois qu'on va pouvoir faire quelque chose pour Julie ? dit Kath.

— Je n'en sais rien. Mais je n'arrête pas de me demander pour quelle raison elle est sortie en mer ? Et avec qui ?

— A mon avis, quelqu'un en qui elle a toute confiance lui a raconté une histoire si convaincante qu'elle l'a gobée sans se méfier.

— D'accord… Mais il faut aussi que ce quelqu'un possède un bateau. Tu as une idée de qui ça peut être ? Moi, je ne vois pas…

— Allons donc ! Réfléchis un peu !

— Non, vraiment, j'ai beau me creuser la tête…

— Eh bien, par exemple… votre cousin, Eric Jaouen !

— Oh ! ?

— Il correspond parfaitement à ce que nous venons de dire. De plus, étrange hasard, il n'est pas rentré au port avec les autres pêcheurs !

— Tu exagères !

— Il y a aussi Christian Masset, le marchand de tableaux. J'ai entendu Maupet dire à Garec qu'il était parti tôt ce matin pour une partie de pêche en mer. Bizarre, non ? Et il faut compter tous les types que Julie a contactés dernièrement. L'un d'eux s'est peut-être manifesté.

— Non ! Là elle était sur ses gardes.

— Tout dépend du scénario ! Et le gardien du Diaoul, tu y as pensé ?

— Bob Jobic ?… Jamais elle n'aurait embarqué avec lui !

— Ce n'est pas tout, poursuivit Kath imperturbable.

Julie a été en rapport avec les parents de Marie-Léone ces derniers temps. Je serais bien étonnée qu'André Winter ne possède pas de bateau !

— Il en a un, Paul me l'a dit. Mais il est au-dessus de tout soupçon, voyons !

— Pourquoi ? Un père peut être le meurtrier de sa propre fille... Et il est la dernière personne dont Julie penserait à se méfier.

— Tu déconnes !

— Pas du tout ! Je dresse une liste. Et je me rends compte qu'en fait, seuls Marc Lefoll et Thomas Féraux sont réellement hors de cause.

— Et Rémi Boquet.

— Bof... Rien ne prouve qu'il ne nous a pas raconté des bobards.

Linette hocha la tête puis dit d'une voix songeuse :

— L'autre jour, Charlotte m'a parlé d'un homme qu'elle a aperçu à Tan Dei, et qui semblait très ami avec Julie. Il l'aurait même invitée à boire un verre.

— Charlotte a entendu son nom ?

— Non, et je n'ai pas insisté. J'ai pensé à un client.

— C'était sans doute le cas... Mmmm... Il reste une dernière personne qu'on ne peut écarter d'office.

— Qui ?

— Eh bien... Paul, ton mari.

— Hein ?... Tu plaisantes ?

— Rien ne prouve qu'il a réellement embarqué à bord du Protée, la nuit dernière. Sous un prétexte quelconque, il a pu confier le commandement à son second et disparaître dans la nature.

— Tu dérailles complètement !

— Réponds franchement ! Est-ce techniquement possible ?

Linette fronça les sourcils.

— Ça s'est produit une fois quand la mère de Paul est morte subitement une nuit. Le bateau devait appareiller dans les heures suivantes. C'est le second qui a assumé le commandement au pied levé. On ne pouvait priver l'équipage de son gagne-pain…

La vedette qui avait atteint l'entrée du port, prit soudain de la vitesse. La mer se mit à feuler le long de la coque. De sombres gueules s'ouvrirent, crachant des rires sifflants et des giclées d'écume. Les deux femmes frissonnèrent.

— Tiens, enfile ça ! dit Kath en sortant de son fourre-tout les coupe-vent et les bonnets de laine. Et oublie ce que je t'ai dit à propos de Paul. Je suis sûre qu'il est à bord du Protée et n'a rien à voir dans cette histoire.

CHAPITRE IX

Debout dans la cabine de barre, Julie regardait autour d'elle. Le vent avait forci. La crête des vagues fumait et, au loin, face à l'étrave, la mer semblait plus démontée encore.

Cela faisait une heure maintenant qu'ils avaient quitté Saint-Bredan. Une heure qu'elle se cramponnait au tableau de bord et que, les jambes crispées, elle tentait de résister au roulis. Mais les lames devenaient de plus en plus grandes, les mouvements du bateau de plus en plus brutaux.

— Si nous faisions demi-tour, suggéra-t-elle à voix basse.

— Pardon ?

— Je pense que nous avons fait tout notre possible. Maintenant, nous devrions peut-être rentrer au port.

— Ah non ! Pas question !

Julie hocha la tête, perplexe. Quel était son plan ? Il n'allait pas naviguer ainsi des heures durant. Ça ne menait à rien...

C'était très généreux de sa part de s'être lancé au secours de Charlotte. Généreux mais totalement vain. Elle le réalisait maintenant. Il fallait le convaincre de rentrer. Elle leva les yeux sur lui… et ravala sa phrase, effarée par l'expression de rancœur offensée qu'elle lut sur son visage.

Les pêcheurs prétendent que le crabe passe une grande partie de son existence enfoui dans le sable, à proximité de hauts-fonds rocheux. Que fait-il caché ainsi ?

Rien. Il attend… Il attend le moment de la mue, celui de manger ou la migration saison-nière qui l'entraînera jusqu'à ses zones de repro-duction. Le crabe n'est visible que s'il se manifeste. Sinon il s'insère si parfaitement dans son milieu qu'il en perd toute identité. Il devient rocher, laminaire, fucus. Il est caillou, pierre, maërl ou sable.

La fatigue de Julie s'accentuait. Et aussi ce malaise diffus qu'elle avait d'abord pris pour un début de mal de mer. Mais ce n'était pas ça, elle s'en rendait compte maintenant. C'était à cause de lui, à cause de son humeur qui s'assombrissait et de cette hargne inex-plicable qu'elle sentait monter vers elle. Il avait l'air de lui en vouloir à mort et elle ne savait pas pourquoi.

Qu'avait-il décidé ? Où les emmenait-il ?

Peu importe… Ce qu'il fallait, c'était l'arracher à ce face-à-face étrange qu'il avait avec la mer et qui l'accrochait à sa barre comme un pantin à ses ficelles.

— Retournons à Saint-Bredan, dit-elle fermement. Nous avons fait de notre mieux. Je crois que c'est inutile de continuer…

Il tourna la tête et un vague sourire craquela la glaçure de son visage. Sa bouche s'ouvrit et il marmonna quelques mots qu'elle ne saisit pas, médusée par le regard qu'il jetait sur elle.

Brève saccade… Le crabe a bougé. Il s'est démarqué de la roche à laquelle il s'accotait. Glissement infime, une pince s'est mise en position haute.

Puis tout s'est fondu à nouveau dans le décor.

A cet instant précis, Julie sentit son malaise se transformer en peur. Dehors, il n'y avait que la plaine marine labourée par le vent. Un fatras de mouvements et d'écume où elle n'apercevait pas le moindre bateau. L'écran radar ne renvoyait aucun écho mobile. Seule s'y découpait la ligne brisée des Men Du.

Le crabe a reconnu qu'il était temps de quitter le fond de sable jouxtant la paroi rocheuse.

Les yeux pédonculés émergent du blindage et scrutent la pénombre. Une pince se risque à travers le rideau de fucus et ne détecte rien de suspect. Les pièces buccales cliquettent. Les huit pattes sont prêtes à propulser le lourd céphalothorax hors de son repaire.

Mais soudain, tout s'arrête à nouveau. Le crabe attend.

— Vous avez vu quelque chose ? demanda Julie. Est-ce que…

— Là-bas, l'archipel des Men Du…

— Vous pensez que c'est là que nous les trouverons ?

Il hocha la tête. Julie soupira de soulagement. Il n'avait donc pas navigué au hasard ainsi qu'elle l'avait craint !

Plus accoutumé qu'elle à la mer, il avait dû repérer un bateau suspect. Peut-être même le poursuivait-il depuis un moment alors qu'elle ne distinguait que le ressac et les vagues !

Les mains toujours crispées sur sa barre, il répéta lentement :

— Les Men Du… C'est par là qu'il faut passer.

•

— Regardez là-bas ! s'écria Linette en tendant le doigt. C'est le Pen ar Bed d'Eric. Je le reconnais !

A un demi-mille au nord-ouest, le petit navire bleu de Jaouen taillait courageusement sa route vers la terre.

— Je vais l'appeler à la radio, fit Garec. Il va peut-être nous donner des renseignements intéressants.

Linette et Kath se précipitèrent à l'avant et firent de grands signes de la main. Puis elles se mirent à crier lorsque le Pen ar Bed changea de cap et se dirigea vers eux. Quand il fut à proximité, il amorça un large virage et vint se ranger parallèlement à la vedette.

— Qu'est-ce qui se passe ? Et vous deux, qu'est-ce que vous faites là ? hurla Eric le corps penché hors de la cabine.

Puis, saisissant son émetteur, il reprit le contact radio.

— Elle n'a tout de même pas embarqué avec n'importe qui ! explosa-t-il après que Garec lui eut résumé la situation.

— Pas avec n'importe qui… Avec quelqu'un qu'elle connaît et dont elle pense n'avoir rien à redouter. C'est pourquoi il faut que nous la retrouvions au plus vite. Vous n'avez rien vu qui pourrait nous aider ?

— Si ! J'ai croisé d'assez loin un yacht qui se dirigeait droit sur les Men Du. D'habitude, les plaisanciers ne se risquent pas par là. Trop dangereux, surtout à cette saison ! J'ai failli l'appeler pour le mettre en garde…

— Quel genre de yacht ?

— Tout à fait ordinaire. Coque blanche… Il marchait au moteur… Je crois qu'il y avait deux personnes à bord mais je n'en suis pas sûr.

— Vous avez vu d'autres bateaux ?

— Quelques canots, une ou deux vedettes et ce matin, les chalutiers. J'ai eu Paul Méral à la radio…

— Bon ! Il n'y a pas à hésiter ! On fait route sur les Men Du !

— Je vous accompagne. Je connais ces parages comme ma poche et à deux bateaux on a plus de chance de coincer le yacht… Garec ! Vous devriez venir à mon bord ! Comme ça, on coordonnera mieux les manœuvres.

— OK ! Le temps de donner l'ordre au Cessna de la gendarmerie de se rendre sur zone et j'arrive. Terminé.

•

Julie connaissait la réputation des Men Du. Ils avaient été le lieu de tant d'accidents que tout le monde les évitait comme la peste. Seuls quelques marins pêcheurs osaient s'y risquer. Et encore… uniquement à certaines heures et en période de morte-eau.

En approchant, elle fut frappée par la taille et l'aspect sauvage de l'archipel. Certains rochers étaient de véritables îles aux sommets recouverts de broussailles et d'herbe rase. D'autres ressemblaient aux ruines d'une citadelle oubliée, plantée au milieu de la mer.

Pour y pénétrer, le bateau passa entre deux roches monumentales qui se dressaient toutes droites hors de l'eau. Propulsé par le ressac, il fila comme un trait parmi des piliers de granit, des pans de murailles écroulées et des blocs rougeâtres amoncelés les uns sur les autres.

Et soudain, tout se calma.

Julie n'en crut pas ses yeux. Le yacht venait de déboucher sur une sorte de lac intérieur, un parvis lumineux entouré d'un chapelet d'îlots. Quelques oiseaux dérangés s'envolèrent et disparurent. L'eau lisse était comme pavée de reflets bleus et brunâtres, le ciel et le goémon.

Le bateau ralentit, glissa sur son erre et s'arrêta.

— Alors, qu'en dites-vous ? N'est-ce pas terriblement beau ?

Julie acquiesça :

— Oui ! C'est magnifique ! Jamais je n'avais pensé que les Men Du cachaient un paysage aussi extraordinaire !… Mais… Mais…

— Oui ?

— Nous ne sommes pas en promenade. Nous cherchons un bateau…

Il la considéra en penchant la tête sur l'épaule comme s'il ne comprenait pas ;

— Un bateau ?

— Oui, c'est ça ! Un bateau ! s'énerva Julie. Vous avez oublié ? Si j'ai embarqué avec vous, c'est pour essayer de retrouver Charlotte, pas pour faire du tourisme !… Vous aviez sans doute pensé qu'on l'avait amenée ici… Hélas ! C'est raté, il n'y a personne. Il ne nous reste plus qu'à rentrer à Saint-Bredan.

Il haussa les épaules et lui tourna le dos.

— Vous m'avez entendue ? cria Julie. Je suis trop inquiète pour apprécier les balades en mer. Je veux qu'on retrouve Charlotte !

— Charlotte ? Je ne connais personne de ce nom-là !

— Comment ? Qu'est-ce que vous dites ?

— C'est vous qui avez parlé d'une Charlotte… Moi, j'ignore qui c'est.

— Mais c'est vous… vous qui avez… Oh ! Je ne comprends plus rien à tout ça, fit-elle d'une voix stridente tandis que des larmes lui montaient aux yeux.

— Ne vous énervez pas !… Je vous interdis de vous énerver ! cria-t-il. Mouchez-vous et regardez autour de vous, toute cette beauté, cette lumière…

— Mais Charlotte…

— Je ne veux plus en entendre parler ! Oubliez-la, elle n'a rien à faire ici !

Le crabe a quitté l'encorbellement végétal de son repaire. En un long glissement latéral, il atteint une arène de sable blond. Et s'arrête. Ses mandibules palpitent.

Ses yeux mobiles observent l'ombre qui s'agite en face de lui. Ses antennes captent les mouvements de l'eau mais elles ne savent pas encore les déchiffrer.

Alors les deux pinces se replient. Le céphalothorax se fige, le crabe redevient caillou.

— Chère Julie, écoutez-moi, dit-il d'un ton plus conciliant. Faites le vide en vous… Laissez-vous imprégner par la lumière et les sons. Tout palpite ici. Tout est reflets et vibrations… Oh ? Mais… n'est-ce pas ainsi que votre amie avait baptisé son ultime création ? Quelle étrange coïncidence… Une prémonition d'artiste sans doute.

Julie le dévisageait, interloquée. Dans son ciré qui le caparaçonnait de jaune, il s'était soudain transformé. Son visage avait le modelé d'un masque de plâtre. Il parlait avec onction comme ces prédicateurs qui jadis hantaient les campagnes. Inspirés, fanatiques, impitoyables.

L'angoisse tordit l'estomac de Julie. Elle s'efforça d'oublier ce qu'elle venait d'entendre à propos de Charlotte et de Rozenn. Il fallait rompre le charme et tâcher de s'en aller au plus vite.

— Je comprends très bien ce que vous voulez dire, fit-elle doucement. Mais… une vision fugitive de la beauté, n'est-ce pas là seulement ce qui est accordé à nos pauvres facultés humaines ? C'est pourquoi je pense qu'il serait temps maintenant pour nous de repartir.

— Repartir ?… Ma chère Julie, je crains que vous n'ayez pas vraiment saisi la raison de votre présence en ces lieux…

L'extrémité des huit pattes légèrement enfoncée dans le sable, le crabe progresse en terrain découvert. Il sait qu'en face de lui, l'être qui s'agite le perçoit de plus en plus nettement. Il pressent que des yeux s'ouvrent, qu'une intelligence appréhende en tâtonnant une notion nouvelle et qu'elle la confronte aux données qu'elle possède déjà.

Le crabe avance... Il est la peur et l'angoisse. Il est un fantasme terré au fond de chaque cerveau. Il s'extirpe de l'insondable obscurité de l'inexprimé.

Glissement latéral. Avance encore. Et s'arrête. En face de lui, sa proie se pétrifie.

Lui-même ne peut plus ni reculer, ni se fondre dans ce qui l'entoure. Alors il se redresse et dans une dernière mue, déchire sa carapace.

— Professeur ! hurla Julie. Cessez immédiatement cette comédie ridicule ! Serge !... Je vous en supplie ! Reprenez vos esprits et rentrons à Saint-Bredan ! Partons d'ici avant qu'il ne soit trop tard !

•

Naviguant dans le sillage l'une de l'autre, la vedette de gendarmerie et le Pen ar Bed avaient laissé la côte loin derrière eux quand Garec se pencha hors de la cabine de barre et désigna le Cessna qui se dirigeait vers les Men Du.

— Il n'a pas été long à décoller. On saura bientôt si le yacht que tu as vu se trouve par là. Dans le cas contraire, j'alerterai toutes les unités disponibles et on entamera un ratissage systématique de la zone.

Jaouen consulta sa montre. En poussant son moteur à fond, il lui faudrait une demi-heure pour parvenir aux Men Du. La vedette y arriverait plus tôt mais comme son tirant d'eau ne lui permettrait pas de s'engager parmi les îlots, cela ne servirait à rien.

— Il aurait mieux valu envoyer un hélicoptère pour pouvoir larguer des plongeurs si nécessaire…

— Je sais… Mais il y a trop de vent pour une intervention de ce type.

— Trop de vent… Et tout à l'heure, il y aura trop de brume ! Regardez un peu le banc qui traîne là-bas au nord-est !

— Crénom ! Il ne manquait plus que ça !

— Vous affolez pas ! Avec la brume, on ne peut rien prédire… Ah ! Tenez ! Voilà l'avion qui revient déjà. Prenez-le à la VHF !

Quelques instants plus tard, une voix grésilla dans le récepteur :

— Pen ar Bed ! Pen ar Bed ! Ici Cessna 447… Garec, me recevez-vous ?…

— Ici Garec ! Vous reçois fort et clair. A vous !

— Nous avons survolé l'archipel des Men Du et repéré un yacht correspondant à celui que vous cherchez. Tout semblait normal à bord. Quelqu'un pêchait à la ligne sur le pont.

— Avez-vous établi un contact radio ?

— Non. Mais nous avons relevé le numéro d'immatriculation que nous avons transmis aux Affaires Maritimes pour identification. Ils viennent de nous rappeler. Ce yacht figure dans leurs registres. Son propriétaire est une femme du nom d'Alice Deville, domiciliée à Coatnoz en Guernével. C'est tout ce que nous savons pour l'instant.

— OK les gars et merci !

Garec raccrocha et se tourna vers Eric.

— Une femme… Si je m'attendais à ça ! On a fait fausse route !

— Pas sûr, marmonna Jaouen. Je n'ai jamais vu de plaisanciers dans ces parages. Début octobre qui plus est !

— Bizarre en effet ! Continuons !

•

La porte du carré s'ouvrit et la silhouette en ciré jaune se découpa dans la lumière du jour.

— Vous pouvez sortir, il est parti. C'était un avion de tourisme. Je lui ai fait signe que tout allait bien. Il ne viendra plus nous déranger.

Julie était consternée. Pourquoi s'était-elle laissé enfermer sans résister quand elle avait entendu le ronronnement de l'avion ? Elle aurait dû s'agripper aux haubans, se jeter à l'eau !…

— Je suis sûre que vous vous trompez ! C'était un avion de surveillance côtière qui a relevé votre numéro d'immatriculation et signalé notre présence. Les flics et la douane ne vont pas tarder à arriver !

En prononçant ces mots, Julie perçut dans le regard de Deville un bref éclat de satisfaction. Elle comprit alors que sous le modelé inexpressif du visage se cachait un être terrifiant et pervers qui l'avait épiée, traquée, poussée jusqu'à l'entrée du piège.

"Tout a été programmé. Tout se déroule selon un plan minutieux, se dit-elle. Inutile d'essayer de l'amadouer ou de le raisonner. Je ne peux que gagner du temps…"

— Excusez-moi mais je ne comprends toujours pas ce que nous faisons sur ce bateau !

— C'est pourtant clair ! Si je vous ai arrachée à votre vie médiocre, c'est pour vous faire entrer dans une autre dimension, la mienne, et je…

— Ah oui ! Bien sûr… Mais, est-ce que je suis la première à qui vous accordez ce… ce privilège ?

— Non ! Pas du tout !

— Est-ce que Rozenn ?…

— Ah ! Rozenn… Quel moment sublime j'ai vécu avec elle !

Son visage exprima une vague nostalgie. Julie avala péniblement sa salive puis articula :

— Rozenn… C'est bien vous, Serge Deville, qui l'avez étranglée ?

— Etranglée n'est pas exactement le terme qui convienne mais je reconnais qu'effectivement…

— Et ça s'est passé ici ? Ici même ?…

— Non ! Pas ici, fit-il d'une voix soudain tranchante. D'ailleurs, il est temps que nous partions. Vous aviez peut-être raison à propos de l'avion. Il serait imprudent de nous attarder davantage.

Julie sentit sa gorge se nouer. Autour d'elle la lumière était éblouissante. Le goémon cascadait sur les rochers comme une chevelure bouclée. Dans le ciel fragile dérivaient des lambeaux de brume. Le bateau tanguait doucement et la mer offrait au soleil l'éclat de sa peau mouillée. La jeune femme étouffa un sanglot. Tout cela allait disparaître, lacéré, déchiqueté par l'ongle noir de la folie…

— Attendez ! hoqueta-t-elle. Rozenn n'a pas été la seule qui…

— Non, bien entendu !

— Et les autres ?… Racontez-moi les autres…

Il croisa les bras, enfouissant ses mains dans les manches de son ciré. Ses yeux se rétrécirent et les mots affleurèrent comme ces vieilles têtes de roches que la houle couvre et découvre inlassablement. Des mots sombres et cruels, aigres, pervers et sales… Des mots de fumée et de mort.

— Pour les autres… Je n'étais pas encore parvenu à mon degré d'évolution actuel. J'avais envie, je me servais. Au hasard. Mais tout allait trop vite… Depuis, j'ai subi des transformations.

— Ces femmes, vous vous souvenez de leur nom ?

— Evidemment ! Pour qui me prenez-vous ? D'ailleurs, tout est consigné dans mon livre de bord ! Vous ne me croyez pas ? Descendons, je vais vous montrer !

— Voilà ! Lisez ! fit Deville en déposant sur la table à carte un grand registre relié de toile noire.

Une écriture en pattes de mouche remplissait les

pages. Aucune correction ni rature, c'était la calligraphie d'un enfant appliqué.

— Tenez, ceci concerne Vanessa Merrien. Voyez, tout est noté. Age, état civil, adresse et aussi le récit de la rencontre. On croit avoir une bonne mémoire mais c'est faux. Les détails s'effacent toujours c'est pourquoi je m'astreins à cette discipline. Voyez, il y a aussi une description physique. Vanessa... c'était une jolie petite noiraude, très vive. Pas mon genre, remarquez !... Quand je l'ai rencontrée sur sa planche à voile, elle se trouvait très au large, bien au-delà des limites autorisées. Vous savez qu'il existe une réglementation très précise à ce sujet. Lorsque je l'ai embarquée, Vanessa était en infraction !

Deville leva sentencieusement l'index et soupira.

— Et la planche, qu'en avez-vous fait ?

— Lestée et coulée.

Julie n'ajouta rien. Qu'aurait-elle pu dire alors que sous ses yeux les mots grouillaient comme des insectes nécrophages, faisant monter des pages une stridulation de mort.

— Tenez, en voici une autre, poursuivit Deville. Mathilde Karpinski, une baigneuse. Elle non plus ne respectait pas le règlement ! Elle nageait beaucoup trop loin de la côte... Voulez-vous lire ce que j'ai écrit à son sujet ?

Julie se pencha sur le registre. Il ne fallait pas se laisser submerger par l'horreur ou la pitié. Tant que Deville se soûlait de son propre chant, il ne pensait pas à autre chose.

— Ah ! Et voici Myriam Berthier… Belle femme, bien en chair, les traits lourds, et d'un calme !… Nous avons longuement discuté. C'était une personne sensible, réfléchie…

Julie frémit en devinant que cette femme avait probablement aussi tenté de gagner du temps. En pure perte. Comme les autres, elle n'était plus aujourd'hui qu'un nom dans un horrible procès-verbal !

— Je comprends maintenant, dit Julie en forçant les mots à sortir de sa bouche, comment vous avez pu envoyer tous vos messages sans commettre aucune erreur. La police se perd en conjectures…

— Une bande de crétins !

— Par contre, ce qui m'échappe, c'est la raison même de vos messages. C'est un acte risqué et illogique.

Un frémissement de désarroi brouilla les traits de Deville. Il parut perdre le fil de sa pensée. Il respira bruyamment puis reprit d'une voix geignarde :

— Avec Rozenn, tout est devenu beaucoup plus compliqué. Depuis que je l'avais vue, un matin sur sa terrasse, c'était elle que je voulais. Elle et pas une autre. A cause de ça, il a fallu tout combiner… un bateau, l'essai en mer et tout le reste. Tout prévoir dans les moindres détails. J'en avais presque perdu le sommeil. Vous comprenez ?…

— Oui mais les messages… Pourquoi les messages ?

Il leva la tête et Julie eut l'impression que cette fois toute la porcelaine de son visage se désagrégeait.

— Pourquoi !... hurla-t-il. Parce que les journaux n'avaient pas parlé des lunettes de plongée, ni du maillot de bain doré ! Rien ! Absolument rien !... Pas un mot ! Pas une ligne !... Toute la ville continuait à vivre une vie peinarde, bien tranquille, comme si rien ne s'était passé. Comme si je n'existais pas !... Alors moi, j'ai forcé la note. C'est moi le maître du jeu, non ?

Julie secoua la tête... Qui ose prétendre que la folie est fascinante, se demanda-t-elle, alors que c'est une errance sans feu ni lieu dans un vide morose qui n'a de vie que l'apparence...

— Bon ! Maintenant, je crois vous avoir tout expliqué ! déclara Deville en se frottant les mains l'air satisfait. Il est temps de se remettre en route.

— Encore une question ! Ce... ce yacht, il... il est à vous ?

— Naturellement ! Depuis hier, il est amarré dans le port de Saint-Bredan. Son corps-mort habituel se trouve dans l'estuaire du Steren, c'est plus discret... De plus, par mesure de précaution, il est immatriculé au nom de ma tante. La chère vieille dame n'en sait rien. Je vous le répète, avec moi, rien n'est laissé au hasard.

— Oui, je m'en rends compte. Toutefois, il y a encore quelqu'un dont nous n'avons pas parlé et qui pourtant est à l'origine de tout !

— Ah ?... fit Deville l'air soudain absent. Je ne vois pas. A qui songez-vous ?

— A Marie-Léone Winter évidemment !

— Ma mémoire n'a pas retenu ce nom... D'ailleurs,

il ne figure pas dans mon livre de bord, vous pouvez vérifier !… Maintenant, assez causé ! Redescendez en bas, nous partons.

•

Arrivés à proximité des Men Du, Jaouen et Garec aperçurent la vedette de gendarmerie qui croisait en les attendant.

— Je vous l'avais bien dit, s'exclama le pêcheur. Jamais ils ne prendront le risque de se faufiler là-dedans !

Le commissaire étouffa un juron.

— Donnez-leur l'ordre de contourner l'archipel par le nord. Avec un peu de chance, ils cueilleront le yacht de l'autre côté.

— OK ! Et nous, qu'est-ce qu'on fait ?

— Nous ?… On va voir sur place et tout de suite !

Alors que Garec dialoguait avec la vedette, Jaouen engagea son bateau dans la passe étroite où le ressac s'acharnait avec fureur. Le policier frémit. Une fausse manœuvre et le navire serait réduit en bûchettes !

— C'est presque l'heure de la basse mer, fit Jaouen. On va profiter de l'étale pour explorer les lieux.

— Comment se fait-il que vous connaissiez si bien ces parages ?

— J'ai appris avec mon grand-père qui y pêchait le homard.

Lentement le bateau s'enfonça dans le dédale des îlots mais quand il parvint là où l'avion avait localisé le yacht, il n'y avait plus personne. Garec pâlit.

— Merde ! On arrive trop tard !

— En tout cas un bateau est passé par ici il y a peu. Visez cette flaque d'huile sur l'eau ! Allez, on continue, il ne doit pas être loin !

La brume cueillit le Pen ar Bed alors qu'il débouchait de l'enchevêtrement des Men Du, juste après la dernière passe.

— Dégageons d'ici et vite ! s'écria Jaouen. Un coup de pot que le brouillard ne nous soit pas tombé dessus il y a cinq minutes… On aurait été forcés de mouiller en attendant que ça s'éclaircisse.

— Ouais… Mais comme on n'a pas de radar, pour trouver le yacht, c'est râpé !

— Je vais contacter la vedette par radio. Vous, allez vous poster à l'avant et gueulez si vous voyez quelque chose !

Le vent avait molli. La mer chuintait. Le bateau roulait doucement comme englué dans les boursouflures grises. Garec crut apercevoir une ombre droit devant lui. Mais l'ombre s'éclipsa. Puis il lui sembla entendre le son d'une corne au loin. Une fois… deux fois… et ce fut tout. Soudain, Jaouen ouvrit la porte coulissante.

— Ça y est ! Je viens de leur parler ! Ces imbéciles ont pris une route qui passe très au nord des Men Du, celle qu'indique le manuel de navigation en cas de brume !

— Ah ! Les cons… Et maintenant ?

— Maintenant, ils sont à plus de quinze milles d'ici,

en train de contourner l'archipel. Avec un peu de chance, on finira par se rencontrer. Quand ?... ça je n'en sais rien !

•

— Ma chère Julie ! Venez voir ! Une fois de plus le hasard sert mes entreprises. C'est incroyable mais c'est toujours ainsi que ça se passe !... Regardez ! Même la nature est contre vous !

En émergeant du carré, Julie n'en crut pas ses yeux. Un crépuscule de novembre s'était abattu sur la mer.

— Voyez cette brume... Nous y sommes enfermés comme dans une chambre bien close, totalement à l'abri des regards.

Deville tournait autour d'elle. Sa voix semblait s'être liquéfiée. Ses yeux étaient aussi pâles et insaisissables que les vapeurs qui les entouraient. Julie baissa la tête. Tout était fini, il n'y avait plus rien à espérer. De toute façon, elle savait depuis longtemps que les miracles n'existaient pas.

La mer s'était calmée. Deville avait mouillé une ancre.

— Où sommes-nous ?

— Au-dessus d'un haut-fond que je connais bien. C'est l'endroit que j'ai choisi pour vous. C'est ici que se trouve votre... demeure d'éternité !

Julie écarquilla les yeux.

— Vous voulez dire que....

Le crabe avance. Ses antennes captent les ondes affolées et les mouvements convulsifs qui agitent l'eau en face de lui.

Son action offensive est maintenant définitivement enclenchée. Il ne reculera plus quoi qu'il advienne. Ses pinces sont en position d'attaque, son système nerveux parfaitement en éveil. Il sait qu'il atteindra son but.

Rien désormais ne lui fera obstacle.

—… Que toutes ces femmes dont le corps n'a jamais été retrouvé ont été…

— Ensevelies par mes soins. Oui ! C'est ça !… Les fonds marins recèlent d'innombrables cachettes qui font de merveilleuses sépultures.

Deville la gratifia d'un sourire puis d'un pas glissant, il se dirigea vers la cabine de barre, se baissa, saisit quelque chose et se retourna brusquement :

— Tenez ! Voilà pour vous ! Enfilez ça !

Et Julie reçut en pleine figure un maillot de bain.

Un maillot de bain en lamé doré.

Elle jeta un coup d'œil au vêtement tombé à ses pieds et ne bougea pas.

Deville s'impatientait. Il respirait plus vite, ses mains s'ouvraient et se refermaient spasmodiquement.

— Déshabillez-vous et mettez ce maillot de bain !

Sa voix était hargneuse comme celle d'un enfant en colère.

— Non !

— Je peux vous y forcer, vous n'êtes pas de taille à vous défendre.

— Peut-être mais ce serait difficile… Parlez-moi de Marie-Léone Winter ! Ensuite seulement, je ferai ce que vous me demandez.

•

Le col relevé et les mains dans les poches, Jaouen et Garec considéraient la brume d'un œil morose. Réduits à l'impuissance par un caprice de la météo !… Le commissaire poussa un soupir puis se tournant vers son compagon :

— Puisqu'on n'a rien d'autre à faire… Parlez-moi donc un peu de ce groupe de jeunes que vous formiez il y a vingt ans, au moment de la mort de Marie-Léone. Je suis sûr que c'est là que se situe le nœud de toute l'histoire.

— On a déjà tout dit là-dessus !

— Pas sûr !… Pas la peine de parler des gars qui draguaient la jeune Winter, on s'est trop occupé d'eux. Essayez plutôt de vous rappeler s'il n'y avait pas parmi vous quelqu'un de timide, d'effacé… Quelqu'un qui restait à la périphérie du groupe…

Jaouen réfléchit.

— Je me souviens vaguement d'un type complètement insignifiant, un petit gringalet… Il venait, il repartait. Tantôt il était là, tantôt on ne le voyait plus. Personne ne faisait vraiment attention à lui. On le trouvait agaçant mais sans plus… Je ne vois pas ce que je pourrais ajouter d'autre… Ah si ! Ça me revient. Marie-Léone l'avait surnommé le voyeur. Nous, on se marrait. Un jour, elle l'a même interpellé : "Hé toi, le voyeur ! Qu'est-ce que tu veux exactement ? Faudrait nous le dire parce que sinon, du vent ! Ta tronche, on l'a assez vue !…" On était quand même de beaux petits salauds ! Le voyeur, j'ai honte quand j'y repense.

— Qu'est-ce qu'il est devenu ?

— Je ne sais pas. Je ne me rappelle même pas quand je l'ai vu pour la dernière fois.

•

— Voilà ! Je vous ai tout dit ! Vous êtes contente, maintenant ? fit Deville d'un ton irrité.

— Pas vraiment… D'accord, c'était odieux de leur part de vous humilier comme ils le faisaient. Et Marie-Léone était une garce, c'est sûr ! Mais quand même, on ne tue pas pour ça. Non, j'ai beau faire, je ne comprends pas…

— Eh bien tant pis pour vous ! Il faut maintenant tenir votre promesse !

Il ramassa le maillot de bain et se le passa lentement sur le visage. Puis il y enfouit le nez, la bouche, et ferma les yeux… "Ah ! La salope, dit-il d'une voix rêveuse, quand elle m'a vu apparaître sous l'orage, dans la pluie et les rafales, avec la marée qui montait… Ah ! La salope, elle ne m'a pas traité de voyeur ce coup-là ! C'est qu'elle était seule pour une fois, sans toute sa cour ! Seule… Hé ! Ne me dites pas que les courageux ont fichu le camp sans vous ! Quoi ? Ils vous ont oubliée ? Pas possible pourtant d'oublier une fille comme vous !… Il me semble que je vous connais. Voilà ce qu'elle m'a répondu avec un grand sourire. Mais ce sourire s'est mis à dégouliner sur sa figure, avec la pluie et les larmes. Et il y avait aussi ses cheveux mouillés qui collaient à ses joues… Moi, je trouvais ça répugnant. Et j'ai eu carrément envie de vomir quand cette poufiasse m'a demandé si elle pouvait embarquer à bord de mon Bombard. Elle voulait que je la ramène à Saint-Bredan. Rien que ça !… Qu'est-ce que vous me donneriez en échange ? Là, elle a eu l'air franchement étonnée. Elle s'attendait peut-être à ce que je bégaie ou que je rougisse. Qu'est-ce que j'aurai si je vous ramène à terre ? Réfléchissez avant de répondre, j'ai tout mon temps. Et puis j'aime bien vous regarder. Normal, hein… pour un voyeur ! Elle a eu un sourire incrédule. Quoi ? Vous êtes fâché pour si peu ? Il ne faut pas, c'était pour rire… Alors du coup moi je me suis mis à rire… Il pleuvait, il faisait du vent et du tonnerre mais je me sentais bien. J'étais assis dans mon Bombard et elle, debout, les pieds dans le goémon, avec son ridicule maillot de bain doré et ses petites lunettes qui pendouillaient à son cou… Je riais. Je riais parce que la mer montait et qu'avant peu, le rocher où elle se tenait serait complètement recouvert. Elle… elle n'avait rien remarqué. Elle me dévisageait d'un air con, les bras serrés sur sa poitrine, la tête rentrée dans les épaules. Avec la pluie qui la fouettait et sa mocheté de cheveux filasses qui pendaient comme des queues de rat.

J'aimerais bien que vous me laissiez embarquer, j'ai froid… A ce moment-là, elle a dû sentir l'eau lui recouvrir les pieds et elle a regardé autour d'elle. Hé ! Hé ! Tout était gris et plat. La mer était en train de tout avaler. Alors elle s'est mise à couiner comme un chiot. J'veux partir ! Je ferai n'importe quoi mais emmenez-moi d'ici !… Et moi j'ai dit, taille-moi une pipe, on discutera après ! Elle a écarquillé les yeux… T'as pas compris ? Je veux que tu me suces, c'est simple, non ? Alors, elle a eu l'air de se réveiller. D'accord ! D'accord ! Mais pour ça, il faut que je vienne à bord… Pas si vite, ma belle, on a tout notre temps ! Et avec mon canot, j'ai commencé à tourner lentement autour d'elle. Ça me plaisait de la regarder. Avec sa tête baissée et ses épaules voûtées, on aurait dit une pénitente. Ah ! Que c'était bon ! J'aurais voulu que le temps s'arrête. Mais la mer montait vite, trop vite… Quand la connasse a eu de l'eau aux genoux, j'ai débarqué. Alors elle s'est précipitée droit sur ma braguette et elle s'est mise à farfouiller là-dedans. Mais tout était imbibé d'eau. Le tissu était raide, la fermeture Eclair bloquée… Et cette bécasse qui s'acharnait en reniflant ! Plus elle s'énervait, plus ça coinçait ! Et plus ça coinçait, plus je me marrais… Parce que si elle croyait que je bandais pour elle, cette pute qui s'était fait sauter par tous les mecs de la ville, alors là elle se gourait ! Elle se foutait le doigt dans l'œil jusqu'au coude !…

Quand elle a eu de l'eau à mi-cuisses, elle a levé la

tête. J'y arrive pas ! C'est pas ma faute, tout est tellement mouillé… Moi, je n'ai même pas répondu.
Qu'elle se démerde ! Elle était comme toutes les
bonnes femmes qui se croient toujours si malines…
Toutes ces nanas qui vous tournent autour depuis le
berceau, qui vous éduquent, vous dressent, vous ins-
truisent, vous corrigent…

Au bout d'un moment, j'en ai eu ras-le-bol de cette
emplâtrée. Bordel, j'allais pas passer ma journée à la
regarder s'échiner sans résultat… Alors j'ai tiré sur
l'amarre et grimpé dans le Bombard. Au revoir et bon
débarras ! Mais elle, elle a eu le culot de s'agripper au
rebord. Le temps que je lance le moteur, elle était affa-
lée sur le boudin pneumatique. Elle soufflait et bavait
comme une grosse loche obstinée… Ah ! C'est ça ! Tu
veux me forcer la main ! Tu es bien comme toutes les
autres… la tante, ma mère et toutes ces femelles qui me
passent sur le corps depuis que je suis né !… Et pan !
Un coup de pied dans la gueule !… Elle est tombée à
la renverse puis elle est remontée à la surface et s'est
mise à nager. Moi, dans mon Bombard, je la regardais.
J'étais bien… Chaque fois que sa figure se montrait au-
dessus du boudin, avec sa bouche ouverte et ses yeux
exorbités, j'attendais un peu parce que je trouvais ça
marrant et puis… Pan ! Une baffe… Et la tante qui me
criait d'arrêter. Et les maîtresses d'école qui beuglaient
des menaces. Et… et ma mère avec ses yeux morts
et sa voix d'Italienne qui geignait Sergio, Sergio
prego !… Je t'en supplie… Cesse de me martyriser !
Per favore, arrête !… Elles étaient toutes là à hurler

dans le vent tandis que l'autre s'obstinait à vouloir grimper dans mon Bombard... Oh ! T'as pas compris que je ne veux plus de toi ? Qu'est-ce qu'il faut faire pour que tu piges ?... Alors un drôle de gargouillis est sorti de sa bouche, en même temps qu'une grosse langue gluante. J'ai eu envie de dégueuler. Je l'ai empoignée par le cou et j'ai enfoncé tout ça dans l'eau. Nom de Dieu ! J'avais eu assez de patience avec elle, il me semble. Plus qu'assez, vous ne trouvez pas ?..."

Hurlant et gesticulant, Deville saisit alors Julie par le bras.

— C'est comme vous... Je vous ai assez supportée ! Maintenant, c'est terminé !

— Et Marie-Léone, qu'est-ce que vous en avez fait... après ?

— Hein ?... Ah oui ! Quand elle a arrêté de bouger, je l'ai remorquée plus au large et j'ai largué le tout. Au revoir et bon débarras !

— Et les lunettes ?

— Les lunettes de plongée ? Je les ai retrouvées plus tard, au fond du Bombard. Je les ai gardées. En souvenir... Ah ! Ah ! Ah !

Il se frotta les mains puis dit d'un ton impatient :

— Allez-vous maintenant enfiler ce maillot de bain, oui ou non ?

Julie recula en secouant la tête.

— Oh ! Et puis je m'en fous, glapit Deville. Ça n'a pas d'importance.

Et, se précipitant sur elle, il lui arracha son bonnet, son ciré et sa veste. Bousculée, elle trébucha et perdit un de ses mocassins. Puis comme elle levait les bras pour se protéger, il eut un ricanement rageur, tira sur son pull et le fit passer par-dessus sa tête. Son chignon se défit et ses cheveux croulèrent sur ses épaules. Il la regarda fixement et marmonna des mots qu'elle ne comprit pas. C'étaient des sons grondants et des grincements de dents. Ses mâchoires étaient si contractées qu'il ne parvenait pas à articuler. Pour finir, il ouvrit une bouche énorme et un hurlement jaillit :

— A l'eau !… A l'eau !…

Puis il l'attrapa par son soutien-gorge et, d'une poussée brutale, il la précipita par-dessus bord.

Libre…

Elle était libre !

Le clapotis, l'eau glacée, le sel sur les lèvres et dans les yeux… Libre !

Enroulée dans la mer et le brouillard, Julie sentait fondre sa terreur. Ses jambes battaient l'eau. Ses bras étreignaient les vagues. Sa tête flottait comme un pingouin ballotté par le ressac.

Fuir plus vite, plus loin, comme le disque solaire qui filait au-dessus d'elle, emporté par des torrents de brume.

Fuir le visage aux yeux pâles, le registre noir et le bateau blanc… Fuir l'obscurité où sonnent les cloches à l'oreille des noyés.

— Alors, ma petite ! On croit comme ça pouvoir échapper à l'ami Serge ? coassa soudain Deville en surgissant de l'eau, un mètre devant elle. Hé ! Hé ! Pas la peine de changer de direction, vous savez bien que c'est inutile. Vous êtes déjà à bout de souffle…

Haletante, Julie considéra avec horreur le visage de Deville à demi-dissimulé par un masque de plongée, sa tête encagoulée de néoprène verdâtre, ses mains gantées, le harnachement des bouteilles d'air.

— Non ! Non ! cria-t-elle en se remettant à nager comme une forcenée. Deville la rattrapa sans effort. Lorsqu'il fut à sa hauteur, il la saisit par les épaules, la maintint fermement et, se laissant couler, l'entraîna sous l'eau avec lui.

•

— Cette fois ça y est ! On sort de la brume, hurla Garec. Bordel, c'est pas trop tôt !

Ebloui, il mit une main en visière et inspecta la mer immensément bleue qui miroitait autour de lui.

— Là-bas ! Le yacht !

— Ouais, je l'ai vu. Il a mouillé une ancre. Prenez les jumelles et dites-moi ce qui se passe. Je fais route sur lui.

— Personne sur le pont… Personne à la barre…

— Le salopard ! Il doit être en bas avec elle, fit Jaouen d'une voix sourde.

Garec hocha la tête sombrement. Puis il balaya la mer à la recherche de la vedette de gendarmerie.

— Oh !… Oh !… On dirait qu'il y a quelque chose dans l'eau !… Je vois mal. Ça bouge… Ça ressemble à un animal…

— Prenez la barre et gardez le cap ! dit Jaouen en lui arrachant les jumelles et en se précipitant à l'étrave.

•

C'est la fin… Je vais mourir, pensa Julie. Comme Rozenn. Comme toutes les autres…

Laisse-toi faire, ça ira plus vite, se dit-elle encore. Mais tout son corps se rebiffe et se débat violemment malgré la poigne d'acier qui lui maintient les bras collés au torse…

L'eau est lourde, épaisse, pleine d'éclaboussures lumineuses et de fonds obscurs où bat la lente pulsation d'un gong.

Propulsion… Bris de glace… Lumière…

— Respire salope !

La bouche ouverte, elle avale goulûment le ciel bleu qui la brûle. Encore, encore…

— Et regarde-moi !

L'homme a craché son embout. Elle ne sait plus exactement qui il est. Mais il lui permet de respirer… Il est bon, il est charitable. Encore s'il vous plaît ! Son regard le supplie. Il doit comprendre. Il comprend ! Il sourit. Alors elle reconnaît Serge Deville et se recroqueville dans sa peur. Elle ferme les yeux et sent qu'à nouveau on l'attire sous l'eau.

Du verre fondu l'enserre aussitôt.

Les bulles de lumière ne pétillent plus. Elles montent vers la surface comme à regret. Tristes billes d'étain dans une mer orageuse…

— Respire !

Elle ouvre la bouche. L'air s'engouffre. Puis l'eau qui lui arrache les narines, les lèvres, la langue, la gorge… Le barrage cède. Des trombes d'eau déboulent de partout. Au loin une cloche se met à tinter. Une cloche sonne sur les collines crépusculaires. D'autres lui répondent. Des troupeaux de cloches dévalent les pentes… La dernière bulle éclate. Le son des cloches se fêle. Se brise. Se tait…

•

Le Pen ar Bed se rapprochait rapidement. Eric Jaouen, les yeux rivés sur les étranges bouillonnements, finit par distinguer la combinaison et les bouteilles d'un plongeur. Puis un visage livide et un bras nu. Et à nouveau un dos sombre et une palme. "Bon sang mais qu'est-ce que c'est ?… On dirait que quelqu'un se noie… Et ce plongeur, qu'est-ce qu'il fout là ? Il tente un sauvetage, ou quoi ?…" Puis comme la distance diminuait, il lâcha les jumelles.

— Crénom ! Il est en train de la noyer ! cria-t-il en reconnaissant les traits déformés de Julie. Le salaud ! Il la noie ! hurla-t-il encore.

Puis il grimpa sur le bord de la lisse et se jeta à l'eau.

Sous la surface, il découvrit avec horreur les mains de l'homme qui serraient le cou de Julie. Celle-ci avait cessé de se débattre. Elle flottait mollement, les bras écartés comme deux ailes brisées.

Jaouen avala une goulée d'air et se rua en avant. Mais le plongeur, d'un long mouvement coulé, se dégagea sans effort.

Tenant toujours sa victime par le cou, il amorça une descente vers le fond.

"Merde ! Il va m'échapper ! enragea Eric obligé de remonter respirer. Mais tu vas voir, charogne, la surprise que je te réserve !… Et, arrachant le couteau à trancher qu'il portait à la ceinture, il plongea une nouvelle fois.

Encombré par son fardeau, l'homme nageait moins vite qu'il ne l'aurait voulu. En quelques secondes, Jaouen fut sur lui. Il lui passa le bras autour du cou et tenta de sectionner le tuyau d'arrivée d'air. L'autre se retourna. Sans lui laisser le temps de riposter, Jaouen lui arracha son masque et brandit son couteau. La lame effilée ripa sur l'une des bouteilles puis entama profondément le visage et le cou du plongeur. Alors seulement celui-ci lâcha sa prise.

A demi asphyxié, aveuglé par les tourbillons de l'eau, Eric tendit les mains devant lui. Ses doigts effleurèrent une chevelure. Il l'empoigna et se propulsa vers la surface.

— Tu l'as ? Tu la tiens ?…

Quelle question idiote, pensa le pêcheur tandis que ses poumons pompaient l'air avec fureur et que sa vision s'éclaircissait. Il était temps !

— Tu l'as ? demanda encore la voix étrangement proche.

Jaouen cligna des yeux et distingua, à quelques

mètres à peine, le visage et les épaules de Garec engoncé dans un gilet de sauvetage.

— Oui ! La voilà !...

Et le commissaire put apercevoir le visage violacé de Julie que Jaouen s'efforçait de maintenir hors de l'eau.

— Et toi, qu'est-ce que tu fiches à la baille ? Je t'avais pourtant dit de rester à la barre ! fit Eric essoufflé. Regarde ! Le Pen ar Bed qui dérive avec le courant !

Tandis que Garec découvrait effaré le navire qui s'éloignait, Jaouen fut pris d'un rire nerveux :

— Ah ! Tu as bonne mine ! On dirait un vieux phoque !... C'est plus de ton âge ce genre d'exercice !... Mais t'en fais pas ! Voilà tes collègues qui radinent... Ils y ont mis le temps. Ah ! Ils nous ont vus ! Ils mettent un canot à l'eau.

Puis regardant Julie :

— Mais j'ai bien peur que pour elle, il ne soit déjà trop tard !

CHAPITRE X

— Oh ! Maman… Je n'arrive pas à y croire !
s'exclama Charlotte en regardant Linette l'air stupéfaite.

— C'est pourtant l'exacte vérité ! Tout à l'heure,
quand je t'ai appelée de l'hôpital, je t'ai parlé d'un
accident parce que je ne pouvais pas t'en dire plus au
téléphone. Maintenant, tu sais tout…

— Et Julie… Elle a expliqué ce qu'elle était allée
faire sur ce yacht ?

— Non, répondit Linette en passant une main sur
son visage harassé. La seule chose qu'elle ait révélé en
revenant à elle, c'est l'identité de son agresseur. Il
s'appelle Serge Deville et travaille comme biologiste
au CRAM. Ensuite, les médecins l'ont examinée, soignée et mise sous sédatif. Lorsque je l'ai quittée, elle
dormait profondément. Elle n'a rien de grave heureusement mais il s'en est fallu de peu !

— Et vous, après son évacuation par hélicoptère,
qu'est-ce que vous avez fait ?

— Kath, le commissaire Garec et moi sommes rentrés avec le bateau d'Eric en remorquant le yacht. La
vedette de gendarmerie est restée patrouiller sur la zone.

— Et l'autre ?…Le détraqué ?…

— Il était blessé et n'a pas refait surface. Je te l'ai dit, Eric l'a attaqué au couteau…

— Ouah ! C'est pire qu'un feuilleton à la télé ! fit Charlotte épatée.

— Mmm… La police pense qu'au cours de la bagarre, il a eu la carotide sectionnée et qu'il s'est noyé. Demain, si le corps n'est pas remonté, ils vont draguer le fond. Mais tu sais, avec les courants qu'il y a là-bas, il est bien possible qu'on ne le retrouve jamais.

•

— Eh bien ! Il me semble que tout est en ordre ici, dit Kath qui avait regagné Tan Dei en compagnie de Marc Lefoll. Après notre départ précipité, il fallait que je vienne m'en assurer.

— Voilà qui est fait ! Et maintenant, si nous allions manger, je meurs de faim ! répondit le journaliste en consultant sa grosse Swatch rose et jaune fluo.

— Dites-moi, Marc, cet objet ne vous quitte vraiment jamais ?

— Ma montre ? Elle est chouette, hein ?… En fait, elle appartient à mon fils C'est un garçon original, complètement rétro ! Il s'habille comme un clerc de notaire et porte la montre en or que j'ai reçue pour ma première communion ! Nous avons fait un échange ! dit Marc en éclatant d'un rire sonore.

Puis redevenant sérieux :

— Quand Julie quittera-t-elle l'hôpital ?

— Les médecins désirent la garder quelques jours en observation.

— Elle revient de loin ! Il faut reconnaître qu'elle a joué avec le feu ! Ces rendez-vous… Ces gens qu'elle manipulait…

— Vous faites fausse route si vous pensez qu'elle s'est contentée de tirer les ficelles. Dans cette affaire elle a été davantage qu'une simple instigatrice. Je dirais même qu'elle en a tenu l'un des rôles majeurs.

— Jusqu'à manquer y laisser sa peau !

— Oui. Et c'est ce qui va enfin lui permettre d'envisager l'avenir… Voyez-vous, Julie ne s'est jamais remise de la mort de son mari, ni surtout de l'emprise qu'il avait sur elle. C'était un mariage heureux mais qui l'infantilisait terriblement. Après le décès d'Antoine, elle s'est réfugiée à l'ombre de Rozenn, ce qui n'a rien résolu… Croyez- moi, les événements de ces dernières semaines et la place qu'elle y a tenue vont avoir une action déterminante sur le cours de sa vie.

— En un mot, elle va enfin assumer son état d'adulte ! A trente ans passés, ce n'est pas trop tôt !

— Certains n'y parviennent jamais, dit Kath en jetant un regard moqueur à la grosse montre aux couleurs éclatantes.

Puis se plantant devant le journaliste :

— Vous ne trouvez pas que nous avons suffisamment discuté de Julie et de toute cette histoire ? Si nous passions maintenant à un autre sujet !…

— Oh ! Excellente idée, s'écria Marc l'air ravi. Parlons de nous deux ! Ce sera beaucoup plus passionnant !

•

— Ah ! Maupet ! Vous voilà enfin ! s'exclama Garec debout dans son bureau. Alors, qu'est-ce que ça donne ? Où en est-on là-bas ?

— Aux dernières nouvelles, la vedette croisait toujours sur zone. Sans résultat. Les chances s'amenuisent de retrouver Deville vivant. Tout le monde pense qu'il s'est noyé.

— C'est aussi mon avis. J'ai néanmoins donné des ordres pour que le dispositif mis en place reste en état d'alerte jusqu'à demain midi.

— Et le yacht de Deville ?

— Mes hommes sont en train de le passer au peigne fin. Ils m'ont appelé il y a cinq minutes, ils venaient de découvrir le matériel qui servait à rédiger les "messages". De plus, ils ont trouvé une sorte de livre de bord où Deville relate en détail tous ses crimes. Y figurent aussi les points géographiques où il aurait inhumé ses victimes.

— Comment ça ?

— Apparemment, une fois son forfait accompli, il emmenait le cadavre jusqu'à une cavité sous-marine où il l'enfouissait.

— Voilà pourquoi on n'a jamais trouvé leurs traces !

— Cela demande vérification. Aussi ai-je donné pour mission à des plongeurs de la gendarmerie d'aller constater de visu la véracité de ces renseignements. S'ils sont confirmés, il faudra faire le nécessaire pour donner à ces mortes une sépulture décente.

— Qui aurait imaginé qu'un savant comme Deville était capable de pareilles abominations ! s'exclama

Maupet. Heureusement qu'il est resté au fond. C'est encore ce qui pouvait lui arriver de mieux.

— Mmm… oui, sans doute…

— Qu'est-ce qu'il y a, Commissaire ? Vous avez l'air préoccupé.

— Je pense à la tâche qu'il me reste à accomplir. Une démarche bien pénible… prévenir une vieille dame.

— Voulez-vous que je vous accompagne ?

— Non, Maupet. Pour ce genre de chose, il vaut mieux être seul.

•

Garec soupira et considéra avec compassion la minuscule vieille dame qui se tordait les mains en silence.

— Vous voulez dire, Commissaire, que le psychopathe dont tout le monde parle, l'assassin de Rozenn Keruhel et de toutes les autres, serait Serge, mon neveu ?…

— Hélas, Madame, je crains que oui…

— Oh mon Dieu ! Et… et il ne peut y avoir d'erreur sur la personne ?

— Madame Cotten est formelle. De plus, les documents trouvés à bord du yacht sont accablants.

— Seigneur ! Et moi qui chaque jour bénissais son retour et sa présence à mes côtés !… Comment est-ce possible ?

— C'est la question que chacun se pose, fit Garec

en s'efforçant de ne pas laisser percer son émotion. Si cela peut vous aider, dites-vous que votre neveu est un malade et qu'il…

— Un malade ?… Je m'en serais aperçue, il me semble !

— Pas forcément. Il s'agit d'un cas extrêmement complexe… Si vous le désirez, le psychiatre de la police vous expliquera la nature de ses troubles. Comprendre aide parfois à accepter.

— Un psychiatre… encore un psychiatre ! N'en ai-je pas suffisamment rencontrés au cours de ma longue vie ?…

— Que voulez-vous dire ?

— Mon beau-frère, ma belle-sœur, mon mari à la fin de sa vie… Voyez-vous, Commissaire, j'ai vécu entourée de dépressifs et de neurasthéniques, moi qui étais d'un naturel si gai…

Elle se tut et passa sa grande main ridée sur son front. Puis elle reprit plus fermement :

— Lorsque j'ai été désignée comme tutrice de Serge, j'ai tout fait pour qu'il échappe à cette fatalité.

— Tutrice de votre neveu ? Ses parents sont donc décédés alors qu'il était encore mineur ?

Il y eut un long silence…

— Mon beau-frère s'est pendu, dit Alice Deville.

Puis, la tête inclinée et les épaules tremblantes comme si elle confessait ses propres péchés, elle poursuivit à voix basse :

— Le plus terrible, c'est qu'il a commis cet acte sous les yeux de son jeune fils… Il avait imaginé une parodie de mise en scène et installé l'enfant comme au spectacle… Lui-même s'était déguisé en une sorte de clown. Un clown grotesque… Quand nous sommes arrivés, tout était terminé. Mais Serge… il n'avait que quatre ans… criait : "Encore ! Encore ! Fais le guignol, papa ! Ze veux encore des grimaces et de la zymnastique !".

Garec étouffa une exclamation horrifiée.

— En vérité, reprit la vieille dame, nous n'avons jamais vraiment su si Serge avait réalisé ce qui s'était passé devant lui ce jour-là.

— Et… Et… par la suite, il n'a gardé aucun souvenir, aucune séquelle apparente ?

— A l'époque, notre médecin de famille nous a affirmé que le temps était le meilleur des remèdes et que moins nous parlerions de cette tragédie, mieux cela vaudrait. Que voulez-vous, dans les années cinquante, la pédopsychiatrie n'en était qu'à ses balbutiements.

— Je vois. Et votre belle-sœur ?

— Elle ne s'est jamais remise du drame. Elle est devenue une mélancolique chronique, incapable d'assumer ses reponsabilités. Elle a passé les dernières années de sa vie en maison de santé, la clinique du Mont Saint-Hilaire.

— Ah oui… Je connais.

— C'est là qu'elle est morte en 68.

— C'est donc vous et votre époux qui avez été chargés de l'éducation de Serge ?

— Oui… Un enfant si affectueux et un élève si brillant ! Quelle mémoire, quelle intelligence ! Jamais il ne nous a causé le moindre problème… Physiquement, par contre, il s'est développé assez tard. Il était malingre, gauche, malgré tous les sports que nous l'obligions à pratiquer. Il avait aussi quelques difficultés à se faire des amis. Oh ! Rien d'alarmant… Il était juste un peu trop replié sur lui-même. Cela a changé en 74. Au cours de l'été, il avait enfin réussi à s'intégrer à un groupe de jeunes de son âge.

— Ah bon… fit Garec, l'intérêt soudain en éveil. Les avez-vous rencontrés ? Votre neveu les a-t-il occasionnellement amenés ici ?

— Non, jamais. Il ne semblait pas y tenir. Mais je me souviens qu'il nous répétait combien il était heureux d'avoir des amis et combien chacun se montrait gentil avec lui. Je me sentais récompensée de mes efforts… Voilà pourquoi je n'ai pas compris sa soudaine décision de nous quitter en septembre 74… Aujourd'hui tout s'explique, hélas…

Le visage ravagé par les larmes, Alice Deville se leva et se dirigea d'un pas saccadé vers la fenêtre entrouverte. Dehors, dans le crépuscule, on entendait le vent agiter les branches des châtaigniers.

— Commissaire, reprit-elle, malgré les crimes que Serge a commis, je ne peux oublier l'enfant adorable qu'il a été et je remercie le ciel qu'il se soit noyé. Certains penseront sans doute que c'est là une fin trop douce… Mais moi, je n'aurais pas supporté de le voir croupir le restant de ses jours dans un hôpital psychiatrique. Non, je ne l'aurais pas pu…

•

— Et maintenant, que ressens-tu ? demanda André Winter à sa femme tandis que les feux arrière de la voiture de Garec disparaissaient dans la nuit.

— Rien ! Ni joie, ni tristesse, ni colère, ni pitié… Rien, même pas de soulagement.

— Ça viendra, dit-il en allumant sa pipe. Je suis très reconnaissant à Garec de nous avoir raconté la triste histoire de ce garçon. Cela m'aidera à pardonner… Par contre, je ne parviens pas à faire le lien entre cet adolescent pitoyable et le professeur Deville. Ça me dépasse !… Toi qui le voyais chaque jour, tu n'as jamais rien remarqué ? Aucun signe ? Aucun indice ?

— Non, rien… Excepté le fait qu'il n'a jamais accepté aucune de nos invitations.

— Tiens ! C'est vrai… Crois-tu que cela ait un rapport avec le reste ?

— Naturellement ! Chez les psychopathes, tout se tient.

— Selon toi, pourquoi est-il revenu dans la région après tant d'années d'absence ?

— Mmm… Sans doute les circonstances… et aussi l'envie de revoir certains lieux, certaines personnes…

— Nous ?

— Evidemment ! Imagine un peu le sentiment de puissance qu'il devait éprouver face à nous. Lui qui savait tout et nous, les naïfs, les inquiets…

Caroline se tut. Assise sur le muret de pierre, elle se mit à enlever les feuilles jaunies des géraniums et à en faire de petits tas que le vent éparpillait.

André regarda sa femme pour qui toutes ces années

n'avaient été qu'une longue quête, une intolérable question. Et il eut soudain la certitude que la soif qui l'avait si longtemps torturée, s'était éteinte à l'instant précis où elle aurait pu enfin être étanchée, privant du même coup Caroline de l'apaisement qu'elle avait tant espéré.

André Winter étouffa un soupir. Ses épaules se voûtèrent. Il tapota sa pipe contre le muret et rentra dans la maison.

Au loin, le vent, ce grand dénoueur de houle, tournoya au-dessus de la mer, remonta la vallée et vint frotter son ventre aux ventres des collines.

•

Sans bruit, Eric Jaouen pénétra dans la chambre 214. Julie dormait. La pièce était plongée dans l'ombre. Seul son visage éclairé par une veilleuse émergeait de l'obscurité. Il flottait indécis et bleuâtre comme une épave, et Jaouen eut l'impression qu'il faudrait un nouveau miracle pour qu'il revienne à la vie.

Il fit quelques pas. La dormeuse ne bougea pas. Il songea alors que n'importe qui pourrait se trouver à sa place, dans cette chambre, avec ce visage sans défense à portée de main… Personne n'avait fait attention à lui dans les couloirs. On entrait dans cet hôpital comme dans un moulin !

— Incroyable, marmonna-t-il. Elle vient juste d'échapper à un fou meurtrier et elle est là, sans surveillance, livrée au premier venu…

Il allait appeler une infirmière mais se ravisa et il

contempla à nouveau le visage assoupi. Une mèche de cheveux châtains ombrait la joue et frémissait au souffle de la dormeuse. Les lèvres étaient rêches et craquelées, les yeux cernés. Puis il aperçut à la base du cou des meurtrissures violettes. Il serra les poings et s'efforça de maîtriser la haine qu'il sentait monter en lui. Pas la peine de s'énerver, l'autre avait loupé son coup !... Les courants, la haute mer, l'eau glacée, la blessure au couteau. Deville n'avait pu s'en tirer.

Sur la pointe des pieds Jaouen alla chercher une chaise qu'il posa près du lit. En s'asseyant, il remarqua que Julie avait ouvert les yeux.

— Vous êtes venu, murmura-t-elle d'une voix enrouée. Je vous attendais...

Elle tendit vers lui une main hésitante comme si elle cherchait quelque chose à quoi se raccrocher.

— Moi aussi j'avais hâte de vous voir, dit-il en lui prenant la main. Mais je ne savais pas si les visites étaient autorisées.

— Garec m'a tout raconté. Sans vous, je serais morte. Je ne me souviens pas bien... Toute cette eau... J'avais mal et surtout... j'avais peur. Tellement peur...

— Chut ! Je comprends, ne parlez pas...

— Même maintenant, je continue d'avoir peur... Chaque fois que la porte s'ouvre, j'ai peur de le voir apparaître, avec son sourire mielleux et ses horribles mains levées vers moi.

— C'est le contrecoup. Vous ne risquez plus rien, Deville est quelque part au fond de l'eau, mort.

— Garec m'a dit qu'on n'avait pas retrouvé son

corps. Peut-être a-t-il réussi à s'en tirer, dit-elle d'une voix tremblante.

— Non ! Impossible !... En ce moment même les crabes sont en train de dévorer sa vilaine carcasse !... Et puis n'oubliez pas que je suis là...

Doucement, il caressa le front de la jeune femme.

— Je suis là. Il ne vous arrivera rien...

En l'entendant parler, Julie eut soudain l'impression que son sauvetage n'était pas terminé. Qu'elle continuait à remonter vers la surface mais que les profondeurs d'où elle émergeait n'étaient pas celles de la mer, mais son passé dont enfin elle se libérait.

Elle regarda attentivement le visage d'Eric penché sur elle. Il était l'image de la bonté et de la loyauté.

— Je ne sais plus très bien où j'en suis, balbutia-t-elle. Tout a été si confus... Ces rumeurs, ces gens qui allaient et venaient, entraient et repartaient. Et cet homme mauvais qui jouait avec les ombres. Je me suis sentie tellement seule, tellement perdue...

Et, s'accrochant à Jaouen comme si à nouveau sa vie en dépendait :

— Ne partez pas, supplia-t-elle d'une voix grinçante et pathétique. J'ai peur !... Je vous en prie, restez avec moi ! Restez !...

Puis elle retomba sur son oreiller. Ses yeux se fermèrent. Sa respiration s'apaisa. Contemplant son visage échoué sur les bords du sommeil, Eric sut alors qu'il ne la quitterait plus. Comment l'aurait-il pu ?... Il venait de trouver la femme qu'il cherchait depuis si longtemps.

• • •

Au-dessus des grèves, les heures lentement finirent par user la nuit.

Les lueurs de l'aube dévidèrent leurs filaments grisâtres. L'ombre s'effilocha, laissant apparaître le rivage. Les collines rondes se détachèrent du ciel. Au débouché d'un vallon, quelques rectangles clairs se dessinèrent peu à peu. C'était les dernières caravanes du camping de Kérivoal. Quelques-unes ne tarderaient pas à s'en aller, les autres hiverneraient sur place.

En contrebas, la mer murmurante ressassait ses rêves et se retirait lentement.

Un banc de sable se mit à rosir. Les touffes du fucus s'affalèrent sur la vase. Les poissons piégés par le reflux nagèrent en rond au fond des flaques. Les bivalves s'enfoncèrent dans le maërl. Les petits crustacés se réfugièrent dans la somnolence humide du varech.

C'est alors que l'homme leva la tête. Ses yeux gonflés s'écarquillèrent derrière son masque. Un sourire tordit sa bouche. Il avait réussi ! Un dernier effort et il serait à l'abri ! Mais l'épuisement lui plaqua à nouveau le visage dans la vase.

Rouge, l'air était rouge de peau éclatée et de soif exacerbée… Il ouvrit la bouche. Mais sa langue crevassée par le sel n'eut à sucer que la fraîcheur de l'aube.

Il fallait en finir !

Tout près, derrière la rangée de saules, se trouvait son refuge secret, là où personne au monde ne viendrait le chercher. Pour l'atteindre, il devait se dresser sur ses membres, soulever son thorax, progresser à travers le champ d'algues et monter sur la terre dure et sèche. Maintenant ! Tout de suite ! Dans l'aube humide et glauque… Ensuite, il serait trop tard !

En gémissant, l'homme ramena les jambes sous lui et retira ses palmes. Puis il repoussa son masque en arrière. La grande entaille de sa joue bâillait, délavée par l'eau de mer. Il prit appui sur ses coudes, arqua le dos. Le monde chavira. Il serra les dents et se rappela l'immense effort qu'il venait de fournir… Le mouvement inlassable de ses jambes battant l'eau, ses poumons qui aspiraient l'air dans le tuba, ses yeux fixés sur la boussole puis, plus tard, sur les phares et les amers. Car il fallait atterrir à l'endroit précis. Une erreur de direction, la moindre dérive non-compensée et c'était le Mont Saint-Hilaire ! Pas celui qu'avait connu sa mère, le régime doux des dépressifs. Non ! Lui aurait droit à la cellule capitonnée et aux neuroleptiques qui le réduiraient à l'état larvaire.

Mais il n'avait commis aucune faute. Comme d'habitude !

Là, juste en face, il y avait son camping-car. Il pourrait s'y retrancher, se reposer puis s'en aller loin, très loin, là où personne n'aurait jamais entendu parler de lui.

L'homme se mit à quatre pattes, la tête pendante. Il

attendit que se calme le tambour du sang dans ses oreilles puis il saisit ses palmes, s'appuya à un rocher et se redressa.

Derrière lui, la mer n'était plus qu'une ombre incertaine mâchonnant sa rancœur. Devant, il y avait le rectangle clair qui l'attirait comme un appât. Il sortit un pied de la vase, lâcha le rocher et se mit à marcher.

A marcher.

A marcher vers la nourriture, les vêtements secs, la chaleur, les pansements, la douceur, les pommades, les couvertures, le sommeil, l'argent, les papiers, l'absence, le lit, le repos, l'oubli... Et vers l'eau. Toute cette eau qu'il pourrait boire. Toute cette eau qui coulerait sur son corps. Coulerait, coulerait... et éteindrait peut-être le feu dévorant qu'il portait en lui.

L'aube se leva un peu plus. Le vent fit craquer une branche. Il y eut le grincement discret d'une porte qui s'ouvre et se referme. Un goéland s'envola en pleurant.

Dans une flaque, un crabe hagard se figea face au jour puis s'enfonça lentement sous un caillou...

Et disparut.

Quadri Signe - Editions Alain Bargain
125, Vieille Route de Rosporden - 29000 Quimper
E-mail : editions.alain.bargain@wanadoo.fr

—

3ᵉ tirage - Dépôt légal n° 3 - 4ᵉ trimestre 2000
ISBN 2-910373-44-4 — ISSN 1281-7813
Imprimé en CEE